Helen Carter

Die Hure von Paris

Historischer Roman

Blue Panther Books

BLUE PANTHER BOOKS TASCHENBUCH
BAND 2715
1. AUFLAGE: MAI 2023

VOLLSTÄNDIGE TASCHENBUCHAUSGABE
ORIGINALAUSGABE

LEKTORAT: NICOLA HEUBACH

COVER:
© LIGHTFIELDSTUDIOS @ 123RF.COM
UMSCHLAGGESTALTUNG: MT DESIGN
GESETZT IN DER TRAJAN PRO UND ADOBE GARAMOND PRO

PRINTED IN POLAND
ISBN 978-3-7507-8079-8
WWW.BLUE-PANTHER-BOOKS.DE

Selbst der Nebel hatte sich gegen mich gewendet. Um diese Jahreszeit stieg er eigentlich zuverlässig bei Einbruch der Dämmerung vom Seine-Ufer auf und bewegte sich dann langsam durch die gewundenen engen Gassen der Hauptstadt. Nicht so an diesem Abend.

Lange hatte ich im Schatten der Bäume gestanden, dicht bei der Mauer und hatte beobachtet, wie die Straße sich leerte.

Bewaffnete begannen zu patrouillieren. Hatte ich zunächst noch gehofft, sie würden sich mit jeder neuen Runde abwechseln, so sah ich mich bald getäuscht, denn es waren immer die gleichen Männer mit schiefsitzenden Mützen und verdreckten, gestreiften Hosen, die an mir vorbeikamen.

Nachdem ich offensichtlich begonnen hatte, ihr Interesse zu wecken, musste ich mir etwas überlegen. Ich musste eine gute Begründung …

»He … Bürgerin! Was machst du denn da?«

Wie überrascht wandte ich mich zu den beiden um, die hinter meinem Rücken stehen geblieben waren. »Bitte?«

»Ich beobachte dich schon eine ganze Zeit lang. Stehst hier an der Mauer und schaust nur.«

Ihm fehlte ein Schneidezahn. Sein rötlich-blondes Haar trat struppig unter seiner roten Mütze hervor. Er sah aus wie die Hunderte von Männern, die seit Monaten die besseren Viertel von Paris bevölkerten. Sein Kamerad hingegen hatte ein sauber rasiertes Kinn und seine Kleidung war gepflegter. Nicht zerrissen. Es gab die eine oder andere glänzende Stelle, die ich sogar im Zwielicht erkennen konnte, aber insgesamt machte er einen wesentlich besseren Eindruck.

»Man hat nicht rumzustehen und zu schauen, Bürgerin!«, mahnte er mich, und ich konnte mich des Eindrucks nicht erwehren, einen Lehrer vor mir zu haben.

Ich holte beinahe theatralisch tief Luft, als müsse ich eine überaus schwere Entscheidung treffen. »Gut, wohlan denn … Ich stehe hier, weil ich dieses Haus beobachte.«

So viel Offenheit überraschte die beiden Bewaffneten sichtlich.

»Du beobachtest das Haus?«, fragte der Lehrer irritiert.

»Ja, Bürger. Das tue ich.«

»Willst du es ausrauben?«

»Nein, Bürger. Aber jener Bürger, der dort in dem Haus lebt, hat mir übel mitgespielt.« Ich ließ den letzten Satz einfach so stehen, ohne ein weiteres Wort zu sagen. Sollten sie ihrer Fantasie ruhig freien Lauf lassen.

»Was hat er denn getan?« Offensichtlich hatte der Wissensdurst des Lehrers das Wettrennen mit den Bildern im Kopf des Zerlumpten gewonnen.

Ich starrte auf den etwas verdreckten Saum meines Capes. Dann holte ich abermals tief Luft. Atmete aus. Schwieg. Die Männer warteten einen Moment.

»So schlimm?«

Zwischen den zusammengepressten Lippen stieß ich hervor: »Mein Herz hat er gebrochen, der Schuft! Gespielt hat er mit mir wie die Katze mit der Maus.« Wütend stampfte ich auf. »›Ich bin frei wie ein Vogel‹, hat er gezwitschert. ›Du bist die Liebe meines Lebens!‹«, äffte ich den verschwundenen Liebhaber nach. »Und jetzt? Die Corday trifft mich auf dem Markt und erzählt mir brühwarm, was wirklich los ist. Verheiratet ist er! Verheiratet! Stelle man sich das vor! Alles hat er von mir bekommen! Sachen, die würde man keiner …« schockiert über meine offenen Worte schwieg ich und hoffte, man sah in der hereinbrechenden Dunkelheit mein heißes Erröten nicht.

»Und wieso stehst du jetzt hier?«, fragte er nach einer angemessenen Pause. »Willst du ihn stellen oder wartest du auf seine Frau?«

Betrübt senkte ich den Kopf. »Ehrlich gesagt, ich weiß es nicht. Eigentlich will ich nur mit ihm reden.«

»Wenn du willst, schlage ich ihm aufs Maul!«, erbot sich der Zerlumpte.

Das hätte mir gerade noch gefehlt.

»Nein«, stieß ich hervor und hob dabei abwehrend die Hände. »Ich will nur mit ihm reden.«

Wir waren wohl zu lange stehen geblieben, denn plötzlich näherten sich zwei weitere Bewaffnete. Sie hoben die Hände zum Zeichen, dass sie auf unserer Seite waren.

»Hey … Guigoz. Was treibt Ihr so lange? Wir dachten schon, ihr wäret in irgendein Händel geraten.«

Sie traten zu uns heran und betrachteten mich eingehend.

»Silvain, du alter Schwachkopf. Wir kamen nur gerade mit Mademoiselle … mit der Bürgerin hier ins Gespräch.« In knappen Sätzen schilderte er seinen Kameraden, was mir widerfahren war.

Jetzt durfte ich nur nicht die Nerven verlieren. Ich kontrollierte meinen Atem und wie intensiv sich meine Brust hob und senkte. Wenn jetzt etwas schiefging, hatte ich keinen alternativen Plan in der Tasche.

»Du meinst den Bürger Balleyrand? Dort in dem Haus mit der Laterne und der gelben Mauer?« Der, den sie Guigoz nannten, ließ nicht locker.

»Ja, der!«, beharrte ich.

»Aber dann hat jener dir keinen Dreck erzählt. Der Bürger Balleyrand ist nicht verheiratet.«

Meine maßlose Erleichterung musste ich nicht spielen. Das war eine wunderbare Neuigkeit.

»Aber da ging doch eine junge Frau ein und aus?«, forschte ich ungläubig nach.

»Das kann nur das Dienstmädchen Madeleine gewesen sein.« Der Lehrer trat einen halben Schritt vor und sagte verhalten: »Da muss man sich keine Gedanken machen, Bürgerin. Selbst wenn er mit der ab und an das Bett teilen sollte, so sagt das doch gar nichts. Nicht wahr?«

Ich nickte mit niedergeschlagenen Lidern. »Gewiss«, flüsterte ich. »Jetzt schäme ich mich, weil ich so töricht war und dem Marktgeschwätz geglaubt habe.«

»Ach was … Der Bürger Balleyrand ist vertrauenswürdig. Und kein schlechter Fang, wenn ich das so sagen darf.«

Das hoffte ich allerdings auch.

»Dann lassen wir die Bürgerin jetzt mal allein. Sie ist hier sicher. Wenn noch etwas sein sollte, so kommen wir ja auf unserer Runde noch ein paar Mal hier durch.«

Das wiederum hoffte ich nicht.

»Immerhin haben wir ja jetzt Ausgangssperre«, fügte der vierte Bewaffnete belehrend hinzu, zu dem ich bislang keinen Namen hatte.

Die vier Männer machten sich also auf den Weg, und zu meiner größten Freude sah ich sie in der Ferne am Wirtshaus stehen bleiben.

Balleyrand also …

Wie es Vorschrift war, hatte man das Haus hell erleuchtet und keine der Türen verriegelt, damit jederzeit eine unverzügliche Hausdurchsuchung durchgeführt werden konnte. Wobei ich mir jetzt sicher war, dass im Hause Balleyrand in den nächsten Stunden keiner stören würde.

Nachdem ich noch ein paar Minuten gewartet hatte, und die Straße – soweit ich sehen konnte – inzwischen menschenleer war, trat ich an eines der Erdgeschossfenster und blickte vorsichtig hinein. Am anderen Ende des Raumes sah ich einen Kamin, in dem ein Feuer brannte. Davor stand ein Sessel, in dem ein Mann mittleren Alters saß und las. Ein perfektes, abendliches Idyll.

Ich wartete so noch ein Weilchen und erst als ich sah, wie er sich selbst eine Flasche Wein geholt und eingeschenkt hatte, öffnete ich vorsichtig die Haustür und trat ein.

»Bürger?«, rief ich vorsichtig. »Bürger?«

Mit langsamen Schritten ging ich durch den hell erleuchteten Flur. Er war mit viel Stuck ausgekleidet, dazwischen tummelten sich dicke Putten, die wahlweise Kerzen oder Füllhörner trugen.

»Bürger?«, rief ich erneut und zuckte zusammen, als er plötzlich durch die Tür trat und mich verwundert ansah.

»Was tun Sie in meinem Haus, Ma… Bürgerin?«

Ertappt und erschrocken war ich förmlich zu einer Salzsäule erstarrt. »Nun … Ich fürchte, ich wurde von der Ausgangssperre überrascht.«

»Ah ha. Und wieso klopfen Sie dann nicht, sondern schleichen sich herein wie ein Dieb in der Nacht?«

»Ich bitte um Verzeihung … Aber ich komme aus Giverny und bin etwas überwältigt von Paris.«

»Man pflegt also in Giverny nicht anzuklopfen, bevor man ein fremdes Haus betritt?«

Da mir nichts anderes mehr einfiel, machte ich einen tiefen Knicks.

Offensichtlich peinlich von meinem Kniefall berührt, packte er meine Hand und zog mich wieder hoch. Er hatte hübsche hellblaue Augen und strohblondes Haar. Nur die Falten über seiner Nasenwurzel und um den Mund herum zeigten, dass er kein junger Mann mehr war. Seine Lippen waren schmal und wirkten entschlossen.

Schnell entzog ich ihm meine Hand und ging mit schnellen Schritten zurück zur Haustür.

»Was haben Sie vor, Bürgerin?«

»Ich gehe wieder. Es war unverfroren von mir, derart in dieses Haus einzudringen.«

Bereits die Türklinke umfassend, hielt mich seine energische Stimme zurück. »Sie wissen, was Ihnen blüht, wenn man Sie da draußen aufgreift, nicht wahr, Bürgerin?«

Zu ihm umgedreht, sah ich ihn mit großen Augen an.

»Nichts da! Sie bleiben hier. Ich kann doch eine junge Frau nicht so mir nichts, dir nichts in ihren Untergang laufen lassen. Mein Name ist übrigens Balleyrand. Francois Balleyrand. Und wie heißen Sie, Bürgerin?«

»Céléstine. Céléstine Noailles.«

»Aber nicht etwa mit den Noailles verwandt?«

Er hatte sich mir weit entgegengebeugt, sodass ich ein leichtes, herbes Parfüm riechen konnte, das sich mit dem Duft von schwerem Rotwein mischte. Seine Stimme war kaum mehr als ein Raunen.

»Nein! Um Gottes willen«, stieß ich schockiert hervor.

Die Anspannung, die seine Lippen für einen Moment noch schmaler hatte wirken lassen, löste sich augenblicklich und machte einem Lächeln Platz. »Wie lange irren Sie schon dort draußen umher?«

Hilflos zuckte ich mit den Schultern. »Ein paar Stunden, denke ich.«

Scheinbar erinnerte er sich wieder seiner Gastgeberpflichten und machte eine einladende Bewegung in Richtung des Raumes mit dem sanft flackernden Feuer. »Treten Sie doch näher … Nehmen Sie Platz.«

Galant nahm er mir mein Cape ab und füllte ein weiteres Glas mit Wein.

»Wenn Sie etwas essen möchten, kann ich das Mädchen rufen …«, schlug er vor.

Erschrocken wehrte ich ab. Das hätte mir gerade noch gefehlt. »Aber nein, Monsieur. Lassen Sie sie schlafen.«

Er lächelte über meine Rücksichtnahme und setzte sich mir gegenüber hin.

»Giverny also …«, begann er die Unterhaltung. »Ich habe Verwandte in Giverny. Vielleicht kennen Sie sie ja. Paul und Germaine Leclos.«

Die Namen schwebten düster zwischen uns, und ich wusste

für einen Moment nicht, was ich sagen sollte. Am besten war stets in solcher Situation, wenn man bei der Wahrheit blieb.

»Nein, Monsieur. Da muss ich leider passen.« Jetzt galt es dringend, das Thema zu wechseln. »Die Ausgangssperre – wie lange wird sie noch gelten?« Ich strich meinen Rock glatt und mied seinen Blick.

»Das ist schade. Es ist immer nett, wenn man gemeinsame Bekannte hat. Sie wohnen in der Rue Du Lis. Wenn Ihnen das etwas sagt.«

In dieser Situation musste ich nicht viel dafür tun, dass meine Lippen nervös aufeinanderrieben und die Farbe aus meinen Wangen wich.

»Monsieur … Ich bitte Sie … Ich habe meine Heimatstadt aus düsterem Grunde verlassen und möchte jegliche Erwähnung dieses Ortes vermeiden. Ich hoffe, Sie verstehen das. Ansonsten würde ich es vorziehen, zu gehen.«

Er schien ehrlich erschrocken. »Aber nein … Nicht doch … Es tut mir leid, Mademoiselle.«

Mit einem Satz saß er neben mir und hob meine Hand an seine Lippen. Wenn sie meine Haut auch nicht berührten, so sandten sie doch heiße Wellen über meinen Rücken, und ich spürte ein Kribbeln, das bis in meine Beine lief.

»Ich bin untröstlich!«

Seine überraschende Distanzlosigkeit aufgreifend, legte ich meine Hand auf sein Knie. »Vergeben Sie mir, Monsieur. Es lag mir fern … Ich möchte nur nicht über … diesen Ort und seine Menschen sprechen.«

»Auf keinen Fall. Trinken wir lieber noch einen Schluck.« Er erhob das Glas auf mein Wohl, und ich erwiderte die Geste, meine Hand auf seinem Knie.

Alles hing von seiner nächsten Bewegung ab. Schüchtern war er mit Sicherheit nicht, so viel stand für mich fest. Ließ er meine

Hand lediglich, wo sie war, hatte ich verloren. Legte er seine darauf, so hatte ich gewonnen. Manchmal waren die Dinge so simpel.

Er legte seine freie Hand auf meine und drückte sie sanft.

»Und das Mädchen schläft?«, fragte ich leise.

»Soll ich sie wecken?« Seine Stimme war warm und weich wie Samt. Sein Gesicht so dicht vor meinem und der Druck seiner Finger ... Ich spürte, wie sich die Säfte in meinem Schoß sammelten. Es gibt für mich nichts derart Aphrodisierendes wie den herben Duft eines Mannes, die Wärme seiner Haut, die Tiefe seiner Stimme.

Diese eine Frage ließ eine Welt an Fantasien in meinem Kopf erstehen. Doch schnell wehrte ich ab. »Nein. Wir lassen sie schlafen.«

»Wie du meinst ...«

Als seine Lippen die meinen berührten, hatte ich nur einen Gedanken, der über alle anderen triumphierte: Welchem Gott hatte ich es zu verdanken, dass das alles so reibungslos ging?

Tatsächlich mahnte mich diese Sorglosigkeit, noch vorsichtiger zu sein, meinen Sinnen noch mehr zu misstrauen. Vor allem aber jenem Druck oberhalb meiner Möse, der mich dazu brachte, Dinge zu tun, die sich im Nachhinein leider viel zu häufig als nicht besonders klug erwiesen.

Da meine Lust mit jedem Atemzug wuchs, öffnete ich meine Lippen und ließ seine Zunge ein. Er erkundete meine Zahnreihen, die Innenseite meiner Wangen, und er tat dies mit einer solchen Geschicklichkeit, einer solch sinnlichen Gier, dass ich nur von dem träumen konnte, was er für mich bereithielt.

Während er sich noch gegen mich drängte, öffnete ich bereits meine Schenkel, um den Säften so freien Lauf zu lassen. Mit seiner gesamten Handfläche glitt er mein Bein hinauf, knetete mein Fleisch und schob dabei meine Röcke beiseite. Wie ich nur konnte, kam ich ihm entgegen. Tief in meinem Verstand erhob sich die Frage, ob er vorhatte, mich hier – praktisch vor den Augen aller möglichen Passanten – zu nehmen. Doch ich verwarf die Frage, denn die Einzigen, die hier vorbeikommen mochten, waren die Patrouillen.

Wie ein Blitz erhellte eine Fantasie meinen Kopf, in der die Männer, die mich praktisch hier hereinbefördert hatten, durch die Fenster schauten und uns beim Kopulieren entdeckten. Ich sah ihre aufgerissenen Augen und die vom Geifer überzogenen Lippen. In meiner Szene kamen sie durch die offenstehenden Türen herein und schlossen sich uns an. Nur einen Augenblick später waren wir alle nackt, und die Männer nahmen mich abwechselnd in allen Löchern. Ich lutschte Schwänze und schluckte maßlose Mengen immerzu fließenden Samens. Diese Fantasie brachte mich derart um den Verstand, dass ich mir sehnlichst die Umsetzung zu wünschen begann.

»Lass uns hochgehen!«, stieß es heiß an mein Ohr.

Als er das sagte, war mein Korsett mir schon so eng geworden, dass ich kaum noch Luft bekam. Mein Saft floss meine Schenkel herab, und meine Nippel rieben steinhart an dem billigen Stoff meines Hemdes. Wenn er mich nicht bald mit aller Wucht mit seinem Stamm rammen würde – dessen war ich mir sicher –, dann würde ich irgendeinen Gegenstand nehmen und ihn selbst in mich stoßen.

Halb besinnungslos vor Gier stolperte ich beinahe die Stufen in den ersten Stock hinauf, als ich ihn plötzlich zischen hörte: »Halt!«

Ich erstarrte. Zorn stieg in mir auf. Was zum Teufel mochte er vergessen haben, dass er mich in solchem Moment bremste?

»Knie dich hin!«, kommandierte er mit gepresster Stimme.

Die Lippen mit meiner Zunge benetzend, tat ich, was er wollte.

»Raff deine Röcke! Ich will deine Fotze sehen!«

Die Treppe war viel zu eng für all diese Stoffmengen, doch ich zog, drückte und presste, bis er mein nasses Fleisch unbehindert von meinem Kleid sehen konnte. Mühsam drehte ich mich zu ihm um und sah gerade noch, wie er seine Hand ausstreckte. Scharf Atem holend, spürte ich mehrere Finger in meiner Möse. Ich schrie leise auf, biss mir aber gleichzeitig auf die Zunge, denn das Mädchen durfte auf keinen Fall geweckt werden.

Der Druck seiner Hand war überwältigend. Am scharfen Schmerz erkannte ich, dass er nicht nur mit einem Finger, oder derer zwei, mein Innerstes erkundete, sondern dass er vielmehr daran arbeitete, alle Finger – außer dem Daumen – in mir auf Reisen zu schicken. Meine Linke umklammerte die Stäbe des Treppengeländers, während meine Rechte den kleinen Vorsprung der Stufenkante packte. Nur so hatte ich das Gefühl, ihn wenigstens einigermaßen dirigieren zu können, sodass er mich nicht vollständig auseinanderriss.

»Bei allen Göttern im Himmel … Wie kann man nur so nass sein? Sieh es dir an! Es läuft sogar an meinem Arm herab!« Mit einem Ruck hatte er seine Finger aus mir herausgezogen und hielt sie mir vors Gesicht, als könnte ich seine Behauptung sonst nicht glauben.

»Leck meinen Arm ab!«, befahl er und drückte mit seinem Unterarm meinen Mund auf.

Salziger Mösensaft umspülte meine Zunge.

»Ich will lieber deinen Samen schlucken!«, begehrte ich auf.

»Sei still, oder ich ficke dich hier auf der Treppe bis deine Knie aufreißen.«

Als wollte er seinen Worten Nachdruck verleihen, entzog er mir seinen Arm und stieß seine Finger abermals mit Macht in meine Möse. Er schabte und rieb an meinem Innersten, dass ich vor Geilheit beinahe den Verstand verlor. Ohne mich wirklich wehren zu können, stieß ich wieder und wieder gegen die harten Kanten der Treppenstufen. Nur die wilde Entschlossenheit, endlich den vollen Genuss seines Schwanzes in meinen Löchern erleben zu wollen, trieb mich dazu, mich seinem Griff zu entziehen und langsam die Treppe hinaufzukriechen, wobei Francois mir erbarmungslos folgte. Da ich des Öfteren meinen Rock mit den Knien einklemmte, riss ich damit bald mein Mieder herunter und meine Brüste hüpften aus der festen Ummantelung.

Endlich hatte ich es geschafft, und den Treppenabsatz erreicht. Nun konnte ich meine Röcke raffen und wieder auf die Beine kommen. Mein ganzer Körper bebte. Meine Wangen glühten. Als ich mich zu ihm umdrehte, erkannte ich, dass es ihm nicht anders ging.

Mit einer abrupten Kopfbewegung wies er mir die Tür, durch die ich gehen sollte. Es war sein Schlafzimmer.

»Ich bin so geil – ich werde erst dich ficken, dann Madeleine und dann euch beide.«

Während ich atemlos in Richtung des Bettes wankte, blieb er an der Tür stehen.

»Dreh dich um!« Seine Stimme hatte jegliche Festigkeit verloren.

Er war genauso wenig Herr seiner Taten wie ich. Was immer uns jetzt leitete, es hatte mit Verstand nichts mehr zu tun. Francois starrte auf meine nackten Brüste, als könnte er sein Glück nicht fassen. Ich wusste um deren Wirkung auf die Männer, kannte den Gegensatz zwischen meiner schmalen Taille, den sanft sich wölbenden Hüften und der beachtlichen Oberweite.

»Weich und willig«, murmelte mein Liebhaber.

Dann war er mit wenigen Schritten bei mir, öffnete mein Mieder und riss mir meine verbliebene Kleidung vom Körper. Er stieß mich rücklings aufs Bett, und während ich noch so – mit leicht gespreizten Schenkeln – dalag, zog er sich selbst in einer solchen Schnelligkeit aus, dass es kaum zu fassen war.

Welch prachtvoller Ständer da vor mir wippte! Dick und lang. In Gedanken führte ich ihn bereits in meine Auster ein und maß dabei, wie tief er in mich würde eindringen können.

»Fick mich!« Mehr konnte ich nicht sagen. Geistreicheres fiel mir nicht ein.

Und er tat, was ich wollte.

Die Beine mit beiden Händen gestützt, meine Spalte weit geöffnet, bot ich ihm alles dar, was er zu nehmen plante. Doch anstatt mich mit seinem Stamm zu verwöhnen, presste er sein Gesicht in mein nasses, geschwollenes Fleisch und leckte mich in einer Tiefe, um die so mancher Schwanz seine Zunge beneidet hätte. Er erforschte jede Falte, durchmaß die Länge meiner Auster und bearbeitete sie so intensiv, dass sie jene glatte Haut meiner Fotze in eine überempfindliche Oberfläche verwandelte. Eine Leinwand für die Orgasmen, die er mir zu bereiten vorhatte.

Ich aber schrie und keuchte wie eine Besessene. Hatte ich mich noch für wenige Augenblicke zu beherrschen vermocht, so riss mich unser beider Geilheit mit sich fort wie eine Sturmflut. Gewiss, ich hatte nicht schreien wollen, nicht mal laut stöhnen, denn das Mädchen durfte auf gar keinen Fall geweckt werden, aber es ging nicht.

Und als schließlich seine Zunge seinem Schwanz Platz machte, war ich bereits am Ende meiner Kräfte. Meine Kehle war wundgeschrien und meine Lungen brannten, als hätte ich tagelang nur gekeucht und nicht geatmet. Mit wirren Abwehrbewegungen versuchte ich, mir Francois wenigstens für einen Augenblick vom Leib zu halten, mir eine Sekunde der Ruhe und Besinnung zu verschaffen. Doch er dachte nicht daran, mir nachzugeben. Stattdessen pumpte sein Stamm mit roher Gewalt in meine Möse. Sich mit einer Hand abstützend, packte seine andere meine ruckende Brust und bohrte seine Nägel hinein. Doch anstatt mich damit zu quälen, steigerte jene grobe Behandlung noch meine Geilheit, meine Befriedigung. Er knetete meine Titte, kniff in meinen Nippel. Bald zeichneten sich dunkelrote Marken auf meinem weißen Fleisch ab. Dann wieder stützte er sich förmlich auf meine weiche Halbkugel und drohte, sie zu zerquetschen. Aus mir aber lief in Strömen mein geiler Saft. Ich wischte ihn mit der flachen Hand ab, wichste dabei seinen Ständer und trieb ihn an, mich immer härter zu benutzen.

Sein verzerrtes Gesicht über mir … der Schweiß, der von seiner Stirn rann … Ich hielt ihm meine besudelte Hand hin.

»Leck sie ab!«, herrschte ich ihn an und er gehorchte.

Ja, mehr noch! Er biss in meine Handkante, saugte so hart an ihr, dass die Lust den Schmerz zu betäuben schien.

Und in diesem Moment nutzte ich seine Unachtsamkeit, packte ihn und warf ihn mit der Kraft meines Körpers so zur Seite, dass ich ihn auf den Rücken rollen und mich selbst über seinen Lenden positionieren konnte. Ich hielt seinen Stamm aufrecht und ließ seinen Helm für einen Moment am Zugang zu meiner Möse verharren. Den Unterleib auf das Festeste angespannt, stieß ich ihn mit einem Ruck in mich hinein. Der Schmerz war überwältigend. Francois schrie auf, als seine Vorhaut zurückgerissen wurde. In meiner Willenlosigkeit schlug ich ihm ins Gesicht und erstickte so den Schrei. Er aber bohrte seine Nägel in meine Hüfte, kratzte brutal über mein Fleisch, während ich ihn rücksichtslos zu reiten begann. Das Klatschen meiner Arschbacken erfüllte den Raum, und Francois starrte fassungslos meine hüpfenden Titten an. Ab und an hielt ich über seiner Eichel inne, genoss die Anspannung, die Erwartung in seinem Gesicht, nur um mich im unerwarteten Augenblick mit einem Ruck auf ihm niederzulassen und dann sanft zu ficken. Ich knetete ihn in mir, nur mit den Muskeln in meiner Möse, bereitete ihm alle Genüsse, die ich zu bieten hatte, und er – im Gegenzug – machte sich selbst zum Werkzeug meiner Lust.

»Ich spritze!«, stieß er plötzlich atemlos hervor.

»Das sagst du öfter …«, korrigierte ich ihn lächelnd, wusste ich doch nur allzu gut, dass ich so manchen Höhepunkt beiseite gewischt hatte, noch bevor er meinen Liebhaber hatte übermannen und mir so meinen Spaß hatte verkürzen können.

Jetzt aber spürte ich an der Art, wie sich sein Körper verkrampfte, dass er sich wirklich nicht mehr halten konnte. Also stieg ich ab und kniete mich zwischen seine Schenkel. Sacht bog ich seinen nassen Schwanz in meine Richtung und nahm ihn tief in meine Kehle auf. Dabei vergaß ich natürlich nicht, ihn nachdrücklich zu reiben. Und während meine vollen Brüste rhythmisch auf seine Haut klatschten, ließ ich ihn seinem Höhepunkt entgegenstoßen. Seine Beine drehten sich ein und aus. Er kämpfte gegen den Orgasmus an, versuchte offensichtlich, seinen Samen noch weiter zurückzuhalten. Doch es gelang nicht länger. Mit einem tiefen, lang gezogenen Ächzen jagten seine Samenfontänen in meinen Mund.

Ich versuchte ernsthaft, so viel zu schlucken, wie es mir irgend möglich war. Ich versuchte, nicht zu atmen, dann wieder besonders schnell. Aber ich wurde der Mengen nicht Herr. Seine Creme floss aus meinem Mund, tropfte auf meine Brüste. Ich kniete aufgerichteten Oberkörpers über ihm und blickte auf seinen ermatteten Körper herab.

Dann folgte ich einem plötzlichen Impuls und beugte mich vor, öffnete seinen Mund mit meinen Lippen und zwang ihn so dazu, seinen eigenen Samen zu trinken. Wenn er mich auch im ersten Moment abzuwehren versuchte, so ergab er sich doch nur Sekunden später dem absoluten Genuss des eigenen Saftes. Ja, er schien es sogar so zu genießen, dass er begann, mein Gesicht und meine Brüste abzulecken. Er saugte an ihnen, als gelte es, nicht einen Tropfen zu verschwenden.

»Nie zuvor hat mich eine Frau dazu gebracht, meinen eigenen Samen zu kosten«, murmelte er, als wir Arm in Arm – halb schlummernd – nebeneinander lagen.

Ich fragte ihn nicht, ob es ihm gefallen hatte. Es spielte keine Rolle. Tatsächlich war ich ein wenig enttäuscht, denn obwohl die Vereinigung mit ihm lustvoll, ja überaus geil gewesen war, so war mir selbst doch der Orgasmus verwehrt geblieben, und ich verstand nicht warum. Mein Schoß fühlte sie hohl und leer an. Konnte es denn wirklich sein, dass es nach solchem Erlebnis noch nötig war, mich selbst zu reiben, um das Natürlichste der Welt zu bekommen? So hing ich meinen Gedanken nach und lauschte auf seinen tiefer und gleichmäßiger werdenden Atem.

Francois schlief ein, und ich weigerte mich, es mir zu machen. Diese Erniedrigung vor mir selbst war inakzeptabel. Es musste einen anderen Weg geben.

Vorsichtig, um so wenige Geräusche als irgend möglich zu machen, stand ich auf. Der Mond war voll und schien beinahe wie eine Sonne auf die vom Regen glänzenden Gassen. Den Regen hatte ich in meiner erotischen Umnachtung nicht bemerkt.

Ich nahm meine Röcke, das Hemd und das Mieder, Strümpfe, Strumpfbänder und Stiefel und verließ auf Zehenspitzen das Zimmer. Wenn ich mich richtig erinnerte, so hatte die Treppe beim Hinaufkriechen nicht geknarrt. Also würde sie es auch jetzt nicht tun. Zornig auf mich selbst stellte ich fest, dass ich nicht auf die Kirchenglocken geachtet hatte. Wie spät es war, konnte ich also nicht sagen. Die Treppe hielt ihr Versprechen und verriet mich nicht.

Unten angekommen, kleidete ich mich zügig an und begab mich zur Hintertür, die hinaus auf den Hof führte. Jetzt konnte ich nur beten, dass die brav schlafende Madeleine keine Hühner hielt …

Nein. Alles blieb ruhig.

Wenn es auch einen längeren Weg bedeutete, so hielt ich mich trotzdem im Schatten und umrundete den Hof immer dicht an der Mauer entlang, wobei ich die Fenster im Auge behielt. Abermals hatte ich Glück. Nichts rührte sich, und es schien auch noch so tief in der Nacht zu sein, dass die Dienstboten in den Häusern drumherum tief und fest schliefen.

Endlich erreichte ich jene kleine Tür, die – wie auch der Haupteingang – unverschlossen bleiben musste, um unangekündigte Hausdurchsuchungen zu ermöglichen. Es war kalt, und dies spürte ich umso mehr, als die Hitze von Francois' Körper nach und nach von mir glitt. Mit beinahe gefrorener Hand drehte ich den kleinen Knauf und zog die Tür auf. Jetzt befand ich mich mitten in der Gefahr. Käme die Patrouille jetzt an mir vorbei, wäre ich verloren. Diesmal würden sie mich verhaften und mitnehmen müssen. Abermals fluchte ich auf mich selbst, da ich es versäumt hatte, ihr Vorbeimarschieren abzuwarten und dann erst loszugehen. Jetzt wusste ich nicht, ob mir eine Minute oder derer dreißig blieben. Ohne Zweifel, der Sex mit Francois hatte mich leichtsinnig, wenn nicht gar töricht gemacht! So stand ich außerhalb seines Grundstückes, den Rücken flach gegen die feuchtkalte Mauer gepresst und lauschte in die Nacht.

»Pst!«, machte es plötzlich. »Pst ... Hier!«

Ich sah mich um.

»Hier bin ich«, zischte es.

»Wollten wir uns nicht bei Brissac treffen?« Meine Stimme klang ungehaltener, als ich es geplant hatte.

Sie legte den kleinen Kopf schief und sah mich mit gerunzelter Stirn an. »Wieso bist' n so zänkisch? War er nicht gut im Bett?«

Seltsamerweise hatte ich keine Lust, über Francois' Fähigkeiten zu plaudern.

Heloise war klein und zierlich und wirkte wesentlich jünger als ihre knapp achtzehn Jahre. Braune Locken kringelten sich wirr unter ihrer Haube und lugten hervor, und das Cape war ihr ein gutes Stück zu lang, was noch zu ihrem kindlichen Gesamteindruck beitrug. Heloise hatte eine kleine Stupsnase und große braune Augen, mit denen sie Steine zum Schmelzen bringen konnte. Das war ihre Masche. Ich hatte schon erlebt, dass sie einem Gendarmen, der sie bereits fest am Arm hatte, erzählte, sie habe sich verlaufen, anfing zu weinen und von ihm sogar noch nach Hause gebracht wurde. Als er mit hineinwollte, um ihrem Papa kräftig die Meinung zu sagen, wie man solch ein kleines Mädchen allein herumlaufen lassen konnte, weinte sie noch heftiger und bettelte ihn erfolgreich an, er möge nichts dergleichen tun, denn dann wisse der Vater ja, dass sie bei Dunkelheit herumgelaufen wäre … Sinnlos zu erwähnen, dass der Gendarm unverrichteter Dinge davon marschierte. So viel zu Heloise …

»Komm schon, Céléstine … Du hast immer tolle Ficker. Einmal muss auch eine Niete darunter sein.«

»Du weißt, du sollst solche Ausdrücke nicht verwenden«, wies ich sie scharf zurecht, woraufhin sie einen gezierten Knicks machte.

»Um Vergebung, Mademoiselle. Ich will es auch nicht wieder tun …« Dann aber grinste sie breit. »Wenn er vielleicht auch nicht gerade gut fickt, so hat sich die Sache aber doch gelohnt.«

Schweigend gingen wir den Rest des Weges bis zu unserer Unterkunft. Es war eine billige Schänke, die unter dem Dach mehr oder minder große Verschläge als Gästezimmer vermietete.

Es war fast eine Stunde Fußmarsch, doch wir hielten es für sicherer, weit entfernt von unserem Jagdgebiet zu wohnen. Und so schlichen wir ebenso langsam wie leise die Stufen hinauf, wobei wir dem lauten Schnarchen aus den verschiedenen Stockwerken lauschten.

In unserem Verschlag angekommen, legte Heloise ihren Umhang ab und gab so den Blick auf jene Eigenkonstruktion frei, die sie einst selbst erfunden hatte, und auf die sie ungeheuer stolz war. Es handelte sich dabei um einen Unterrock, der eine Tasche neben der anderen aufgenäht hatte. In diesen Taschen verstaute sie alles, was sie in den Häusern Wertvolles finden konnte. Weitere Röcke darüber und darunter hinderten silberne Teller, goldene Kerzenleuchter, Diamanthalsbänder und Perlen daran, einen infernalischen Krach zu machen. So ruhten sie still und geschützt in Heloises Taschenrock.

Auch jetzt stellte ich fest, dass sie ganze Arbeit geleistet hatte. Während ich oben Francois' Schwanz aufgenommen hatte, hatte Heloise seine Schalen, Uhren, Goldmünzen und Duellpistolen genommen.

So vorsichtig wir konnten, untersuchten wir jedes einzelne Stück.

»Pierrot wird ganz schön staunen …«, murmelte sie.

»Wenn sie uns damit erwischen, küssen wir ›Madame la Guillotine‹ …«

Heloise hob die Schultern und ließ sie wieder sacken. »Das glaube ich nun wirklich nicht. Wir nehmen es vom Adel und geben es der Revolution!«, erklärte sie, als hielte sie gerade eine Rede im Tempel der Vernunft.

Wobei man sagen musste, dass wir regelmäßig vergaßen, es der Revolution zu geben.

»Hoffentlich sieht das Bürger Robespierre genauso«, murmelte ich, woraufhin Heloise wieder die Schultern hob und fallen ließ und dazu ein gelangweiltes »Pfff« ausstieß.

***

»Wir könnten endlich mal wieder etwas unternehmen. Immer nur arbeiten … Wer weiß, wie lange das schöne Wetter noch anhält.« Heloise kniete auf unserer Pritsche und schaute aus dem winzigen Fenster, dessen Glas nur noch vom Rahmen zusammengehalten wurde. Es war so schmutzig, dass sie mit Spucke eine Art Guckloch freigewischt hatte.

»Und wo willst du hin?«

Sie flog herum und strahlte mich an. »Was hältst du vom Palais

Royal? Wir könnten der Musik zuhören … tanzen …«

Man sah ihrem Gesicht an, dass sie sich bereits dort sehen konnte, wie sie – einen galanten jungen Mann am Arm – zwischen den Arkaden flanierte.

»Warum eigentlich nicht. Aber was sollen wir anziehen?« Ich blickte an unseren fadenscheinigen Kleidern herab.

»Wart's ab!« Heloise sprang von der Pritsche und kroch halb darunter. Als sie wieder auftauchte, hatte sie einen prallvollen Sack an einem Zipfel und machte sich daran, ihn zu öffnen.

»Nein! Die nicht! Die wollen wir der alten Vaucluse verkaufen! Wenn die Kleider Schaden nehmen …«, versuchte ich einzuschreiten.

Doch Heloise hörte mir schon gar nicht mehr zu. Sie hatte die Kleider, die wir bei einem unserer letzten Beutezüge ergattert hatten, bereits ausgewickelt und hielt sich eines davon an. Es glänzte wie die Sonne, und das aus den richtigen Gründen – nicht wie unsere alten Sachen.

»Es ist vielleicht nicht der allerneueste Schnitt, aber heute Abend werden wir großartig darin aussehen!«

Und sie hatte recht. Mit ein paar Kordeln und Bändern, einer Raffung hier und einem Wickeln dort, hatten wir uns die Kleider passend gemacht.

»Wir sind heute Nacht die schönsten Mädchen im Palais Royal!«, verkündete Heloise und strahlte über das ganze Gesicht.

Meine Begeisterung wurde allerdings etwas getrübt, als ich überlegte, wo die ursprüngliche Besitzerin dieser Kostbarkeiten wohl inzwischen war. Und noch ein anderer düsterer Gedanke erfasste mich, nämlich der, ob uns bei solch einem Ausflug eine Gefahr drohen konnte. Natürlich konnte sie. Immerhin traf sich ganz Paris in der Anlage. Zum Sehen und Gesehen-Werden. Letzteres war es, was mir die meisten Sorgen bereitete. Was, wenn einer unserer Geber dort auftauchte und mich erkannte?

»Ach was!«, wiegelte Heloise ab. »Und wenn schon … Dann verschwindest du mit ihm in den Büschen, und schon ist alles wieder gut.«

Vielleicht war diese sehr bodenständige Lösung wirklich die richtige. Tatsächlich sehnte ich mich nicht weniger als meine Begleiterin nach ein wenig Abwechslung. Schöne Kleider sehen, vornehme Leute – oder wer von ihnen noch übrig war – Musik hören … Es musste das Paradies sein.

***

Als die Sonne langsam sank und der Nachmittag dem Abend Platz zu machen begann, wickelten wir uns fest in unsere Capes, nahmen jede ein paar Münzen in einem Beutelchen mit und machten uns auf den Weg.

Als wir reichlich erschöpft an den gewaltigen offenstehenden Toren des ehemaligen Kardinalspalastes ankamen, war es bereits dunkel. Uns bot sich aber der unglaublichste Anblick: Wenn um uns herum auch die Dunkelheit herrschte, abgesehen von ein paar Fackeln, die herumgetragen wurden, so erfüllte das Palais Royal das Licht Hunderter und Aberhunderter von Lampions, die in den Kronen der Bäume hingen.

Wir bewegten uns mit dem Strom hinein und hielten uns dabei bei den Händen.

»Mein Gott, ist das schön!«, sprach Heloise aus, was wir beide dachten.

Tatsächlich stand mir der Mund vor lauter fassungslosem Staunen offen.

Das Palais Royal war eigentlich ein gewaltiger lang gezogener Innenhof des Palastes, den einst Richelieu hatte erbauen lassen. In dessen Mitte befanden sich Gebäude, um die herum Alleen verliefen. Wir kamen am Restaurant »Le Grand Véfour« vorbei, wo sich die Gäste bereits drängelten. Händler boten aus Bauchläden ihre Waren feil und wurden von jenen verjagt, die einen

Laden in den Arkaden hatten.

»Komm, wir ziehen unsere Capes aus!«, schlug Heloise vor.

Ich muss gestehen, dass ich mich dazu kaum überwinden konnte. Nicht nur, weil hier so unendlich viele wunderschöne nach der letzten Mode gekleidete Damen flanierten, sondern vielmehr, weil ich nackte Angst hatte. Was, wenn man uns verhaftete? Was, wenn Gendarmen der Sektion auftauchten und uns mitnahmen? Gab es nicht Gesetze gegen solche Lasterhaftigkeit – zumindest, wenn die so öffentlich zur Schau getragen wurde?

Man mochte uns für Aristokratinnen halten und in die Conciergerie schleppen. Da hatte es schon ganz andere erwischt. Ein teures Kleid und eine gepuderte Perücke konnten das Todesurteil bedeuten.

»Na los! Was ist?«, drängte Heloise.

Ein paar Soldaten kamen an uns vorbei, und einer erbot sich, uns beim Ablegen zu helfen. Sofort stimmten seine Kameraden mit ein.

»He! Du! Finger weg, wenn sie dir lieb sind!«, rief Heloise, als einer zu aufdringlich wurde.

Der Soldat blickte auf sie herab und lachte. »Ach, du halbe Portion. Jetzt hast du mich aber erschreckt!«

Er feixte mit seinen grölenden Kameraden, doch ich wusste, dass er einen Fehler gemacht hatte.

Er wusste es Sekunden später auch, als die Klinge von Heloises kleinem Dolch seine Handfläche berührte. Der perplexe Soldat riss die Augen auf. Offensichtlich hatte er gar nicht gemerkt, wie sie ihm das Messer förmlich in die Hand geschoben hatte.

»Hm … Womit wird mein tapferer Soldat wohl heute Nacht sein ›Bajonett‹ halten, wenn seine Finger im Staub des Palais Royal liegen?«, sinnierte sie lächelnd.

Augenblicklich ließ er los. »Pah … Bist mir eh viel zu jung. Du pisst ja noch in die Windeln!«, knurrte er im Davongehen.

»Besser als in die Hose«, rief Heloise ihm nach und knuffte mich begeistert in die Seite.

So konnte die Nacht wohl weitergehen. Das Palais Royal war entschieden nach ihrem Geschmack. Ich hingegen hatte die Schönheit der zum Großteil leeren Schaufenster entdeckt. So konnte ich den Passanten den Rücken zuwenden und sie dennoch in den Fenstern beobachten. Zu tief steckte die Angst in mir, einer meiner Gastgeber könnte mich hier entdecken und anklagen.

»Weißt du was? Auf den Schreck hole ich uns ein Glas Wein. Was denkst du?«, fragte Heloise.

»Du musst auf deinen Schreck trinken?«

Sie lachte laut auf. »Aber nein! Auf seinen!« Damit verschwand sie zwischen seidenen Ärmeln und brokatenen Rücken der Passanten.

»Sie wissen aber schon, dass da gar nichts liegt, nicht wahr, Bürgerin?« Neben mir stand der einzige Mann, der in die gleiche Richtung blickte wie ich.

Er war nur einen Hauch größer als ich, trug eine abgenutzte Uniform und sprach mit einem seltsamen Akzent, den ich nicht zuzuordnen vermochte. Er war mit Sicherheit der dünnste Mann, den ich je gesehen hatte. Hager und verhärmt. Seine Haut schimmerte in einem zutiefst ungesunden Gelb, das nicht von den Lampions kam. Dieses besorgniserregende Aussehen wurde nicht besser, wenn man seine lange schmale Nase betrachtete, die seine Züge dominierte und durch die Magerkeit seiner Wangen noch mehr hervorstach. Sein dunkles Haar fiel ungepflegt bis auf seine Schultern. Er roch nach Seife, Leder und Schießpulver.

»Reiterei?«, fragte ich.

»Artillerie.«

»Aha.«

»So … Da bin ich wieder«, rief Heloise aufgeregt. »Grundgütiger, Céléstine … Du glaubst nicht, was die hier für Preise haben! Unfassbar.«

Ich konnte gerade noch verhindern, dass mir ein Gutteil des kostbaren Weins über das Kleid schwappte.

»Hast du dich gut unterhalten?« Heloise nickte in Richtung des leeren Schaufensters.

»Der Soldat hier hat mich …« als ich aber zur Seite blickte, wo er eben noch gestanden hatte, musste ich feststellen, dass ihn die Menge bereits wieder mit sich gezogen hatte.

»Ach, sei nicht traurig. Ich bin auf dem Weg drei Mal unsittlich begrapscht worden und hatte vier Nachfragen nach meinem Preis.« Sie lachte.

Mir wurde klar, dass sie den Wein nicht hatte bezahlen müssen und mehr als nur die zwei Gläser bekommen hatte.

»Also, sei's drum. Hier gibt es mehr Soldaten als in einer Garnison und einer hübscher als der andere. Gott, wie ich Uniformen liiiiiiebe …« Sie blickte einer roten Uniformjacke träumerisch hinterher.

»Also meiner war keineswegs hübsch«, sagte ich. »Er sah eher aus, als sei er gerade von den Toten auferstanden.«

Mit einem Schluck leerte sie ihr Glas und drehte sich sodann in einer Pirouette um ihre eigene Achse. »Heute Nacht will ich mehr pudern als ein italienischer Friseur«, verkündete sie lautstark. Dann, als müsse sie mir ein Geheimnis mitteilen, drängte sie sich an mein Ohr. »Sollen wir Geld dafür nehmen?«

Das war natürlich eine fabelhafte Idee!

»Wir können vögeln, wen wir wollen, und verdienen auch noch etwas. Was sagst du?«

»Einverstanden!«

»Und wenn wir uns wiedertreffen, schauen wir, wer mehr verdient hat!« Noch während sie sprach, warf sie die Seiten ihres Capes über die Schultern und zog ihr Dekolleté herunter, sodass man ihre kleinen festen Brüste sehen konnte. Sie sah unfassbar appetitlich aus, auch wenn sich ihre Nippel farblich kaum von ihren Titten unterschieden.

Da mir nichts Besseres einfiel, tat ich es ihr gleich und präsentierte ebenfalls meinen Busen. Er war nicht ganz so fest wie ihrer, aber dafür um einiges größer. Ein Prickeln rann mir über den Rücken, als ich die ersten begehrlichen Blicke wahrnahm.

Heloise, wie immer die Entschlossenere von uns beiden, beugte sich zu mir herüber, hob eine meiner Brüste an und begann, knetend an ihr zu saugen. Es war das erste Mal, dass sie so etwas tat, und ich muss gestehen, dass es mich erregte.

»Gefällt dir das?«, flüsterte sie in mein Ohr und liebkoste dieses im nächsten Moment mit ihrer Zunge.

Gänsehaut raste über meinen Körper.

»Wollen die Bürgerinnen unter sich bleiben?«, hörte ich plötzlich eine galante Stimme.

Heloises Kopf flog herum, und sie strahlte. »Aber keineswegs. Sie dürfen sich gern anschließen.«

Er war ein gut aussehender groß gewachsener Mann, der sein rötlichblondes Haar kurzgeschnitten und nach hinten gekämmt trug. Er mochte auf die vierzig zugehen. Was ich so von ihm sehen konnte, war mehr als attraktiv. Distinguiert und gleichzeitig geil. Wie ich zu diesem Urteil gelangte? Nun, als die Menge drohte, ihn von uns fortzureißen, umschlang er meine Taille mit seinem Arm und fuhr gleichzeitig mit seiner freien Hand unter meinen Rock, wo er ohne Umschweife meine Muschel auszukundschaften begann. Sacht kniff er in mein schnell anschwellendes Fleisch und tauchte sodann in meine nasse Tiefe.

»Wir sollten uns vielleicht einen anderen Platz suchen«, schlug Heloise vor und zog uns mit sich.

Sie tat es dermaßen entschieden, dass mein Naturforscher von mir ablassen musste, um mir nicht wehzutun. Seine Hand umklammernd und meine Röcke raffend, eilte ich hinter den beiden her. Manchmal stieß ich Passanten beiseite, dann wurde wiederum ich von jemandem geknufft.

Schlussendlich hatte Heloise ein vergleichsweise ruhiges Plätzchen zwischen Bäumen entdeckt, wo wir uns – von einem Busch abgeschirmt – vergnügen konnten.

»Kannst du zahlen, Bürger?«, fragte meine Freundin ganz geschäftsmäßig.

»Wie viel verlangt ihr?«

Da ich Heloise lange genug kannte, sah ich ihr an, dass sie mit dieser Frage für einen Moment überfordert war.

»Dreißig Livre«, sprang ich ihr zur Seite.

Ein breites Grinsen schob sich über sein Gesicht. »Dreißig Livre? Bei allen Dämonen der Hölle, dafür kann ich ja einen ganzen Puff kaufen!«

»Dafür darfst du aber auch alles mit uns machen, Bürger. Wir versagen dir nichts«, versprach Heloise.

Gut, damit hatte sie sich sehr weit aus dem Fenster gelehnt, denn ich sah bereits, welche Bilder ihm gerade durch den Kopf zu gehen schienen.

»Einverstanden. Ihr versagt mir nichts.«

»Bezahlt wird im Voraus!«, setzte Heloise nach.

Er zählte ihr das Geld in die Hand, während sie abwechselnd die Münzen und mich strahlend ansah.

Damit er es sich nicht noch anders überlegen konnte, schmiegte ich mich an ihn und streichelte hinter seinem Hosenbund seinen Bauch. Er war fest. Die Haut beinahe wie Leder.

»Du legst dich hin …«, gab er mir die Anweisung, der ich Folge leistete.

Das Geäst des Busches halb über mir, beobachtete ich, wie er seine Hosen hinunterzog.

Dreißig ganze Livres hatte er einfach so in der Tasche …

Ich war über diese Tatsache ungefähr genauso erstaunt wie über die Länge seines Ständers, der bereits hoch vor seinem Bauch stand. Beinahe spitz war er, und ich träumte ihn bereits in meinen Hintern. So in meine Gedanken vertieft, begann ich, meine Möse zu bespielen. Ich leckte meine Finger ab und rieb mich selbst.

»Ich will dir ein wenig wehtun, ja?«, sagte er leise zu mir, und ich erschrak, denn er hatte bei seinen Worten bereits ein Messer zutage befördert.

»Mit dem Messer? Kommt nicht infrage!«, wies Heloise ihn zurecht.

Er aber schnitt nur zwei Stücke von einem Ast ab und spaltete sie ein stückweit in der Länge.

»Blödsinn«, knurrte er.

Dann öffnete er den Astspalt mit der einen Hand, während er mit der anderen meinen Nippel zusammenpresste. Als er diese selbstgemachte Klammer nun um meine Brustwarze zuschnappen ließ, verschlug mir der scharfe Schmerz fast den Atem. Ich schnaubte keuchend auf, und es wurde auch nicht besser, als er mit meiner anderen Titte ebenso verfuhr.

»Und? Wie ist es?«, flüsterte er mir zu, während er sich über mich beugte und mit seiner freien Hand wieder meine Auster zu streicheln begann.

Jetzt erst kam ich dazu, den Schmerz beiseitezuschieben wie einen Vorhang und über seine Frage nachzudenken. Gewiss war die Pein noch immer da, ließ mein Rückgrat brennen und meine Hände taub werden. Doch stärker als die von meinen Brüsten ausgehende Qual war die Geilheit, die sie hervorrief. Meine Haut, mein ganzer Körper schienen aufnahmebereiter zu werden. Sensibler. Die Lippen geöffnet, konnte ich nichts sagen, sondern nur nicken. Vorsichtig.

»Und du … du kniest dich hinter mich und kümmerst dich um meinen Arsch und meine Eier.« Seine Stimme hatte einen entschiedenen Klang, ohne nach Befehl zu klingen.

Er wusste, was er brauchte, und er holte es sich.

Heloise unterwarf sich wortlos.

Und während er meine Möse ausleckte, beobachtete ich an seinem Arm vorbei meine Gefährtin, die seinen Schaft rieb und dabei seine empfindsamsten Stellen züngelte. Ja, sie vermochte es zu meiner Überraschung sogar, seine Eier vollständig in den Mund zu nehmen und offenbar so heftig an ihnen zu saugen, dass er für einen Moment sogar von meiner Auster ablassen musste, um nicht die Beherrschung zu verlieren. Unser Gespiele ließ den Kopf hängen und keuchte bei der Behandlung, die ihm durch Heloise widerfuhr.

»Jetzt leck meine Rosette, sonst spritze ich gleich!«

Stumm spürte er eine Zeit lang Heloises Zunge in seinem Hintern nach, genoss, konzentrierte sich. Dann aber entzog er ihr seinen Unterleib.

»Legt euch nebeneinander!«, befahl er.

»Ich will einen Schluck Wein«, erklärte Heloise.

Er setzte sich auf seine Fersen und rief laut: »Wein! Wir wollen eine Flasche Wein!«

Im nächsten Moment erschien einer der Händler zwischen den Sträuchern. Scheinbar keineswegs über unsere Situation überrascht oder gar beschämt, stellte er uns eine Flasche Roten hin, den er zuvor sorgfältig entkorkt hatte.

»Wünscht der Bürger auch Gläser?«, fragte der Händler.

»Nein. Nimm dein Geld und mach dich davon!«

Als der Händler verschwunden war, ließen wir die Flasche im Kreis rumgehen und erfrischten uns.

Meine Nippel waren inzwischen etwas taub geworden, und so begann ich, an den Hölzchen zu spielen. Ich stieß sie an, bewegte sie hin und her, bis sich jene wohltuende Pein aufs Neue einstellte.

»Das gefällt dir, was?«, fragte er grinsend. »Wenn du willst, kann ich dir mit so etwas auch in deine Möse zwicken.«

»Ah – nein danke«, wehrte ich ab.

»Aber ich will!« Heloise war offensichtlich der Meinung, dass sich unser Liebhaber viel zu sehr mit mir beschäftigt hatte, und wollte nun ihrerseits in den Mittelpunkt seiner Aufmerksamkeit rücken.

So schnitzte er zwei weitere Hölzchen und ließ diese an jeder Seite ihrer Kirsche in das dick geschwollene Fleisch schnappen.

Sie schrie spitz auf, als das erste Hölzchen zuschnappte, doch sodann erging es ihr wie mir, und sie erkannte jenseits des Schmerzes, was dies in ihr auszulösen vermochte. Nun lag sie still da und keuchte. Diese kleinen festen Titten, der flache Bauch und die hochrote Möse Heloises erregten mich über die Maßen. Damit hätte ich niemals gerechnet. Ohne nachzudenken, begann ich, mich mit der einen Hand zu reiben, während ich mich über seinen Stamm beugte und ihn heftig einsaugte.

Die rhythmischen Bewegungen seines Unterleibes zeigten mir, dass er die Behandlung seines Stammes genauso genoss wie ich.

»Ich kann es nicht mehr aushalten. Ich muss euch beide ficken«, stieß er zwischen zusammengepressten Zähnen hervor. »Du legst dich auf sie drauf!«

Abermals wusste er bereits, wie er uns am liebsten genießen wollte und musste uns nur noch in die entsprechende Position dirigieren.

Welch merkwürdiges Gefühl, Heloises nackten Körper auf meinem zu spüren … Ihr Brüste, die über meine rieben. Der raue Haarbusch ihres Venushügels … Und dann küsste sie mich, öffnete mit ihren Lippen die meinen und ließ ihre Zunge in meinen Mund gleiten. Süß und weich waren diese Küsse. Ihr Atem duftete nach dem schweren Wein, den wir getrunken hatten.

Als er begann, mich zu stoßen, löste sich eine Strähne aus dem Haar meiner Geliebten und berührte meine Wange. Welche Lust, ihren weichen, empfindsamen Körper auf dem meinen zu spüren und gleichzeitig hart von einem Mann gefickt zu werden.

Ja, ich genoss diese Kombination so sehr, dass ich kaum ein Murren unterdrücken konnte, als unser Liebhaber mir seinen Schwanz entzog und ihn in Heloises gerötete Möse zwang. Geschickt balancierte er über uns und fickte abwechselnd unsere beiden Muscheln. So verteilte er Heloises Mösensaft in meiner und meinen wiederum in ihrer Möse.

Sie aber griff geschickt zwischen unsere Beine, tauchte ihre Finger in das jeweils gerade freie Loch und hob sodann ihre benetzte Hand zwischen uns empor. Mit geschlossenen Augen saugte ich nicht nur an unserem Saft, der von ihren Fingern troff, sondern auch an ihren Lippen, die sich in der gleichen Art über diese Flüssigkeit hergemacht hatten. Ich wusste bald nicht mehr, auf was ich mich konzentrieren sollte: auf ihre weichen Rundungen, die mich kosten, den harten Schwanz, der mich immer schneller fickte oder ihre Lippen, die unseren Saft in meinen Mund trugen …

Aber warum sich überhaupt auf irgendetwas konzentrieren? War es nicht viel angenehmer, sich von den Wogen der Lust davontragen zu lassen? Also genoss ich die beiden Körper, die sich derart um mich bemühten, und stellte ihnen den meinen im Gegenzug zur freien Verfügung.

»Jetzt!«, rief unser Liebhaber plötzlich, und im ersten Moment durchfuhr mich ein heftiger Schreck. »Kniet euch nebeneinander. Haltet mir eure Titten entgegen!« Er keuchte, umklammerte seinen Schwanz, und die Röte seiner Wangen sprach überdeutlich davon, dass er sich nicht mehr länger zu beherrschen vermochte.

Also beeilten wir uns, in die gewünschte Position zu kommen, und empfingen dann immer neue Fontänen seiner Sahne. Schwere Tropfen klatschten in unsere Gesichter. Ich streckte die Zunge so weit wie möglich heraus, in der Hoffnung, noch etwas von jener nussigen Flüssigkeit zu erhaschen, die er so großzügig auf unseren

Brüsten und Gesichtern verteilte. Er stöhnte so laut, dass ich fürchtete, jemand würde uns zur Ordnung rufen. Doch es geschah nichts. Im Gegenteil, jetzt da ich langsam wieder in die Wirklichkeit zurückkehrte, hörte ich all die anderen körperlosen Stimmen, die die Luft mit Wimmern und Keuchen erfüllten. Das wilde rhythmische Klatschen von Fleisch, die hervorgepressten Befehle.

Meine Fantasie gab diesen Stimmen Körper und Positionen. Es erregte mich aufs Neue, und ich wusste nicht, ob ich mir sofort einen neuen, bereiten Liebhaber suchen sollte, oder den vorhandenen für eine neue Runde bereitmachen sollte.

Da er sich aber erhob, seine Kleidung richtete und dann auf uns herablächelte, war mir klar, dass von ihm nichts mehr zu erwarten war.

»Es wäre zu hoffen, dass wir uns wiedersehen. Seid ihr öfter hier?«, fragte er.

»Wir könnten öfter kommen«, versetzte Heloise mit einem koketten Lächeln.

Er verbeugte sich so galant, wie man es früher getan hatte, und verschwand zwischen den Büschen.

Da wir nun aber miteinander allein im orangefarbenen Licht der Lampions standen, überfiel mich ein großes Unbehagen. Hatte mich die Tatsache, dass wir uns beide anzogen, noch ein wenig vor der beklommenen Peinlichkeit beschützt, so standen wir uns jetzt schweigend und ratlos gegenüber.

Was sollte ich sagen? Wie konnte es sein, dass diese Freundin der schwersten Stunden mit einem Mal zu meiner Geliebten geworden war? Aber war sie das denn tatsächlich? War unsere Vögelei nicht nur aus dem Wunsch unseres Liebhabers heraus geboren worden, dabei zuzusehen, wie wir uns gegenseitig genossen?

Jetzt machst du dir etwas vor, dachte ich. *Du hast sie genossen. Oder würdest du sonst mit einem solchen Behagen an das Gefühl denken, das ihre Brustwarzen auf deiner Zunge hinterlassen haben?*

An die Reize ihrer Zunge in deiner Auster? Eben! Es hat dir größtes Vergnügen bereitet, wie sie auf deine Liebkosungen reagiert hat. Wie sich ihr Körper gegen den deinen gedrängt hat.

Heloise nahm ihren Beutel und blickte hinein. Ihr Strahlen verriet, dass noch alle Münzen da waren, die er uns bezahlt hatte.

»Sollen wir etwas essen gehen?«, schlug sie vor.

Übermut erfasste uns, und so gingen wir in eines der Cafés und bestellten Torte. Mattigkeit hatte keine Chance in dieser Situation.

»Kannst du dir vorstellen, dass es praktisch kein Brot mehr in Paris gibt, wir aber hier sitzen und Torte essen?«, flüsterte sie, weit über den kleinen Tisch gebeugt in meine Richtung.

»Wenn man es bezahlen kann, gibt es auf dieser Welt alles.«

Erschrocken setzten wir uns sehr gerade auf und starrten in die Richtung der Stimme mit dem starken Akzent.

Es war tatsächlich der dürre, gelbhäutige Soldat, der mich vor dem Schaufenster angesprochen hatte. Seine dunklen Augen fixierten mich böse.

»Wer sind Sie, Bürger, dass Sie meinen, uns derart zurechtweisen zu können? Ein Pfarrer – ein Curé?« Heloise, offensichtlich entschlossen, sich den Spaß nicht von solch einem Hungerhaken verderben zu lassen, war in vollem Harnisch.

Gerade aber, als sie zu einem neuerlichen Kommentar anheben wollte, trat ein Kellner an den Soldaten heran und erklärte so laut, dass jeder um uns herum es gut verstehen konnte: »Es gibt keine freien Tische mehr, Soldat.«

Die vom Hut überschatteten Augen wanderten ruhig über die Köpfe der anderen Gäste hinweg.

»Ich sehe diverse freie Tische«, beharrte er.

»Ich bin untröstlich, Bürger. Die sind alle reserviert.«

»Ich sehe keine Schilder«, sagte ich ohne nachzudenken, woraufhin Heloise mir einen Stoß mit dem Fuß verpasste.

»Ich weiß, welche Tische reserviert sind, Mademoiselle.«

Jetzt war ich still. Die Situation trieb mir die Röte ins Gesicht, und ich war mir nicht sicher, ob es wegen der Peinlichkeit der Zurückweisung des Soldaten war oder weil ich mich ungebeten eingemischt hatte.

»So? Sicherlich werden Sie in einem anderen Etablissement noch einen Tisch finden. Dort hinten links ist …«

Noch ehe er den Satz beenden konnte, hatte sich der Soldat zwischen den neu eintreffenden Gästen hindurchgekämpft und war verschwunden.

»Was für ein abstoßender Kerl …«, zischte Heloise.

»Wie recht du hast.«

»Wissen Sie, Demoiselles, man kennt ja diese Sorte. Kommen hier rein, nehmen vom billigsten Wein und gehen ohne ein Trinkgeld. Das geben sie dann lieber einem der Mädchen dort draußen.« Er schloss kurz schockiert die Augen und ging davon.

In Gedanken dachte ich über seine Anrede »Demoiselles« nach und grinste innerlich. »Jungfrauen« hatte er uns genannt. Wenn wir etwas nicht waren, dann das. Aber ich kam wieder zurück ins Hier und Jetzt, dachte an den widerlichen Kellner und wiederholte: »Wirklich ein abstoßender Kerl!«

Heloise sah mich verblüfft an.

»Ich meinte den Soldaten, Céléstine. Der Kellner hat doch recht.«

***

Der Erfolg unseres ersten Besuches im Palais Royal hatte uns auf den Geschmack gebracht. Tagelang taten wir keinen Handschlag, sondern lebten von der Bezahlung unseres namenlosen Liebhabers.

»Wir brauchen dringend neue Kleider«, erklärte Heloise.

»Bist du von Sinnen? In Samt und Seide unter die Guillotine!«

Sie wiegelte mit einer Handbewegung ab. »Nein. Pass auf … Ich habe über den Palais Royal nachgedacht. Wenn wir uns etablieren würden …«

»Etablieren?« Ich hatte keine Ahnung, wovon sie sprach.

»Ja. Wenn wir regelmäßig dort auftauchen, lernen uns die entsprechenden Herren kennen. Wir hätten ein regelmäßiges Einkommen und könnten aus dem Verschlag ausziehen.«

Das war ein Argument, das mich interessierte.

»Wenn wir jede Nacht so viel verdienen … Rechne dir das mal aus! In einem Monat wären wir reich wie Prinzessinnen.«

Selbst mit meinen beschränkten Rechenkünsten begriff ich, dass sie recht hatte.

»Zudem wären wir nicht mehr von Pierrot abhängig.«

Dennoch hatte ich Zweifel. »Was, wenn wir keinen Kunden finden? Hast du mal gesehen, wie viele Mädchen sich dort anbieten?«

Es kam ein herablassendes »Pffff« und dann die Frage: »Wie lange haben wir in der ersten Nacht gebraucht, bis wir ihn hatten? Fünf Minuten? Und wenn wir uns ein bisschen herrichten?«

Da hatte sie ohne Zweifel ebenfalls recht.

»Hinzu kommt die Sicherheit! Keine Polizei! Und die, die da ist, will nur vögeln.«

Dennoch wurde ich meine Bedenken nicht los, auch wenn ich nicht einmal wirklich sagen konnte, worin sie bestanden. Wenn ich meinen Verstand benutzte, musste ich sagen, dass im Palais Royal das leichtere und sicherere Geld zu machen war. Doch unsere bisherige Vorgehensweise hatte funktioniert. Warum sie ändern?

»Wir können doch das eine tun, ohne das andere zu lassen«, schlug ich vor, da ich hierin den eleganten Mittelweg sah.

»Was meinst du?«

»Wir machen weiterhin unsere Hausbesuche, und zwischendurch füllen wir die Kasse im Palais Royal.« Dieser Gedanke kam mir so überzeugend vor, dass ich nicht damit rechnete, dass Heloise auch nur einen Moment zögern würde, ihn anzunehmen.

Stattdessen aber schwieg sie zu meiner Überraschung.

»Nun. Wir reden ein andermal darüber. Jetzt kaufen wir uns neue Kleider!«, sagte sie schließlich.

Sie warf mir mein Cape zu und war schon halb aus der Tür, als ich noch mit Anziehen beschäftigt war. So hastete ich die Treppe hinter ihr hinunter, bis wir die regennasse herbstliche Straße betraten.

Mit einem Mal waren wir von einem weiteren Gegenargument umgeben …

»Siehst du, noch ein Grund, uns nicht allein auf das Palais Royal zu beschränken: Das Wetter! Willst du bei solch einem Dreckswetter, oder gar im Winter, dort rumstehen und auf Kunden warten?«, fragte ich.

Ihre einzige Antwort war ein helles Lachen, als wüsste sie ein wunderbares Geheimnis, von dem ich noch keine Ahnung hatte.

Und wieder wechselte sie leichterhand das Thema. »Ich kenne in der Rue Beaulieu einen Altkleiderhändler …«

Meine Laune trübte sich. Ich sah uns bereits zwischen alten Lumpen nach brauchbaren Kleidern suchen. War das wirklich ihr Plan, um im Palais Royal erfolgreich auf Kundenfang zu gehen? Aber da ihre Einfälle des Öfteren mehr als nur brauchbar waren, schloss ich mich ihr ohne zu murren an.

***

Der Laden befand sich im Hinterhof eines Handschuhmachers. Im Hof standen Kisten, und unter zusammengezimmerten Schutzdächern schabten und schnitten Handwerker Lederstücke zurecht. Es stank nach Pisse und nassem Fell.

Als wir den Laden des Altkleiderhändlers betraten, wurde es nicht besser. Jetzt roch es stickig und nach Schimmel. Die Räume waren schlecht gelüftet und mit viel zu viel Stoff vollgestopft.

»Was willst du denn hier, zum Teufel? Dagegen sind unsere alten Kleider ja Gold.«

»Wart's doch ab«, murmelte sie.

»Aaah … Mademoiselle Heloise und Begleiterin. Welch Glanz in meinem bescheidenen Laden. Mit was kann ich dienen?«

Es waren die gleichen Worte, die mit Sicherheit Tag für Tag überall auf der Welt in den fremdartigsten Sprachen gesagt wurden.

Heloise aber freute sich derart, als wären sie in genau diesem Augenblick nur für sie ersonnen worden.

Er war ein dicklicher kleiner Mann und trug eine Perücke nach der alten Mode.

»Ah … Monsieur. Wir suchen nach ganz bestimmter Garderobe.«

»Gewiss.«

»Mindestens zwei Kleider brauchen wir.«

Er nickte, als notiere er jegliche Information in einem unsichtbaren Notizbüchlein.

Ich hingegen lenkte meine Konzentration lieber auf die gewaltigen Ballen von Stofffetzen, die sich – den Säulen eines griechischen Tempels gleich – um uns herum erhoben. Standen sie wirklich fest, oder sah ich eine gewisse Bewegung? Es erschien mir nicht ungefährlich in diesem Lager.

»Es sollen Kleider sein, die unsere Formen zur Geltung bringen, uns dabei aber nicht billig wirken lassen«, sagte Heloise.

Er hob die Augenbrauen und machte einen kleinen Kussmund. »Die Damen würden in absolut nichts billig wirken!«, korrigierte er sie.

»Gewiss«, ging sie zügig zu ihrem nächsten Punkt weiter, »der Stoff und die Verarbeitung müssen über jeden Zweifel erhaben sein. Nicht zwingend der letzte Schrei, aber für den Betrachter als absolut hochwertig erkennbar.«

Jetzt saugte er eine Wange zwischen die Zähne und klopfte mit der Spitze des Zeigefingers in gleichbleibendem Takt gegen die Höhlung. »Ich verstehe … ich verstehe …«, murmelte er. Mit einem plötzlichen »Ha!« löste er sich aus seiner Erstarrung und eilte an uns vorbei.

Mir kam das Ganze eher wie eine Posse vor. Würde er jetzt irgendein braunes Etwas und ein graues Dingsda aus seinem Fundus herbeibringen?

Denn was ich sah, passte bestenfalls zu Bettlerinnen, die in Häusereingängen nach Schutz suchten. Ich wandte mich um und erkannte durch die schmutzigen Scheiben, dass sich die Nacht senkte. Ich hatte, da unser Erspartes zur Neige ging, ursprünglich geplant, an diesem Abend wieder auf Beutezug zu gehen. Stattdessen stand ich nun zwischen den alten Lumpen und beobachtete eine schlechte Komödie.

»Heloise, was soll das? Lass uns hier verschwinden«, zischte ich ihr zu.

»Nein. Warte ab, ich kenne sein Lager«, gab sie leise zurück. Lüstern glitt ihre Zunge über ihre Lippen. Dabei grinste sie schelmisch.

»Wenn die Damen mal hier herüber kommen würden …« die Stimme des Stoffhändlers drang gedämpft zu uns.

Verblüfft starrte ich auf zwei lebensgroße Puppenkörper, die jede ein herrliches Kleid trugen.

»Möchten die Damen mal anprobieren?«

Ohne es zu merken, hatten wir eine Schatzhöhle betreten. Hier gab es Seide in allen Farben des Regenbogens. Stickereien. Funkelnden Brokat. Spitzen.

Der Händler bemerkte meine Überraschung und erklärte mit kaum verhohlenem Stolz: »Meine spezielle Boutique … Nur für ganz besondere Kunden!«

Ohne jede Scham zog sich Heloise blitzschnell vor dem Händler aus und wechselte sodann mit seiner eifrigen Unterstützung in eines der beiden Kleider. Es handelte sich um ein duftiges weißes

Etwas, dessen gewagte Durchsichtigkeit nur teilweise von einem Überkleid bedeckt wurde. Dieses wiederum ließ Heloises kleine Brüste frei und erregte mich, ohne dass ich es hätte steuern können.

Der Kaufmann stellte sich hinter sie, schob seine Hände unter ihren Achseln hindurch und legte seine Hände über ihre Halbkugeln. »So müssén Sie sich vorstellen, wie es aussehen würde, wenn ein Tüchlein diese herrliche Büste bedecken würde.«

Eine etwas unkonventionelle Art, ein Kleid vorzuführen, fand ich. Zumal er ganz offensichtlich dabei Heloises Nippel massierte.

»Wollen Mademoiselle vielleicht das andere anprobieren?« Offensichtlich von Heloise ermutigt, ging er bei mir noch unverfrorener vor. Er betatschte meine Brüste, griff zwischen meine Beine und kniff in meinen Po.

Da sein Verhalten aber einen recht guten Hinweis auf den Effekt der Kleider auf einen Mann darstellte, ließ ich ihn gewähren.

Das Kleid, in dem ich nun steckte, bestand aus einem weißen wallenden Rock mit einem Überkleid in Form eines Reitgewandes. Es hatte eine beinahe militärische Anmutung, betonte aber mit dem Gegensatz zwischen dem kräftigen Grünblau des Überkleides und dem Weiß des dazu getragenen Rockes meine sanduhrenförmige Figur.

»Hier würde ich einen Gürtel empfehlen … Die Taille einer Göttin und die Brüste einer Hure!«, erklärte er und ließ sich bei seiner Wortwahl offensichtlich von seiner steigenden Geilheit mitreißen.

Kurz darauf tauchte er mit einem hübschen gestreiften Gürtel wieder auf, dessen Schnalle aus einem ovalen Medaillon bestand. Es stellte eine gewagte Schäferszene dar: Die üppig gerundete Schäferin ließ sich offensichtlich von einem Schafbock beglücken, während ein Bauernbursche hinter einem Busch den erregten Beobachter gab.

Ich fragte mich, welche Dame das Stück wohl einst getragen haben mochte.

»Nun? Ist es das, was Sie gesucht haben?«, fragte der Händler.

Wir betrachteten uns zufrieden in einem großen, leicht stumpfen Spiegel, den er herbeigezogen hatte.

»Sie haben es wunderbar gemacht, Monsieur Junot. Wir nehmen sie! Was sollen die Kleider kosten?«, fragte Heloise.

»Aber … aber …«, erklärte er mit großer Geste. »Damen wie Sie brauchen doch kein Geld …«

Damit hatte ich nun nicht gerechnet. Wenn er als Gegenleistung ficken wollte, kamen wir mitten in die Patrouillen, die normalerweise um zehn ihre Runden begannen. Nichtsdestotrotz waren die Kleider entzückend – aber wir hatten ja Geld. Ungeduldig zog ich hinter seinem Rücken Grimassen in Heloises Richtung.

»Wir haben heute Abend noch Pläne«, mahnte ich und trat dabei von einem Fuß auf den anderen – zumal mir klar war, dass es zu dritt noch länger dauern würde.

»Warum hast du es denn so eilig, meine Süße?«, neckte mich meine Gefährtin.

Am liebsten hätte ich gesagt: »Weil ich einen verdammt aussichtsreichen Fisch an der Angel habe, der nicht nur vermögend zu sein scheint, sondern auch appetitlich anzusehen ist.« Natürlich sagte ich dies nicht, sondern schob die einbrechende Dunkelheit vor.

»Wenn du dich fürchtest, so schlage ich vor, dass ich hier Monsieur Junot für seine Mühen entschädige, während du dich schon mal auf den Weg machst«, schlug Heloise vor und wandte sich wieder dem dicklichen Kaufmann zu. »Ich bin nämlich nicht so ängstlich wie meine liebe Céléstine.«

»Das nächste Mal können die Damen ja zeitiger herkommen. Dann ist das Licht auch besser.«

Ich sah nur noch aus den Augenwinkeln, wie Heloise vor ihm auf die Knie ging.

Mein Cape übergeworfen, und mein altes Kleid zusammengerollt unter dem Arm, eilte ich hinaus. Da den Kirchenglocken das Läuten untersagt worden war, konnte ich nicht mehr feststellen, wie spät es tatsächlich war. Außerdem konnte man aus unserer Gegend sowieso keinen Kirchturm sehen. Der Nebel kam von der Seine heraufgekrochen, und Fackelträger setzten sich an allen Ecken und Enden der Stadt in Bewegung.

Hatte man keinen Diener, der einen begleiten konnte, so mietete man einen von ihnen. Bislang hatte ich für solchen Luxus kein Geld gehabt. Ich hatte mich vielmehr bevorzugt ein Stück hinter den Trägern bewegt und so, ohne zu zahlen, von ihren Diensten profitiert. Jetzt aber steckte ich einem von ihnen ein paar Sous zu. Ich hatte darauf geachtet, einen jungen kräftigen Burschen zu erwischen. Am besten waren die frisch vom Land eingetroffenen Bauernburschen. Sie waren stark, gesund und einer Rauferei nicht abgeneigt. Man kannte ihren Hang zur Gewalt und mied sie und ihre Kunden.

Unweit meines Zieles entlohnte ich den Burschen und nahm eine kleine Gasse, in der ich alles für die Nacht Notwendige in einer Mauernische versteckt hatte.

Als ich sicher war, allein zu sein, ging ich in die Knie und schob die losen Mauersteine beiseite. In der Nische lagen alte Kleider, zusammengefaltete Stoffstücke und ein Brett mit einem langen Lederriemen. Als ich mich so, in die Dunkelheit gekauert, umgezogen hatte, legte ich mir den Riemen um und verteilte die Stoffstücke ordentlich auf meinem kleinen Bauchladen.

Die Nacht konnte beginnen …

***

Pierrot – alle, die seinen wirklichen Namen kannten, waren längst tot – hob ein Stück nach dem anderen an und besah es von allen

Seiten. Er kratzte an goldenen Oberflächen und rieb Tropfen aus kleinen Phiolen darüber. Mal verfärbten sich die Läppchen, mal nicht.

»Was schmierst du denn da drauf?«, wollte Heloise wissen.

Er hob kurz den Kopf und grinste sie mit einer Reihe wunderschöner elfenbeinfarbener Zähne an. »Wenn ich dir das sagen würde, könntest du es ja auch, oder?«

Heloise zuckte mit den Schultern und begann, im Hinterzimmer umherzugehen.

Hier verwahrte Pierrot seine Unterlagen und machte seine Untersuchungen bezüglich der Echtheit der Stücke, die ihm angeboten wurden. Es war ein heller, freundlicher Raum, in dem es nur einen Schrank für die Papiere gab, sowie einen Schreibtisch und einen Stuhl. Seinem Sitz gegenüber befand sich eine Reihe sauberer Fenster, durch die genug Tageslicht fiel, um ihm seine Arbeit zu ermöglichen.

»Ich arbeite nicht im Zwielicht«, pflegte Pierrot zu sagen.

»Das sind schöne Stücke …«, gab er zu und es wirkte, als wollte er sogleich die Frage anschließen, woher wir sie wohl hätten.

Doch noch ehe er oder ich etwas sagen konnten, erhob Heloise bereits ihre Stimme: »Aber wir bringen sie aus traurigem Anlass. Unsere Tante aus Auxerre ist verstorben, und wir sind aufgrund unserer üblen Lage gezwungen, zu verkaufen.«

»Eure Tante also diesmal … Ist eure Familie nicht längst ausgerottet?« Er stellte die Schale zu den anderen Stücken, die wir gebracht hatten, und überlegte für einen Moment.

Da er sich jetzt entspannt zurückgelehnt hatte, sah seine Katze offensichtlich eine günstige Gelegenheit und sprang auf seinen Schoß, wo sie sich zusammenrollte und einschlummerte. Gedankenverloren glitten seine langen schmalen Finger durch ihr weiches Fell.

»Ich kann euch für alles zusammen sechzig Livres geben.«

Mein Herz machte einen Sprung und gleichzeitig zog sich mein Magen zusammen.

»So viel habt ihr mir noch nie gebracht.«

Das war mir klar geworden, als ich Heloises Goldrock gesehen hatte.

»Warum schaust du so besorgt drein, Bürger Pierrot?«, wollte Heloise wissen, auch wenn sie ihm den Rücken zugewandt hatte und sein Gesicht somit eigentlich gar nicht sehen konnte.

»Weil ich euch künftig nur noch in Assignaten (altes Papiergeld) bezahlen kann, und die verlieren rapide an Wert. Außerdem wird man euch bei solchen Mengen nicht mehr mit dem Leben davonkommen lassen.«

Heloise drehte sich mit bleichen Wangen zu ihm um. »Aber wir haben es doch geerbt!«, stieß sie schockiert hervor. Ihr Schrecken wirkte so echt, als glaubte sie tatsächlich ihrer eigenen Lüge.

»Natürlich. Aber gesetzt den Fall, eure Tante hätte das alles geklaut … Gestern haben sie ein vierzehnjähriges Dienstmädchen geköpft, die ihrer Herrin einen Unterrock gestohlen hatte!«

»Ich dachte, sie richten nur Aristokraten und Verräter hin?« Es war meine eigene Stimme, die von weither zu kommen schien.

»Die Zeiten haben sich geändert, meine Liebe. Sie hatte wohl die falsche Herrin … Die Gefängnisse leeren sich. Aber man braucht Spektakel auf dem Place de la Revolution.«

»Ich tanze lieber um den Baum der Verfassung«, erklärte Heloise und stellte ein Buch in sein Regal zurück.

»Also, wie gesagt, künftig kann ich euch nur noch in Assignaten bezahlen. Vielleicht wäre es an der Zeit, euch nach etwas anderem umzuschauen.«

»Wir haben keinen Einfluss auf die Todesfälle in unserer Familie«, sagte Heloise in strengem Ton, nahm das Geld und übergab es mir.

Nachdem ich es im Beutel unter meinem Cape hatte verschwinden lassen, bedankten wir uns bei Pierrot und verließen seinen Laden.

»Soll er bloß aufpassen, dass sie ihm nicht den Kragen leeren«, stieß Heloise trotzig hervor.

Die Sonne lieferte sich einen Kampf mit den düsteren Herbstwolken um die Vorherrschaft am Firmament, wobei die Wolken als Zeichen des Sieges bereits Regentropfen versprühten.

»Ach … Er hat ja recht, Heloise«, räumte ich ein.

»Und wenn schon. Wir müssen uns doch von ihm nicht belehren lassen.« Sie versetzte einem kleinen Stein einen Tritt.

»Wir haben keinen anderen, dem wir vertrauen können«, ermahnte ich sie.

Abrupt war sie stehen geblieben und starrte mich entsetzt an. Sie musste kein Wort sagen, ihr Gesichtsausdruck zeigte überdeutlich, dass ihr der Gedanke noch gar nicht gekommen war. »Verdammt.«

»Eben.«

Wir gingen weiter und hielten dabei unsere Kapuzen mit den Händen unter dem Kinn gegen den stärker werdenden Regen zusammen.

»Aber wenn er uns nur noch in Assignaten bezahlen kann, sind wir im Arsch«, stellte Heloise klar.

Unsere Glückssträhne endete offensichtlich. Zumindest was unsere Hausbesuche betraf. In meinem Beutel trug ich alles, was wir noch hatten. Wir würden uns einschränken müssen. Oder Heloises Plan aufgreifen, im Palais Royal Geld zu verdienen.

Düster schweigend gingen wir nebeneinander her, als wir von Ferne empörte Stimmen hörten. Frauen keiften, und man vernahm dumpfes Pochen.

Vorsichtig bogen wir in die nächste Straße ein. Es waren gefährliche Zeiten, und man tat gut daran, sich aus Zusammenrottungen und Streitereien herauszuhalten. Vor uns sahen wir zuerst eine Schlange aus vielleicht zwanzig oder dreißig Menschen. Sie pochten mit den Fäusten gegen die Ladenfront einer Bäckerei.

»Mach auf, Bürger Joseph! Mach auf! Wir wollen Brot!«, schrien sie durcheinander.

»Aber es wird doch gar nicht gebacken«, mischte Heloise sich ein, die neben einer der wütenden Frauen stehen geblieben war.

»Pah, Mädchen … Riechst du das denn nicht? Natürlich backt der Saukerl!«

Und tatsächlich stieg mir der feine Duft frisch gebackenen Brotes in die Nase.

»Seit vier Uhr heute Nacht stehe ich hier«, mischte sich ein Herr in guten Kleidern ein. »Seit vier Uhr! Und dann? Gibt drei Laib heraus und sagt, das sei alles, was er habe.«

Heloise kratzte sich unter ihrer Kapuze am Kopf. »Und warum gehen Sie dann nicht nach Hause, Bürger?«

Ich zupfte sie am Ärmel. Ich wollte nach Hause, denn ich hatte einen Beutel voller Geld und hielt es für angeraten, dass wir uns von solchen Szenen fernhielten.

»Weil es da auch kein Brot gibt, Mademoi… Bürgerin!«, erklärte eine Frau, die so klein war, dass ich nur ihre Haube sehen konnte.

»Dann wünsche ich euch viel Glück«, sagte Heloise leichthin.

Endlich konnten wir weitergehen.

»Es macht doch gar keinen Sinn, hier vor dem Laden Ärger zu machen, wenn der Bäcker doch nichts herausgibt«, wunderte Heloise sich. »Dann sollte man entweder nach Hause gehen oder in den Laden hinein und sich nehmen, was man braucht.« Sie war ein Kind der Revolution.

***

Als wir in unserem Verschlag waren, holten wir das Geld heraus und verbargen es unter einer losen Diele.

»Das wird uns eine Weile reichen. Aber wir müssen die Zeit nutzen, um etwas Neues zu finden, von dem wir leben können«, sagte Heloise, setzte sich auf die windschiefe Pritsche und stützte das Kinn in ihre Hände.

»Vielleicht sollten wir uns Arbeit suchen«, überlegte ich verhalten. Es klang sehr ernsthaft, als ich meine eigenen Worte hörte, doch ich wusste, es war Spinnerei.

»Tausende arbeitsloser Dienstboten füllen die Straßen von Paris. Ihre Herrschaften sind geflohen oder hingerichtet. Wie sollen wir da Arbeit finden?«

»Und wenn wir das Geld nehmen, ein Haus mieten und Zimmer anbieten?«

Es war offensichtlich unser letzter Versuch, eine ehrbare Zukunft für uns zu planen, doch war dieser Plan so unsinnig, dass ich mir die Worte der Ablehnung sparen konnte.

»Denkst du, sie würden uns wirklich köpfen?«, wisperte Heloise plötzlich so leise, als könnten uns ihre Worte verraten.

Ich hob die Schultern und ließ sie wieder sinken. »Wir haben ja noch das Palais Royal …«

***

Der Mann mit der Sammelbüchse steuerte direkt auf mich zu. Von Weitem schon hatte er mich erspäht, und ich ging nicht davon aus, dass er mit mir wegen einer Spende für die Soldaten an der Front reden wollte.

»Wie heißt du, Bürgerin?«, herrschte er mich an, als gäbe ihm die Sammelbüchse offizielle Rechte.

»Salomé Bonhomme«, erklärte ich wie aus der Pistole geschossen.

Er spie Tabak auf den Boden – um Haaresbreite an seiner Sammelbüchse vorbei. »Bekloppter Name. Kein Mensch heißt Salomé. Is ’n Name für ’n Gaul.«

»Wenn dir mein Name nicht gefällt, kannst du ja gehen.«

»Hä … hä … hä«, lachte er mit knarrender Stimme. Mit

spitzem Zeigefinger hob er ein paar meiner Stofffetzen an. »Verkaufste die?«

»Ja, Bürger. Man muss ja von etwas leben, nicht wahr?«

Seine Hand wanderte von meiner kleinen Auslage aufwärts zu meinem Dekolleté, über dem sich mein Cape öffnete.

Sacht hob er eine Seite meines Umhangs an und murmelte: »Wenn ich das so anschaue, wüsste ich glatt noch was anderes, was du machen könntest …«

Jetzt wurde mir klar, wie dreckig seine Finger waren, und da seine Hand so nah an meinem Gesicht war, konnte ich auch den strengen Geruch nicht mehr ignorieren, der mir in die Nase stieg. Meine Blicke wanderten über seine Schulter hinweg zu einem Haus auf der anderen Straßenseite.

Zwei Tage stand ich nun schon hier und hatte lediglich einen Dienstboten ein- und ausgehen sehen. Viel länger konnte ich hier nicht bleiben, ohne den Argwohn der anderen Bewohner der Straße zu erregen.

»Wenn du 'n nettes Mädchen bist, kannste hier stehenbleiben. Oder biste sowieso 'n nettes Mädchen?«

Meine Antwort blieb mir im Hals stecken, als er plötzlich blitzschnell in meinen Ausschnitt griff und meine Brust packte. In meinem Schrecken machte ich einen Schritt rückwärts, hob meine hölzerne Kiste und schlug sie ihm mit solcher Macht auf den Kopf, dass das Holz laut krachend barst.

Er fluchte. Hielt sich den Kopf. Griff an seine blutende Nase.

»Du Dreckstück!«, schrie er und holte mit der flachen, blutigen Hand aus.

Die Ohrfeige erwischte mich ungebremst. Es knackte in meinem Nacken und brennende Flammen breiteten sich von meiner Wange über meinen Körper aus.

»Hast du mir den Kasten auf 'n Kopp gekloppt?«, grölte der Sammler und stieß mich zu Boden.

Noch mit den Schmerzen in meinem Kopf beschäftigt, hatte ich nicht mehr genügend Reaktionsschnelligkeit, um meinen Sturz abzufangen. Stattdessen knallte ich hin und hatte ihn sofort über mir. Alles Strampeln, Schlagen und Treten half nichts. Er hielt die Sammelbüchse wie einen Stein über seinen Kopf und suchte offensichtlich nur nach einer Stelle, wo er mir den meisten Schaden zufügen konnte. Das Blut aus seiner Nase tropfte ohne Unterlass in mein Gesicht. Ich wollte den Kopf wegdrehen, mich zur Seite werfen … doch er war mir über.

Gerade als ich meine Lider zusammenpresste, um seinem Schlag nicht auch noch entgegensehen zu müssen, verschwand das Gewicht, das soeben noch auf mir gelastet hatte.

Ächzen und Zetern erhob sich stattdessen, und als ich die Augen wieder aufmachte, sah ich einen hochgewachsenen grauhaarigen Mann, der den Sammler von mir heruntergezerrt hatte und ihm einen so spitzen Dolch an die Kehle hielt, wie ich ihn noch nie zuvor gesehen hatte. Blut löste sich allein durch die bloße Berührung mit der Klinge aus der Haut des Unterlegenen.

Ich wischte das fremde Blut mit dem Ärmel weg und starrte den Fremden an. Er war ganz in Schwarz gekleidet wie ein Beamter der »Alten Ordnung«. Seine Wangen waren eingefallen und seine Augen hatten die Farbe jener Gletscher, die ich auf Bildern gesehen hatte: ein klares, eiskaltes Blau.

Seine Lippen waren schmal und passten zu seinem asketischen Äußeren. Die Stärke allerdings, mit der er den eigentlich wesentlich kräftigeren Mann in Schach hielt, verblüffte mich.

Der Sammler kämpfte wie eine Wildkatze um seine Freiheit, musste aber gleichzeitig darauf achten, sich den Dolch nicht selbst in die Kehle zu rammen. Mit einem kräftigen Stoß entließ mein Retter den Angreifer, und dieser zahlte jede Menge Fersengeld.

Inzwischen saß ich auf dem nassen Pflaster und sah zu dem Fremden auf, der sich nicht weiter um mich zu scheren schien.

Ja, er half mir nicht einmal auf. Er deutete lediglich auf die Holzstücke, die um mich herum verteilt lagen.

»Das ist hinüber!«, erklärte er ruhig und ging davon.

Was war ich froh, dass er mir das gesagt hatte …

»Wenn Sie das jetzt nicht gesagt hätten, Bürger. Ich hätte doch tatsächlich versucht, weiter darauf meine Waren zu verkaufen!«, rief ich hinter ihm her.

Als hätte er mich nicht gehört, pochte er mit der Faust gegen die Tür, woraufhin ihm ein Diener öffnete. Es war zwar nicht jener Mann, den ich versucht hatte auszuspionieren, aber dieser sollte es genauso tun. Immerhin hatte ich ja jetzt Kontakt mit ihm. Es musste sich nur noch ein Grund finden, bei ihm einzutreten …

Gerade als ich mich wieder auf die Beine stellen wollte, brach ein solch gewaltiger Regen los, dass ich innerhalb von Sekunden bis auf die Knochen durchnässt war.

Für den Herbst eher unüblich, begann es auch noch zu donnern. In der Ferne sah ich Blitze zwischen dem rötlich und golden schimmernden Laub der Bäume hindurch am Firmament zucken. Eine Sturmböe packte meinen Umhang und riss mit wilden Krallen an meiner Kapuze. Der Sturm war so heftig, dass er mich beinahe gegen die Mauer hinter mir drückte.

Während die Überreste meines kleinen Ladens die Straße hinuntergeweht wurden, kämpfte ich mich – weit nach vorn gebeugt – zur Haustür meines Retters durch. Die Regentropfen schienen mir inzwischen faustgroß zu sein und – ähnlich hart wie diese – gegen mein Gesicht zu schlagen.

Über mir verzog sich der Himmel nachtschwarz. Die Vögel hatten aufgehört zu zwitschern und in der Ferne glaubte ich, Pferde panisch wiehern zu hören.

Endlich stand ich – mühsam das Gleichgewicht haltend – vor der Tür. Meine Finger waren klamm und schmerzten, während ich gegen das Holz klopfte. Ich fürchtete, nicht gehört zu werden, denn in einem der oberen Stockwerke hatte sich ein Fensterladen losgerissen und schlug immer wieder krachend gegen die Wand.

Da aber bewegte sich ein langer Schatten im Innern des Hauses. Ohne Zweifel, jemand hatte mich gehört.

Der Wind hatte gedreht und kam nun von der Seite. Mit bebenden Händen versuchte ich, die nassen Strähnen aus meinen Augen zu halten, und blinzelte gegen den Regen an.

»Bürger … Hätten Sie die Güte, mich einzulassen?«, schrie ich mit rauer Kehle. Meine Kapuze wurde heruntergerissen, und ich musste mich für einen Moment am Türrahmen festhalten.

Diesmal schien mein Retter wenig geneigt, den Wohltäter zu geben. Stattdessen stand er in seinem Eingang und sah mich ausdruckslos an. Erwartete er vielleicht ein bestimmtes Passwort, dessen ich mich nicht erinnern konnte? Weder mein Zustand noch das Unwetter schienen ihn zur Eile anzutreiben.

»Bürger … Ich flehe Sie an! Bei diesem Sturm schaffe ich es unmöglich bis nach Hause, ohne erschlagen zu werden!«

Jetzt endlich machte er einen Schritt zur Seite und ließ mich rein.

Keuchend um Atem ringend trat ich in die herrlich warme Vorhalle, und er schloss die Tür hinter mir.

»Pierre öffnet normalerweise, aber er ist oben und sichert die Fensterläden«, erklärte er mit tiefer, leicht rauer Stimme.

Wollte er damit zum Ausdruck bringen, dass er ungeübt war im Einlassen von Besuchern?

»Die Revolution … Die Revolution …«, murmelte er ungehalten, während er vor mir herging.

Ja, ohne die hätten wir wahrscheinlich alle noch Lakaien, um für uns die Türen zu öffnen, dachte ich.

Zu meiner Überraschung ging er direkt zu einer sehr eindrucksvollen Bibliothek. Deckenhohe Schränke, hinter deren Glas Hunderte von Büchern standen. Es gab einen Kamin, doch der wurde – offensichtlich aus Sicherheitsgründen – nur von der Rückseite her befeuert. Am einzigen Fenster des Raumes stand ein Lehnstuhl, der allerdings schon bessere Tage gesehen hatte. Das Prunkstück war aber, ohne jeden Zweifel, ein marmorner Tisch, auf dem gewaltige Folianten lagen. Offensichtlich war es mir nicht vergönnt, mich zu setzen, da der Herr des Hauses sich umgehend in dem Lehnstuhl niedergelassen hatte und es keine weitere Sitzmöglichkeit gab.

Er nahm sein Buch wieder zur Hand und blickte – nachdem er eine Seite umgeblättert hatte – zu mir hin, als wollte er sagen: »Ja, nun? Und wieso stehen Sie hier noch rum? Machen Sie sich an die Arbeit!«

Allerdings ruhte sein Blick weniger auf meinem Gesicht als vielmehr auf meinem Busen. Und als ich an mir herabsah, erkannte ich auch wieso: Jenes Batist Tuch, welches meinen tiefen Ausschnitt schicklich bedeckt hatte, war vom Regen komplett durchsichtig gemacht worden. So sah er also ungehindert die vollen Halbkugeln mit den von der Kälte starr aufgerichteten Brustwarzen.

Wie steif und würdig sich mein Gegenüber auch geben mochte, an dieser Stelle war er einfach nur ein Mann. Und ich war Frau genug, um zu wissen, wie ich mit ihm umzugehen hatte … So zog ich das Tuch heraus und bot ihm meine Blöße dar. Seine Miene wurde kalt und ablehnend im Angesicht dieser Provokation. Als könnte ihm nichts die Beherrschung rauben, senkte er den Kopf und las weiter.

Würde ich ihn so davonkommen lassen? Nicht, wenn es nach meiner nassen Möse ging! Also trat ich einen Schritt an ihn heran.

Er tat nichts, als eine Seite umzublättern.

Ich löste die Bänder meines Mieders und ließ es zu Boden gleiten.

Er las.

Es folgten meine Röcke. Ich stieg über den nassen, verdreckten Haufen.

Er las.

Indem ich vor ihm auf die Knie ging, zog ich mein durchweichtes Hemd über den Kopf und warf es beiseite.

Sein Bein, das bislang über dem anderen geruht hatte – und dies war seine einzige Bewegung – wurde angehoben und neben das andere Bein gestellt. Langsam wendete er die nächste Seite.

Ich aber griff nach seinem Hosenbund und begann die Knöpfe, einen nach dem anderen zu öffnen. Der Duft des leicht feuchten Papiers stieg mir in die Nase und versetzte mich in eine wohlige Stimmung. Und da war er – stramm. Willig. Ich reckte mich und bog seinen Stamm ein wenig in meine Richtung. Wann er wohl das Buch weglegen würde, fragte ich mich.

Im gleichen Moment sprang er derart überraschend auf, dass mir nicht nur sein Schwanz entglitt, sondern ich auch noch sehr unkleidsam zur Seite kippte.

»Was zum Teufel …«, setzte ich gerade an, als er mein Handgelenk packte und mich auf die Füße zerrte.

»Du kleines durchtriebenes Miststück! Wie kannst du es wagen, dir zu nehmen, was ich dir nicht freiwillig gebe?!«

Vollkommen perplex suchte ich nach einer Erwiderung und fand sie nicht.

Er spie seinen Zorn von so weit oben auf mich herab, als stünde er auf einem Berg.

»Aber ich …«

Auch wenn ich in diesem Moment – von ihm brutal in der Höhe gehalten, meinen Arm beinahe auskugelnd – eine bebende Angst verspürte, so war doch, muss ich gestehen, meine Geilheit stärker.

Sein Zorn machte mich gierig. Seine wütende Miene füllte meinen Schoß mit heißem Saft, und seinen Schwanz vor mir zu sehen, wie er kerzengerade in die Höhe stand, raubte mir die Sinne.

»Ich werde dich bestrafen!«, keuchte er, und ich hoffte inständig, es wäre vor Lust.

Mein Herz trommelte in meiner Brust, und das Blut rauschte in meinen Ohren.

»Oh Gott, ja!«, stieß ich hervor.

Mit einer Bewegung seines langen Armes hatte er die Folianten krachend von dem steinernen Tisch gewischt und stieß mich bäuchlings dagegen.

»Ich werde dich benutzen … solange es mir gefällt!«

Jetzt drohte ich vor Geilheit den Verstand zu verlieren. Selbst als er mich in diesem Moment losließ, um sich hinter mir auszuziehen, machte ich keinerlei Anstalten zu flüchten.

Wieso auch?

»Ich werde dich in den Arsch ficken, hörst du?«

Kochende Lava ergoss sich von meinem Kopf über meine Schultern. Ich spürte den Schweiß ausbrechen … Im gleichen Moment, da er seinen Unterleib gegen meine Pobacken stieß, schlug er seine Finger in mein nasses Haar und riss meinen Kopf so zurück, dass ich gezwungen war, meine Brüste weit nach vorn zu strecken und meinen Rücken durchzubiegen.

»Bist du schon in den Arsch gefickt worden, du kleines Miststück?«

Was sollte ich sagen? Wollte er, dass ich lüge? Meine Gedanken irrten durch meinen Kopf und ich suchte nach allem, was ihn aufzugeilen vermochte. Ich wollte ihn mit meinen Worten antreiben, wollte seine Gier befeuern. Zum ersten Mal ärgerte es mich bei einem Liebhaber, dass ich ihn und seine Vorlieben nicht besser kannte. Es mit diesem Mann zu treiben, war, als ließe man sich in ein Wildwasser fallen. Es riss einen gnadenlos mit. Ich musste nur noch meine Angst überwinden, in seiner Gier zu ertrinken. Dies konnte nur gelingen, wenn ich losließ, mich ganz in seine Hände begab.

Ich konzentrierte mich also auf meine Arme und Beine, auf die Muskeln in meinen Gliedern. *Lasst los!*, flüsterte ich ihnen zu.

Er stöhnte hinter mir. Sein Atem trug Worte, die ich nicht verstand. Aber das brauchte ich auch nicht. Es genügte, zu wissen, dass er sich mir ebenso vollständig hingab wie ich mich ihm. Als er meine Pobacken auseinanderzog und begann, mit seinen Fingern meine Rosette zu dehnen, kam ich an meine Grenzen. Vorfreude. Schmerz. Lust. Alles mischte sich in mir. Und dann spürte ich jenen gewaltigen Druck, den seine Eichel auslöste, als sie sich langsam und unnachgiebig Zugang zu meinem Innersten verschaffte. Wenn ich mich jetzt verkrampfte – das war mir klar –, würde ich fürchterliche Schmerzen erleiden. Also versuchte ich, mich auf etwas anderes zu konzentrieren, nämlich auf die Frage, wie viele Männer meinen Arsch schon benutzt hatten. Zwei. Mehr fielen mir nicht ein in diesem Nebel aus Qual und Gier.

»Dein Popo ist wohl nichts Gutes gewöhnt?«, knurrte er in mein Ohr und beugte sich dabei tief über meinen Rücken.

So hinter mir kauernd bewegte sich sein Oberkörper kaum, doch sein Schwanz pumpte umso intensiver tief in meinem Hintern. Von Zeit zu Zeit spie er auf seine Finger und bestrich seinen Schaft.

Als ich den Kopf zur Seite drehte, sah ich unser Spiegelbild im Fenster. Es war, als hätte er mir einen Schlag verpasst. Was für ein Anblick! Noch nie hatte ich dabei zugesehen, wie ich gefickt wurde. Es war unglaublich! Ich konnte jeden einzelnen Muskel seines Körpers in Aktion sehen. Und erst seine Lenden, wie sie sich rhythmisch vor- und zurückbewegten, in mich hineinstießen. Das Bild brannte sich in meinen Verstand und verband sich mit dem geilen Druck in meinem Hintern.

Jetzt begann ich zu schreien. Ich explodierte. Mösensaft rann an meinen Schenkeln herab.

Er aber kannte anscheinend sein Spiegelbild. Ich wusste es,

als er immer schneller zustieß und dann – kurz vor dem Höhepunkt – ebenfalls zum Fenster hinsah und augenblicklich in meinem Arsch kam.

Oh – welch köstliche Entladung! Sein Keuchen und Stöhnen noch in den Ohren, spürte ich zu seinem Schwanz hin, den er genüsslich langsam aus mir herauszog. Sodann begab er sich hinter einen kleinen Vorhang, den ich zuvor gar nicht bemerkt hatte.

Als er wieder hervortrat, wischte er seinen Schwanz mit einem Tuch ab.

»Wenn du dich auch waschen willst, lasse ich dir frisches Wasser bringen.« Seine Stimme hatte einen solch neutralen Klang, als hätte es die zurückliegenden Minuten zwischen uns gar nicht gegeben.

Ein merkwürdiges Gefühl der Kälte und des Fremdseins stellte sich ein. Meine Kehle wurde mir eng, als ich sein Angebot annahm und mich ebenfalls hinter dem kleinen Paravent wusch.

Danach zog ich meine noch immer nassen Kleider wieder an. Die Bänder meines Mieders zog ich so gut zu, wie ich nur konnte, und legte zum Schluss mein Cape um. Mit einem seltsamen Hauch von Hoffnung hatte ich damit gerechnet, dass er mich vielleicht abhalten würde zu gehen.

Doch er tat nichts dergleichen. Gerade so, als wäre ich ein Dienstbote, der seine Aufgabe getan hatte und nun ging, ließ er mich wortlos ziehen. Er hatte sich in seinen Sessel gesetzt und die Lektüre wieder aufgenommen.

Als ich ihm meinen Gruß entbot, blickte er kurz auf, nickte und las dann weiter.

Das war nun doch zu viel.

»Kannst du nicht mal aufstehen, wenn ich gehe? Wer hat dich denn erzogen! Eine Katzenmutter?«

Irritiert blickte er von seinem Buch auf.

»Denkst du auch nur eine Sekunde an andere?«, rief ich, warf mit Schwung mein Cape hinter mich und trat auf ihn zu. Keinen klaren Gedanken konnte ich mehr fassen. Empörung und Zorn regierten in meiner Brust. »Du weißt aber schon, was mit mir geschieht, wenn du mich jetzt vor die Tür schickst und mich die Patrouillen erwischen?«

Mit ruhiger Hand legte er das Buch beiseite, als ereigne sich gerade ganz und gar Unerhörtes, das nun doch seine Aufmerksamkeit verdiente. »Ich streite mich nicht mit käuflichen Frauenzimmern.«

»Käuflich? Wenn ich eine Hure bin, wo ist dann meine Entlohnung?«

»Nun, ich dachte, die würdest du dir beim Hinausgehen mitnehmen.«

»Beim Hinausgehen? Stehlen meinst du?«

»Ich liebe das Du nicht.« Seine Stimme war plötzlich von einer Überheblichkeit, die ich so noch nie erlebt hatte.

»Und wer bist DU, dass ich dich mit Respekt anreden soll?«

Gerade als er offensichtlich Luft holen wollte, um mir zu antworten, hielt er abrupt inne. Dann sagte er: »Entweder du gehst oder du bleibst. Wenn du bleibst, soll Pierre dir etwas zu Essen richten.«

Ach, wie gern hätte ich ihm in diesem Moment eine Backpfeife verabreicht, und wäre mit wehenden Röcken hinausstolziert. Leider konnte ich mir solchen Stolz nicht erlauben. Draußen wimmelte es zum einen von Sansculotten, die mich augenblicklich festsetzen würden, und zum anderen musste ich Heloise den Freiraum verschaffen, den sie brauchte, um Beute zu machen.

Da es ihn eh nicht kümmerte, warf ich mein Cape vor dem Kamin zu Boden und machte mich auf den Weg nach unten, wo ich die Küche vermutete.

Ich lauschte konzentriert auf jegliches Geräusch, das entweder auf Heloise oder einen nahenden Dienstboten hindeutete. Ich konnte nur hoffen, dass sie inzwischen mit dem Kaufmann fertig war … Aber alles war totenstill.

Dank der Ausgangssperre fehlte auch das übliche nächtliche Treiben auf den Straßen. Ob Heloise schon wieder gegangen war, oder war sie noch gar nicht aufgetaucht?

Starr stand ich im Halbdunkel und lauschte. Nichts.

Ein paar Stufen ging es in den Keller hinunter, wo ich sogleich die Wirtschaftsräume fand.

»Hat Seine Gnaden einen Wunsch?« Ein schlanker Mann mit grauen Schläfen trat an den Tisch, an dem scheinbar schon lange nur noch ein Platz besetzt wurde.

»Er sagt, ich solle mir etwas zu Essen geben lassen.«

Seine Gnaden also … Das erklärte so einiges in diesem Haus, dachte ich. »Sie sollten von ihm nicht so sprechen, Bürger«, mahnte ich ihn.

Wie schmal da seine Lippen wurden und wie er die Luft anhielt.

»Wie ist sein Name?«

»Seine Gnaden, Jean Baptiste, der Herzog von Rohan Malesherbes.« Ein Hauch von Trauer schwang in der Nennung des Titels mit.

Er öffnete einen hohen Schrank und nahm ein Brett mit einem Stück Käse heraus. Auf einem anderen der vier Regale sah ich einen angeschnittenen Laib Brot und daneben ein Stück luftgetrockneten Schinken.

»Sobald ich fertig bin, bringe ich das Essen nach oben«, sagte er kurz angebunden.

Es war ein deutlicher Hinweis darauf, dass ich hier unten nichts zu suchen hatte. Selbst wenn ich die Person war, die sein Herr vor Kurzem zum Schreien gebracht hatte. Ich war in jenen Bereich eingedrungen, in dem sich die alte Ordnung erhalten hatte. Da draußen wälzte sich die blutige Revolution durch die Gassen, und hier saß ein Herzog mit seinem Diener und verspeiste trockenes Brot.

Als hätte ich nichts bemerkt, ging ich wieder nach oben, zurück zum Herzog in die Bibliothek.

Wie in einem Gemälde saß er noch immer so, wie ich ihn verlassen hatte, und widmete sich seiner Lektüre. Seine schwarze Kleidung, so unähnlich der eines hohen Adligen, war wieder ordentlich, wie sie sein sollte. War mir zuvor schon aufgefallen, dass seine Ellenbogen glänzten? Seine Schuhe hatten abgewetzte Stellen …

»Der Diener wird etwas hochbringen«, sagte ich.

»Die Patrouillen enden gegen sechs. Bis dahin kannst du bleiben.«

Ich setzte mich schweigend auf den Boden, denn bislang hatte er es nicht für nötig befunden, mir einen Stuhl holen zu lassen.

Wahrscheinlich war Heloise längst unverrichteter Dinge wieder abgezogen, dachte ich niedergeschlagen. Dann war all der Aufwand umsonst gewesen. Adelskrempel war zwar noch verkäuflich, aber es war die gefährlichste Ware überhaupt. Wer mit Monogramm versehene Tabaksdosen oder gekrönte Taschenuhren feilbot, lief schnell Gefahr, selbst für einen Adligen gehalten zu werden. Ich konnte also nur hoffen, dass Heloise das Richtige hatte mitgehen lassen – wenn sie überhaupt etwas gefunden hatte!

Als der Diener kurze Zeit später eintrat, verschlug es mir beinahe die Sprache. Auf feinstem Porzellan hatte er aus dem bisschen Brot, Schinken und Käse eine reizende Platte komponiert.

»Du bist ein Künstler, Bürger«, lobte ich ihn, denn mir standen allzu deutlich die Bilder des Vorratsschrankes vor Augen.

Er senkte kurz dankend den Kopf.

»Soll ich ein Bett für Mademoiselle richten?«, fragte der Diener an seinen Herrn gewandt.

Der Herzog, der keiner mehr war, holte tief Luft und nickte dann, ohne etwas zu sagen.

Wahrscheinlich stimmte es, was wir in der Schule gelernt hatten, dass unter dem dicksten Eis die mächtigsten Vulkane lauern.

Da man sich keine weiteren Gedanken über meine Sitzmöglichkeit zu machen schien, aß ich an dem marmornen Tisch stehend. Die gewaltigen Folianten lagen noch am Boden. Offensichtlich gehörte so etwas zu den Aufgaben des Dieners.

»Willst du nichts essen?«, fragte ich den Herzog, der keiner mehr war.

Er schüttelte den Kopf mit trübem Blick.

Als ich gerade ein Stück Schinken schluckte, begriff ich … Ich aß wahrscheinlich gerade das, was sie für den kommenden Tag aufgespart hatten. Wäre es somit eine revolutionäre, eine republikanische Handlung, wenn ich dem Herzog, der keiner mehr war, Brot und Käse wegaß? Nein. Es wäre einfach nur niederträchtig, dachte ich und schob den edlen Teller von mir, was er aus den Augenwinkeln beobachtete.

»Wenn ich nachher gehe und morgen Abend wiederkäme, würdest du mir dann die Tür öffnen?«

Er hob den Blick nicht für eine Sekunde von den Seiten und sagte: »Das solltest du den Wohlfahrtsausschuss fragen.« Er blätterte um.

»Jean Baptiste …«, sagte ich leise.

Da hob er den Kopf, ließ das Buch in den Schoß sinken und sah mich unverwandt an. Sein Kinn schien leicht zu beben, und ich wusste nicht, ob vor Wut oder weil er mit seiner Selbstbeherrschung kämpfte. Der Herzog, der keiner mehr war, schluckte und hob seine Lektüre wieder hoch.

Ich hatte ihm für eine Nacht genug zugesetzt. Mit knurrendem Magen verließ ich die Bibliothek und ließ mich von Pierre in den ersten Stock führen, wo mich ein eiskaltes Zimmer erwartete. So legte ich mich also mit meinen klammen Kleidern in ein eisiges Bett, sodass es sich anfühlte, als habe man mich nur deswegen aus einem winterlichen Teich gezogen, um mich in eine Schneewehe zu stoßen.

Mit den Zähnen klappernd lag ich wach und war mir sicher, dass ich erfröre, wenn ich nur für einen Moment den Schlaf Oberhand gewinnen lassen würde. So starrte ich also in Richtung der klappernden Fensterläden und konnte nicht mal dem Sturm entkommen, der bedrohlich durch die Ritzen pfiff. Ohne es zu merken, schlummerte ich ein und träumte vom Palais Royal und dem ausgemergelten Soldaten mit der gelben Haut.

***

»Und? Hattest du wenigstens Spaß?«, fragte Heloise und starrte mich feindselig an, als ich am nächsten Morgen durch die Tür unseres Verschlags trat.

»Wie kommst du denn darauf?«, gab ich spitz zurück.

»Ich habe dich schreien gehört. Deswegen.«

»Warum bist du denn jetzt so übellaunig?«

Sie saß auf der Pritsche und ließ ihre Beine vor und zurück wippen. »Warum? Weil ich ständig diesen beschissenen Diener an den Hacken hatte. Der rennt ja noch mitten in der Nacht durchs Haus und ackert. Und was habe ich gefunden? Einen Scheiß! So sieht es aus. Dein famoser Freier hat nichts! Keine verdammte Kohle. Nichts als dunkle Ränder auf verblichenen Tapeten.« Mit einem Satz war sie auf den Füßen. »Deswegen hoffe ich, dass er dich wenigstens gut gefickt hat.«

»Er ist ein Herzog!«, platzte ich heraus und kam mir im gleichen Moment unendlich kindisch vor.

»Pfff … Heute ein Herzog ohne Gold und morgen ein Herzog ohne Kopf.«

Und noch während ich sie fassungslos ansah, spürte ich bereits Tränen in meinen Augenwinkeln brennen. »Wie kannst du nur so verdammt herzlos sein?«

»Weil ich inzwischen begriffen habe, was Pierrot mit den Assignaten meinte. Deswegen! Weißt du noch, wie wir gedacht haben, die letzte Beute würde weiß Gott wie lange reichen?«

Sie stieß schnaubend die Luft durch die Nase.

»Ein Scheiß, meine Liebe! Coluche hat die Miete ver-was-weiß-ich-facht! Und das Geld, das wir Papi gegeben haben, damit er uns die Bescheinigungen besorgt, das kannst du abschreiben. Das ist weg!«

»Und die Papiere haben wir trotzdem nicht …?« Es war mein Fehler gewesen. Ich hatte erwartet, dass der Herzog mehr besitzen würde. »Es tut mir leid. Ich habe ihn falsch eingeschätzt. Wenn du willst, kannst du beim nächsten Mal zu Hause bleiben. Ich übernehme auch deinen Part. Als Wiedergutmachung …«

Heloise hatte ein paar Runden schweigend durch unseren Verschlag gedreht und setzte sich dann wieder.

»Pfff … Doppeltes Risiko für dich? Nie und nimmer. Wenn sie dich erwischen, habe ich auch nichts davon. Im Gegenteil – sie nehmen dich in die Zange, und dann verpfeifst du mich auch noch.«

Jetzt hatte sie beide Hände auf den Knien aufgestützt, die Unterlippe zwischen die Zahnreihen gezogen und grübelte offensichtlich. Die Lippe schnalzte wieder hervor. »Ich habe dir inzwischen schon tausend Mal gesagt, dass wir uns auf das Palais Royal konzentrieren sollen, und ich habe keine Ahnung, warum du so dagegen bist.«

Wie sollte ich ihr erklären, was ich selbst nicht verstand? »Ist nur so ein Bauchgefühl«, gab ich kraftlos von mir.

»Bauchgefühl?« Mit verwundertem Blick sah sie mich an, als wäre mir ein zweiter Kopf gewachsen. »Statt einem Gefühl brauchen wir Essen im Bauch! Bei unseren Gastgebern ist immer weniger zu holen. Dein famoser Herzog hatte nicht mal einen verbogenen goldenen Löffel, den ich hätte mitgehenlassen können.«

»Aber Francois! Den vergisst du natürlich. Selbst Pierrot hatte nicht genug, um uns bar bezahlen zu können.« Francois war mein ewiges Ass im Ärmel.

Mittlerweile war es mir selbst schon peinlich, ihn zu erwähnen. Wie musste die Nennung seines Namens dann erst in Heloises Ohren klingen?

»Gott im Himmel!«, rief sie aus. »Ich kann es nicht mehr hören! Wie lange ist das denn her? Hä? Nicht nur, dass Pierrot uns beschissen hat, sogar die verdammte Regierung hat uns über den Kamm balbiert. Was ist denn noch übrig? Nix mehr! Im Palais Royal … Da hätten wir Aussichten!«

Ich blickte durch die gelb verdreckte, mehrfach gebrochene Scheibe nach draußen, wo bald der Schnee zu fallen beginnen würde.

»Es wird Winter! Willst du in Eis und Schnee stehen? Wegen dir lasse ich mir doch nicht die Möse zufrieren!« Ich hatte im Hochgefühl dieses großartigen Argumentes meine Stimme gehoben.

»Du bist so dämlich«, knurrte sie. »Was meinst du, wo die anderen ficken? Die Kerle sollten uns ein Zimmer im Palais bezahlen.«

»Weißt du, was ein Zimmer im Palais kostet?«, herrschte ich sie an, allein schon deswegen sauer, weil ihr immer etwas einfiel, im Gegensatz zu mir.

»Nein. Du etwa?«, gab sie schmallippig zurück.

»Ich habe Angst, Heloise. Einfach Angst. Stell dir vor, einer meiner Gastgeber erkennt mich … Ich will nicht auf die Galeere müssen oder hingerichtet werden …«

Offensichtlich hatte die Qual in meiner Stimme sie erweicht, denn Heloise setzte sich neben mich und legte ihren Arm um meine Schultern. »Das will ich doch auch nicht, aber so wie es jetzt läuft, werden wir verhungern. Lass es uns doch wenigstens versuchen. Wenn wir es jetzt im Herbst schaffen, dann schaffen wir es immer. Und wenn uns einer ficken will, muss er eben ein warmes Zimmerchen anbieten.«

Ich hob die Schultern und ließ sie wieder sinken.

»Die Männer dort sind doch nicht blöde. Die wissen, wie sie auch mitten im Frost ihren Schwanz angenehm versenken können. Und wenn einer keine Stube bieten kann, muss er sich halt selbst einen runterholen.«

Wie sanft und weich ihre Stimme da klang. Als spreche sie mit einem Kind …

»Lass es uns wenigstens probieren. Wenn es nicht klappt, können wir immer noch nach neuen Gastgebern suchen.« Sie atmete geräuschvoll aus. »Es war so schön, als wir beide gemeinsam im Palais Royal gefickt worden sind.« Sie küsste sacht meinen Nacken. »Oder fandest du das nicht?«

Vorsichtig hakte sich ihr Zeigefinger unter die Raffung meines Hemdes und zog die Seite herab, bis meine Brust entblößt war.

»Das könnten wir jede Nacht haben. Mösen und Schwänze. So viel wir wollen …«

***

Der Gedanke war reizvoll, äußerst reizvoll sogar. Was war es also, das mich davon abhielt, diesen Weg gemeinsam mit Heloise zu gehen?

Es war, weil ich dann wirklich eine Hure wäre. Der Unterschied lag für mich auf der Hand: Bislang hatte mich keiner der Männer, mit denen ich gevögelt hatte, dafür bezahlt. Gut, es war moralisch gesehen nicht unbedingt besser, wenn man einen Mann verwöhnte, während unten im Haus die Freundin sein Wohnzimmer ausräumte, aber zumindest hatte ich so nicht das Gefühl, mich zu verkaufen.

Dass Heloise dies vollkommen anders sah, war mir klar. Und dass an dieser Frage unsere Freundschaft zerbrechen mochte, ebenso. Was sollte ich also machen? Um Rat konnte ich niemanden fragen, wenn ich mich nicht der Obrigkeit ausliefern wollte, waren doch in diesen Tagen die Spitzel und Verräter näher als das Unterhemd.

Ich konnte also nur auf Zeit spielen, musste den nächsten Schritt so lange hinauszögern, wie ich nur irgend konnte.

Aus irgendeinem Grund ging mir mein ehemaliger Herzog nicht aus dem Kopf … Was für ein seltsamer Mann. Grob. Verschlossen. Vielleicht sogar bösartig. Und doch sah ich noch immer seinen Diener Pierre an den paar traurigen Vorräten rumhantieren, die sich in dem fast leeren Schrank befanden.

Mit dem Geld, das wir in den letzten Wochen verdient hatten, so dachte ich mir, konnte ich vielleicht wiedergutmachen, was ich den beiden weggegessen hatte. Zumindest war es ein guter Vorwand, ihn wiederzusehen.

War ich nämlich aufrichtig – auch vor mir selbst – so musste ich gestehen, dass die Vorstellung, einen wahrhaftigen Herzog vor mir zu sehen – noch dazu einen, der meine milden Gaben entgegennehmen musste –, mehr als reizvoll war. Mochte er auch ein böser Griesgram sein, so blieb er doch ein Herzog. Also nutzte ich Heloises Abwesenheit, nahm ein wenig Geld aus unserem Versteck und kaufte ein, was ich so bekommen konnte. Ein paar Äpfel, nicht wirklich gutes Brot, etwas Speck und Käse.

***

Mit diesem Bündel stand ich kurz darauf vor seiner Tür, und mein Herz pochte nicht wenig. Noch vor wenigen Jahren hätte man mir nicht mal die Tür geöffnet und jetzt würde er mich sogar selbst reinlassen! Wir würden uns an einen Tisch setzen und mein mitgebrachtes Essen verspeisen. In meiner Fantasie tranken wir schweren, roten Wein. Seine Blicke verfingen sich in meinen, und bald lagen wir vor dem offenen Feuer und liebten uns.

»Verschwinde, Weib!«

Die Tür war nur einen solch winzigen Spalt geöffnet worden, dass ich gerade mal die Nase des Dieners Pierre erkennen konnte. Wobei ich vor Schreck, wegen dieses Tons, einen schnellen

Schritt zurückmachte. Wie vom Donner gerührt stand ich da und starrte ihn an.

»Du sollst abhauen! Scher dich zum Teufel!«

»Ich will deinen Herrn sprechen«, sagte ich tonlos und hatte dabei Furcht, meine Stimme möge mir ganz versagen.

»Meinen Herrn willst du sprechen? Na, deine Nerven möchte ich haben!«

»Was ist denn los? Was habe ich denn getan?«

War er des Hungers wegen zusammengebrochen? Hatte er Pierre hinausgeworfen, und er packte gerade?

»Wegen dir haben sie ihn geholt, du ekelerregende Kröte von einem Weib! Gastfreundschaft haben wir dir geboten, und so dankst du es meinem Herrn!« Er spie direkt vor meine Füße.

»Nun mal langsam, mein Freund!« Dass jemand vor mir ausspuckte, brachte meinen Zorn in Wallung. »Was soll ich getan haben? Wegen mir ist niemand geholt worden. Was faselst du denn da?«

Die Tür wurde ein Stück weiter geöffnet. »Abgeholt haben sie ihn … Warst noch keine Stunde aus dem Haus, da haben sie die Tür fast eingetreten und haben meinen Herrn fortgezerrt. Er konnte nicht mal ein Buch oder frische Kleidung mitnehmen. Geschlagen und getreten haben sie ihn, durch die Straße geschleift unter dem Gejohle der Passanten!«

»Aber doch nicht wegen mir!«, versetzte ich mit kaum verhohlenem Zorn. Mit der flachen Hand schlug ich ohne nachzudenken gegen das Türblatt, was Pierre wohl für meinen Versuch hielt, einzutreten.

Also bewegte er sich tatsächlich etwas zurück und machte mir so den Weg frei. Bevor er die Tür hinter mir schloss, suchte er aber noch mit den Augen die Straßen ab.

Jetzt, da ich ihn ganz vor mir sah, erkannte ich, dass er tatsächlich zutiefst verunsichert und besorgt war.

»Was hältst du davon, wenn du mir erzählst, was passiert ist?«, schlug ich vor.

Nachdenklich kratzte er sich am Kopf. »Nun ja … Du warst noch nicht lange weg, da kamen die Männer der Sektion. Ob es Soldaten waren, Revolutionäre … Ich weiß es nicht. Sie haben herumgeschrien und auf uns eingeschlagen, haben gebrüllt, er hätte einen der ihren angegriffen und töten wollen.«

Jetzt begriff ich. Als der Herzog mir geholfen hatte, hatte er das Unglück ausgelöst. Für einen Moment setzte mein Herzschlag aus, nur um dann noch heftiger zu rasen. Das Blut rauschte so wild in meinen Ohren, dass mein ganzer Kopf taub zu werden schien. Hatten sie ihn vielleicht schon getötet?

»Wo ist er jetzt?«, stieß ich hervor und meine Hände prickelten, als rannten Tausende von Ameisen durch meine Blutbahnen.

»Sie haben ihn in das ehemalige Kloster der Benediktinerinnen vom Garten Gethsemane gebracht. So viel habe ich wenigstens herausgefunden.«

»Und wie geht es ihm?«

Jetzt erst schien ihm etwas aufzufallen, denn er presste die Augen ein wenig zusammen, als gelte es, schärfer zu sehen. »Das weiß ich nicht, Bürgerin. Einem Diener geben die Herren Revolutionäre keine Auskünfte.«

Ich eilte an ihm vorbei in das schmucklose Zimmer mit den dunklen Ringen an den Wänden, wo einst Gemälde gehangen haben mochten. Etwas ratlos stand ich vor dem in den letzten Zügen liegenden Feuer des offenen Kamins. Ich packte meinen Beutel auf den Tisch und drehte mich dann wieder zu Pierre um. Der Vorsatz war gefasst!

»Hör zu! Ich werde zum Kloster gehen und sehen, ob ich etwas in Erfahrung bringen kann. Vielleicht sind sie einer Frau gegenüber aufgeschlossener …«

»Heute noch?« Seine Stimme war um ein paar Oktaven gestiegen vor Freude.

»Heute nicht mehr.« Ich dachte an Heloise und was sie von dieser Idee halten würde. »Da sind noch Verpflichtungen. Aber ich versuche, es morgen einzurichten.«

»Morgen? Sicher?«

Mit einem knappen Nicken ging ich hinaus.

Es lag noch ein weiter Weg vor mir bis zu unserem Verschlag. Zu jener langen Strecke kamen noch die Gedanken, die sich in meinem Kopf eine wilde Jagd lieferten. Aus einem schwefelgelben Himmel begannen die ersten Regentropfen zu fallen, die eher nach Eiskristallen aussahen. Es wurde Winter, und mit einiger Zuversicht dachte ich daran, dass die erste durchgefrorene Nacht Heloise zur Vernunft bringen würde. Würde ich mich ihr anschließen und in das Palais Royal gehen, wäre ich eine Hure. Schlimmer noch, ich wäre eine Straßenhure. Nein. Lieber endete ich als Räuberin unter der Guillotine, als so etwas. Aber sicherlich würde Heloise zur Vernunft kommen. Wenn nicht, dann trennten sich unsere Wege eben.

Der Gedanke stimmte mich wehmütig …

Nachdem ich so für mich dieses Thema abgeschlossen hatte, musste ich wieder an Jean Baptiste denken. Natürlich konnte ich mich von einer gewissen Mitschuld an seinem Schicksal nicht freisprechen. Und je mehr ich darüber nachdachte, desto schuldiger fühlte ich mich.

Ich würde ihn am nächsten Tag in seinem Kerker aufsuchen. Aber würden mich die Wachen überhaupt zu ihm lassen? Ich hob meine Röcke an und stieg in Gedanken versunken unsere Treppe hinauf. Das alte Holz knarrte unter meinen Schritten, und aus diversen Etagen hörte ich Schnarchen, Grölen und eindeutige stampfende Fickgeräusche.

Wenn man erst mal eine Hure war, landete man nur allzu schnell in Häusern wie diesen – aber nicht als Mieterin, sondern weil einen die Kunden hierherschleppten. Allein die Vorstellung schnürte mir die Kehle zu und hob meinen Magen.

Als ich die Brettertür öffnete, sprang Heloise von der Pritsche auf. »Wo warst du denn die ganze Zeit?«, stieß sie atemlos hervor, als wäre nicht ich, sondern sie die vielen Stufen hochgestiegen.

»Spazieren.«

Sofort war ihr Argwohn geweckt. »Du gehst in letzter Zeit viel auf eigenen Wegen …«

Ich legte den Kopf schief und sah sie forschend an. »Bist du meine Mutter?«

»Du hast einen Liebhaber. Gib es zu!« Ihre Stimme klang weder fröhlich noch wütend, sondern vielmehr … eifersüchtig.

»Nein. Ich wollte jemanden besuchen, habe ihn aber nicht angetroffen.«

»Wer ist es?«

Hatte ich gerade noch mein Cape aufgehängt, so richtete ich mich jetzt sehr gerade auf und sah sie direkt an. »Hör mir gut zu, Heloise … Ich bin dir keinerlei Rechenschaft schuldig. Wir wohnen hier zusammen und verdienen unser Geld zusammen. Aber da endet jegliches Recht an der jeweils anderen. Ich frage dich nicht aus, und du fragst mich nicht aus. Haben wir uns verstanden?«

Sie schürzte die Lippen und kräuselte ihre Nase. »Meine Güte, nun sei doch nicht gleich beleidigt. In diesen Zeiten kann man nicht vorsichtig genug sein.«

Als wollte sie den Themenwechsel durch einen Positionswechsel einläuten, ließ sie sich auf die Pritsche fallen. »Stell dir vor … Ich habe eine ungeheuer nette Frau kennengelernt.«

Die Wachen würden vielleicht Bestechungsgeld verlangen, schoss es mir durch den Kopf.

»Solche Brüste …« Sie streckte ihre Arme vor sich aus und rundete sie, als wollte sie einen großen Korb umschließen. »Größer als deine. Ja, guck nicht so. Das gibt es!«

Wollte sie mich etwa eifersüchtig machen? Mir vor Augen halten, dass sie auch andere Freundinnen finden konnte und keineswegs auf mich angewiesen war?

Wie viel mochten die Wachen wohl dafür verlangen, dass sie mich zu ihm ließen? Wenn er nicht bereits … Daran durfte ich gar nicht denken. Immerhin hatte ich noch nie einen Mann in solcher Position getroffen, einen, der so interessant und geheimnisvoll war wie Jean Baptiste. Gewiss war er nicht der beste Liebhaber, den ich je gehabt hatte, aber mit Sicherheit war er der unergründlichste.

»Hast du mir zugehört? Sie ist abends immer im Palais Royal. Und sie sagt, das mit der Kälte wäre gar nicht so schlimm. Für längere Nummern würden die Kunden sowieso Zimmer im Palais nehmen. Nur schnelle Ficks zwischendurch würde man im Freien machen.«

Jetzt musste ich tief durchatmen. Sie war in ihren Planungen offensichtlich schon sehr weit gediehen.

Heloise bemerkte meinen kritischen Gesichtsausdruck und sagte: »Hör zu! Du hast es versprochen … Du hast versprochen, dass wir es ausprobieren. Es ist einfach sicherer. Als Prostituierte … was droht dir da? Arsch versohlen und drei Tage bei Wasser und Brot. Wenn sie uns aber beim Ausräumen erwischen, dann war's das. Oder denkst du, du wärst dann fein raus, weil du den Kerl ja nur gefickt hast? Aber *ich* habe ihn beklaut!«

Nein, ich war nicht stark genug, so tief in mir zu forschen, dass ich die wahre Antwort auf diese Frage gefunden hätte.

»Du würdest mich ja eh verpfeifen!«, versuchte ich lachend die Anspannung aus unserem Gespräch zu nehmen. Streiten konnten wir uns noch, wenn wir aus dem Palais Royal zurückkamen.

»Ja klar würde ich dich verpfeifen. Ich würde keine Minute durchhalten bei einem peinlichen Verhör, das kann ich dir versichern.« Jetzt grinste sie auch. »Soll ich dich auf die Probe stellen?«

Mit einem Satz war ich über ihr und begann, sie zu kitzeln. Wenn ich auch Probleme hatte, ihr Korsett zu umgehen, so gelang es mir doch, meine Fingerspitzen unter die harten Stäbe zu schieben, und bald krümmte Heloise sich schreiend unter meiner Attacke.

»Nicht!«, japste sie. »Hör auf! Ich ersticke!« Tatsächlich keuchte und hustete sie vor Lachen.

Aber aus irgendeinem Grund konnte ich nicht aufhören, selbst als die Schnur ihres Hemdes sich löste, und die kleinen festen Brüste herausglitten, machte ich weiter. Über ihr kniend merkte ich zunächst gar nicht, dass sie ihre Hand unter meine Röcke geschoben hatte, zumal ich vollauf damit beschäftigt war, sie nicht entkommen zu lassen. Erst als meine Säfte unter ihren Fingern zu fließen begannen, wurde mir bewusst, was sie tat.

Also richtete ich meinen Oberkörper auf und wollte gerade von ihr heruntersteigen, als sie meinen Lustknoten kniff. Scharf sog ich die Luft ein. Er war hart wie der Kern einer Kirsche. Und während Heloise meine Möse rieb, öffnete sie mit der freien Hand ebenfalls mein Hemd und legte so meine Brüste frei. Derart erregt, bewegte ich meinen Unterleib vor und zurück, benutzte zunächst ihren Finger und bald ihre ganze Hand zu meiner Befriedigung. Keuchend raffte ich meine Röcke hoch und genoss mit geschlossenen Augen ihre Liebkosungen. So zurückgelehnt konnte sich nun wiederum Heloise aufrichten und mit ihrer Zunge in meine Auster eindringen. Von purer Lust angetrieben, riss ich mir meine Sachen über den Kopf und warf sie zu Boden.

Das Blut pochte in meinen Schläfen, als Heloise sich ebenfalls auszog und ich kurz darauf ihren entzückenden kleinen Arsch vor mir sah. Weiß und rund. Überzogen von flaumigen Härchen. Und zwischen den leicht gespreizten Schenkeln ihr feuchtes Möschen.

Jetzt konnte ich nicht mehr anders. Ich packte sie bei den Hüften und drückte sie in eine kniende Position auf unserer Pritsche.

Wie eine Irrsinnige saugte ich ihr geschwollenes Fleisch ein. Ich leckte ihren Saft wie eine Verdurstende. Und nun begann Heloise zu wimmern und zu seufzen. Sie stieß Befehle hervor, und ich tat willig, was sie verlangte, knabberte an ihrem harten Kern, ließ meine Zunge in ihr Loch schnellen und hielt dabei ihre kleinen Titten in meinen Händen, deren Warzen meine Handflächen kitzelten. Als ich mich ein wenig zurückbeugte, sah ich diese entzückende Rosette und wollte nichts weiter, als einen Phallus in sie hineinschieben. Da ich aber nichts hatte, das als Ersatz hätte dienen können, bohrte ich meine Finger in ihr Fötzchen und leckte gleichzeitig ihre Falten. Es schien mir, als wollte sie mich festhalten, doch dann begriff ich, dass sie dabei war, zu explodieren. Und wie ich noch so über ihr Stöhnen und ihre fickenden Bewegungen nachdachte, spritzte sie mir bereits ihre Säfte ins Gesicht. Wie ein Mann war sie gekommen, und ich war fassungslos.

Erschöpft rang sie auf allen vieren um Atem, während ich mich in die freie Ecke legte, ihren zarten, weichen Körper beobachtete und dabei an mir selbst spielte.

Plötzlich erinnerte ich mich wieder an jene hölzernen Klammern, die unser Liebhaber verwendet hatte. Ach, wie ich mich da ärgerte, dass ich sie nicht mitgenommen hatte, denn just in diesem Moment hätte ich sie nur allzu gut gebrauchen können, sehnte ich mich doch nach dem scharfen Schmerz in meinen Titten und den glühenden Wogen, die seine Behandlung in mir ausgelöst hatte.

Noch immer schwer atmend setzte Heloise sich auf, und ich zog mir die Decke um die Schultern.

»Und? Machst du mit?« Sie gab einfach nicht auf.

»Ja. Ja, von mir aus. Ich mache mit.«

Sie grinste zufrieden und lehnte sich mit träumerischem Gesichtsausdruck gegen die Wand. »Wir werden mehr Geld verdienen, als wir ausgeben können. Und keiner wird uns was antun können.«

Da war ich mir allerdings noch nicht so sicher …

***

Der Herbst hatte sein charmantes Gesicht aus den letzten Rosen und rotem und goldenem Laub abgelegt. Auf dem Lande hatte man die Weinlese abgeschlossen und die Ernte war, soweit es sie noch nennenswert gab, eingebracht. Kein gutes Jahr für Weizen und Roggen. Kein gutes Jahr für Menschen und Tiere.

Sturm peitschte durch die Straßen und Gassen von Paris. Setzte man auch nur einen Fuß vor die Tür, war man im nächsten Moment bereits klitschnass geregnet. Die bleiernen Wolken über unseren Köpfen schienen sich gar nicht mehr verziehen zu wollen, und die Menschen überboten sich gegenseitig mit düsteren Prophezeiungen. Die kahlen Äste der Pappel vor unserem Haus schlugen unablässig vom Sturm gepeitscht gegen unser Fenster.

Doch egal wie schlecht das Wetter auch sein mochte, Heloise war in Hochstimmung. Dass ich deswegen nachts kaum noch Ruhe fand, trug nicht zur Verbesserung meiner Laune bei.

»Und bei dem Wetter willst du ins Palais Royal vögeln gehen?«, fragte ich sie, nachdem ich den weißen Dunst vom zerbrochenen Glas gewischt hatte.

»Morgen.«

Als würde das Wetter am kommenden Tag merklich besser werden …

»Rose kann heute nicht. Wir gehen morgen.«

Das gab mir Zeit, die Benediktinerinnen zu besuchen. Als ich den Plan gefasst hatte, zog sich augenblicklich mein Magen zusammen. Jean Baptiste sehen … Ich konnte nur beten, dass sie ihn noch nicht hingerichtet hatten. Ob man mich überhaupt zu ihm lassen würde?

»Ich gehe mal los und schaue, ob ich etwas einkaufen kann …«, erklärte Heloise, und ich war überglücklich, sie so aus dem Weg zu haben.

Zwar hatten wir immer Beutel dabei, wohin wir auch gingen, meistens kamen wir aber ohne etwas zurück.

Tatsächlich war das der einzige Punkt, der mich wirklich ins Palais Royal zog: die Vorstellung der Leckereien, die es dort gab. Endlich mal wieder satt sein. Aber vielleicht hatte ich ja heute Glück und würde etwas auftreiben können. Und so nahm ich aus unserem Versteck ein paar Münzen und machte mich kurz nach Heloise auf den Weg.

Doch an wie vielen Schaufenstern ich auch vorbeikam, alle waren sie leer. Was sollte ich nur tun? Der einzige Ort, den ich kannte, und wo ich vielleicht etwas kaufen konnte, war das Palais Royal. Gegen Sturm und Regen ankämpfend, marschierte ich den ganzen weiten Weg bis zum Louvre.

Sie hatten die Guillotine mal wieder umgestellt. Doch mittlerweile hatten die Menschen die Lust am Morden scheinbar verloren. Ein armseliges Häuflein dunkler Gestalten hatte sich unter einem Baum versammelt und beobachtete den Karren, der rumpelnd die Straße herunterkam. Zehn Männer und Frauen, dreckig und nass, klammerten sich an das Holz, um nicht aus dem Karren zu fallen, während sich ihre Wachen gewachste Tücher über die Köpfe hielten. Es war ein unwürdiges Schauspiel, verglichen mit jenen Stunden heroischen Sterbens im Angesicht von Abertausenden.

Ich war dabei gewesen, als sie den halb toten Robespierre aufs Schafott gezerrt hatten. Ich hatte den Gedanken, er könnte bereits tot gewesen sein, als ihm der Kopf abgeschlagen wurde. Ein Tod nur noch zur reinen Demonstration.

Wenn jetzt einer gekommen wäre, der einfach nur den Karren angehalten und gesagt hätte, man sollte die Leute freigeben, ich wagte zu bezweifeln, dass sich die abgerissenen Soldaten ihm entgegengestellt hätten. Aber da kam keiner. Sie hielten an der

Guillotine, führten die schlotternden Gestalten die Stufen und hoch und gleich darauf fiel das Beil.

Ich sah nicht hin.

Es lag kein Triumph in diesem Sterben. Es war nur noch ein würdeloses Abarbeiten von Listen.

Mit knurrendem Magen und dem winzigen Trost, dass ich – im Gegensatz zu jenen – wenigstens noch Sorgen haben konnte, eilte ich weiter durch den nassen Matsch. Ich musste etwas zu essen finden für Jean Baptiste. Und für mich. Ein bisschen ärgerte ich mich, dass ich das bisschen, das ich noch gehabt hatte, bei Pierre gelassen hatte. Jetzt hätte es mir gute Dienste tun mögen, wusste ich doch nicht mal, ob sich seine Wachen mit Geld bestechen ließen. Was tat man schon mit den ganzen schönen Münzen, wenn man nichts dafür kaufen konnte?

Der Anblick des Palais Royal war an diesem späten Vormittag ernüchternd. Nur wenige Passanten hatten sich hierher verirrt und eilten nun voran, um ihrem Tagwerk nachzugehen. Die hübschen Lampions waren verschwunden. Was wollte man auch mit denen, wenn es in Strömen regnete?

Die meisten Läden hatten geschlossen und nur eine Handvoll Händler hatten ihre Auslagen im Freien mit Wachsplanen abgedeckt. Einer stand mit einem langen Stock unter seinem Vordach und hob dieses an, um das dort gesammelte Regenwasser hinunterzubefördern. Es gab ein lautes Platschen, und eine Frau begann zu zetern, denn sie hatte einen Gutteil des Wassers abbekommen. Ich musste lachen, denn wir waren doch alle zu diesem Zeitpunkt klatschnass.

Ein Reiter trabte gemächlich an mir vorbei, als ich einen Mann entdeckte, der sich in seinem Schaufenster zu schaffen machte. Offensichtlich hatte er noch Waren anzubieten.

Ich streckte meinen Kopf ins Innere des Ladens und sagte: »Bürger …«

»Ja? Wie kann ich dienen?« Er hatte sich aufgerichtet und sah mich freundlich an. Heutzutage musste man zu jedermann freundlich sein, denn man sah es keinem mehr an, ob er bezahlen konnte oder nicht.

»Verkaufen Sie noch etwas, Bürger?«, fragte ich vorsichtig.

Er wurde ein wenig rot und deutete auf ein paar Schmuckstücke in seiner Auslage. Der Rest waren ausgeblichene gebauschte Stoffbahnen und künstliche Blumenarrangements.

»Was suchen Sie denn, Bürgerin?«

»Fragen Sie lieber, wie viel ich bezahlen kann …«

Ich legte ihm ein paar Münzen hin, und er wirkte nicht glücklich. Er begann, an einem kleinen Fetzen trockener Haut seiner Unterlippe zu knabbern, und schien dabei abzuwägen, ob es besser wäre, ein Stück unter Preis zu verkaufen oder auf einen zahlungskräftigeren Kunden zu warten. Ein Blick aus dem Fenster und er hatte seine Wahl getroffen. »Ich habe eine kleine Taschenuhr … Mit Gravur allerdings und etwas mitgenommen …«

Er trat hinter seinen Ladentisch und beförderte ein kleines, mit Seide bespanntes Kästchen hervor. Die Uhr, die er mir hinlegte, war ganz ohne Zweifel für einen Herrn gedacht, zumal die Gravur auf der Rückseite lautete:

»In ewiger Liebe,

Marie Josephe«

Darunter eine fein ziselierte Rose.

Es war ein schönes Stück, doch ich erkannte auch, dass es schlecht behandelt worden war. Nicht nur glänzte das Metall längst nicht mehr, es hatte sogar Dellen im Deckel, und das Scharnier, welches den Deckel hielt, war verbogen.

»Ich komme Ihnen mit dem Preis entgegen, Mademoiselle.«

Zwar hieß ich nicht Marie Josephe, aber es war ja ein Geschenk für einen Herren. Ich konnte es also gut demjenigen überlassen, den ich zu bestechen hatte.

Doch als der Händler seinen Preis nannte, legte ich das Stück augenblicklich wieder zurück.

»Wollen Sie es jemandem schenken, Mademoiselle?«, fragte er freundlich.

»Nun … ich … Also, ja. Also … Nein. Eigentlich nicht.« Plötzlich kam ich mir unsagbar dumm vor mit meinem Bestechungsplan. »Ein Freund von mir sitzt eingekerkert im ehemaligen Kloster der Benediktinerinnen zum Garten Gethsemane«, offenbarte ich meinen Plan. »Ich will ihn besuchen und nach ihm sehen. Und ich dachte, ich würde etwas brauchen, mit dem ich die Wachen bestechen kann. Und da man für Geld nicht mehr viel kaufen kann, dachte ich an so etwas. Aber das kann ich mir nicht leisten.«

Er setzte sich auf einen kleinen Stuhl und dachte nach. »Hören Sie mir zu, Mademoiselle. Ich kann Ihnen die Uhr nicht für weniger lassen. Es tut mir leid … Aber …« Seine wegen des schlechten Geschäftes sowieso schon düstere Miene verfinsterte sich weiter.

Jetzt konnte ich ihm nur noch eins anbieten, und zwar mich selbst!

»Vielleicht kann ich noch in anderer Form bezahlen, Monsieur«, sagte ich so leise, dass ich alles auch als Missverständnis abtun konnte, wenn er mein unmoralisches Angebot ablehnte.

»Nein, meine Liebe. Mir steht der Sinn heute nicht nach fleischlichen Genüssen«, erwiderte er, und ich war plötzlich nicht mehr nur in einer peinlichen Situation, sondern in einer gänzlich unerträglichen. »Nicht, dass Sie nicht eine ganz entzückende Person wären, doch ich muss leider ablehnen. Und billiger kann ich Ihnen die Uhr auch nicht lassen. Aber Sie sagen, Ihr Freund sei im Garten Gethsemane eingesperrt … Ich kenne den Direktor des Gefängnisses.«

Der Schrecken fuhr mir in die Glieder, als ich daran dachte, dass ich gerade einem Freund des Gefängnisdirektors berichtet hatte, dass ich die dortigen Wachen bestechen wolle … Ich schloss die Augen.

Als ich sie wieder öffnete, erkannte ich, dass er seltsam zufrieden wirkte, was ich überhaupt nicht einordnen konnte.

»Deswegen kann ich Ihnen anbieten, Ihnen ein kleines – nun, nennen wir es – Empfehlungsschreiben mitzugeben. Natürlich kann ich nichts versprechen …« Er hob die Stimme derart, dass sofort klar war, dass er natürlich etwas versprechen konnte. »Sie könnten sich ihm gegenüber dann erkenntlich zeigen, sollte es ihm möglich sein, Sie Ihren Freund besuchen zu lassen. Der Bürger Lacave ist ein sehr offener Mensch. Beinahe umgänglich, wenn ich so sagen darf. Sie können ihm gegenüber ganz offen sprechen. Dessen kann ich Ihnen versichern.« Er nickte zur Bestätigung seiner eigenen Worte. Und noch ehe ich etwas einwenden konnte, war er zu seinem Stehpult gegangen und hatte begonnen, mit kratzender Feder den Brief zu verfassen.

Wenn ich vielleicht auch nicht die beste Menschenkennerin war, so hatte ich doch begriffen, was er mir hier eröffnet hatte.

Als er fertig war, streute er ein wenig Sand über die Zeilen und blies sodann über den Brief, falteten ihn zusammen und reichte ihn mir. »Ich wünsche Ihnen Glück, Mademoiselle. Und … vergessen Sie mich nicht.«

Was für eine seltsame Verabschiedung das war! Aber vielleicht würde mir der Brief mehr Aufschluss geben.

Nachdem ich den Laden verlassen hatte, sah ich mich nach einer halbwegs trockenen Ecke um, damit ich dort den Brief lesen konnte. Es regnete nämlich noch immer, wenn auch der heftige Wind abgeflaut war. Ein paar Spaziergänger hatten sich sogar tatsächlich hierher verirrt. Aus der Ferne beobachtete ich ein Pärchen, das an einem Baum stand und miteinander zu turteln schien. Manchmal hörte ich die Frau leise lachen. Als ich weiter in Richtung des Ausgangs ging, sah ich die beiden hinter einer niedrigen Mauer verschwinden. Von der Frau sah ich nur noch eine wippende Feder, während der Mann, die Fäuste in die Seiten gestemmt, es sich mit fickenden Bewegungen offensichtlich von ihr mit dem Mund besorgen ließ.

Seltsamerweise setzte im gleichen Moment, da ich dies beobachtete, ein Druck in meinem Unterleib ein. Der Anblick der beiden erregte mich, auch wenn sie recht weit weg standen und ich eher ahnte, als sah, was sich zwischen ihnen abspielte.

Schnell eilte ich weiter.

Endlich sah ich einen Dachvorsprung, unter dem ich es wagen konnte, das Schreiben zu öffnen. Jeder vom Regen verwischte Buchstabe hätte mich im Zweifel entlarvt. Doch hier konnte ich in Ruhe lesen.

»Mein lieber Freund,

Sie sehen vor sich eine junge Dame, die ich Ihnen ans Herz zu legen wünsche. Erfüllen Sie den Wunsch, den sie Ihnen vortragen wird, denn ich möchte die Demoiselle zufrieden sehen. Des Weiteren möchte ich Ihnen den Vorschlag unterbreiten, jene junge Dame zu einem Ihrer Soupers (Abendessen) einzuladen. Ich bin mir mehr als sicher, dass sie eine wundervolle Bereicherung darstellen würde.

Mit besten Grüßen«

Ich konnte nicht behaupten, dass ich nach dem Lesen der Zeilen schlauer gewesen wäre. Etwas an dem Ton, in dem die Sätze formuliert waren, irritierte mich. Wieso sollte der Gefängnisdirektor mir meinen Wunsch erfüllen und mich dann auch noch zu einem Essen einladen? Wie kam der Händler dazu, so etwas vorzuschlagen, wo er mich überhaupt nicht kannte?

Ein wachsamer Instinkt rührte sich da in mir, und ich zweifelte, ob ich diesen Brief überhaupt vorlegen sollte. Jenes nebulöse Gefühl in meinem Magen sagte mir, dass sich hinter diesen

Worten etwas verbarg, was ich nicht abzusehen vermochte, und es insofern klüger wäre, den Brief nicht zu übergeben.

Ich konnte mit Münzen oder gar nicht bestechen. Ließen die Wachen sich darauf nicht ein, würde ich unverrichteter Dinge nach Hause zurückkehren. Das war vielleicht besser als …

Die Guillotine hatte inzwischen ihre Arbeit getan und ein paar Frauen und Männer schrubbten das blutbespritzte Holz, während andere die Leichenteile in einen Karren verluden. Ich fragte mich, ob es die Leichen jener Leute waren, die ich zuvor auf dem Weg zur Hinrichtung gesehen hatte, oder ob es schon wieder neue waren. Es kam mir vor wie Blasphemie, als ich die Szene so beobachtete.

Vielleicht würde auch Jean Baptistes Leichnam bald auf diese Weise entsorgt werden. Wie gut würde es mir dann wohl gefallen, wenn Gaffer stehen blieben, um zu betrachten, wie sein abgetrennter Kopf in einen verdreckten Karren geworfen wurde?

Ich zog meine Kapuze tiefer ins Gesicht und ging, Regen und anderen Unbilden trotzend, weiter meines Weges. Meine Füße taten weh, und ich fragte mich, wie spät es wohl sein mochte. Ob Heloise inzwischen zurückgekehrt war? Mein Mut sank mit jedem Schritt, und bald begann ich mich zu fragen, was ich da überhaupt tat.

Jean Baptiste hatte mich nicht nur schlecht behandelt, er hatte mich auch noch hart und herzlos gefickt. Welchen Anlass hatte er mir gegeben, das alles für ihn aufs Spiel zu setzen? Allein ihn im Gefängnis zu besuchen, war schon Irrsinn. Wachen bestechen? Meinen Körper anzubieten im Gegenzug für eine alte Taschenuhr?

Ich war gerade so weit, wieder umzudrehen, als ich gegen einen der Wachsoldaten stieß.

Heloise würde ich sagen, ich hätte gehofft, etwas kaufen zu können, während ich die Münzen in ihr Versteck zurücklegen würde. Was aus Jean Baptiste wurde, konnte mir genauso egal sein, wie es ihm egal war, was aus mir wurde. Das waren meine Gedanken gewesen, bis ich eben gegen den Soldaten gestoßen war.

Jetzt aber stand ich da im Regen und der junge Kerl hielt mich mit eisernem Griff am Oberarm gepackt. Sein Haar hing nass und zerzaust in sein Gesicht und seine Jakobinermütze hing schlaff herunter.

»Wohin so eilig, hübsches Kind?«, fragte er und zog mich dabei an sich. Ich bot gebührenden Widerstand, wenn ich auch davon ausging, dass mir am heutigen Tag noch mehr Männer noch intensiver auf den Leib rücken würden.

»Ich will einen Gefangenen besuchen«, sagte ich mit fester Stimme, was mir schwerfiel, denn mir war eiskalt. Tatsächlich vermochte ich nicht zu sagen, ob meine Zähne eher von der Kälte oder vor Angst klapperten.

»Und wen will die Bürgerin besuchen?«

Nervös benetzte ich meine Lippen. »Den Bürger Rohan Malesherbes.«

Der Soldat ließ seinen Rücken gegen das Tor hinter ihm fallen und lachte.

»Rohan willst du besuchen? Ich weiß aber nicht, ob Monsieur le Duc heute empfängt.«

Da ich nicht wusste, in welche Richtung sein Humor zielen mochte, blieb ich schweigend stehen. Es war sowieso zu spät, um jetzt noch davonzulaufen. Meine Pläne, den heutigen Tag rückgängig zu machen, hatten sich vor zwei Minuten zerschlagen.

»Na, dann wollen wir doch mal sehen …« der Soldat stieß sich vom Tor ab, drehte sich um und schrie durch eine kleine vergitterte Öffnung: »Eh! Morel! Mach auf. Besuch für Seine Gnaden, den Herzog von Rohan.«

Von drinnen drang wieherndes Gelächter zu uns herüber.

Fieberhaft überlegte ich mir, was jetzt passieren mochte. Schlimmstenfalls wäre Jean Baptiste tot, und sie würden mich vergewaltigen und ausrauben. Mit allen drei Punkten würde ich klarkommen, dachte ich nüchtern. Ich musste nur meine grunddämliche Aktion überleben!

Der Soldat stieß mich ruppig in den Vorhof. Allein der Name des Mannes, den ich besuchen wollte, genügte, um dem Soldaten jegliche Zurückhaltung zu nehmen. Wie eine Katze packte er mich am Genick und schubste mich in Richtung einer kleinen Tür auf der anderen Seite des Hofes.

An den Wänden kauerten nassgeregnete Frauen, die mich mit großen Augen aus verhärmten Gesichtern heraus anschauten.

Bei einem neuerlichen Stoß kam ich ins Straucheln und stürzte auf beide Knie. Ich schrie vor Schmerzen kurz auf, beherrschte mich dann aber und gab keinen Mucks mehr von mir, als der Wachmann mich brutal auf die Füße zerrte.

»Komm hoch, Schlampe!«, zischte er und stieß mir den Gewehrkolben zwischen die Schulterblätter.

Jetzt verfluchte ich mich selbst und meine Idee. Was hatte ich mir nur dabei gedacht? Ich schuldete dem Herzog, der keiner mehr war, absolut nichts. Es gab nichts, was auch nur annähernd rechtfertigte, dass ich meine Gesundheit, oder gar mein Leben, hier aufs Spiel setzte. Wie ein dummes Kind hatte ich mich verhalten, das nicht eine Sekunde über die Konsequenzen seiner Taten nachdenkt.

Die Knie aufgeschlagen, ließ ich mich von dem Soldaten in das Vorzimmer der Hölle bugsieren … Ich betrat ein Inferno aus Schreien, Wehklagen und wütenden Rufen. Fäuste hämmerten gegen Wände und Türen. Dazwischen das Kreischen von scheinbar irrsinnig gewordenen Frauen. Dreckige, bleiche Finger reckten sich aus den kleinen vergitterten Öffnungen der Zellentüren. Fingernägel, zerfetzt vom sinnlosen Kratzen an kahlen Mauern. Irgendwer zitierte in einem fort das immer gleiche Gebet.

Als der Soldat meine Schulter packte, sodass ich stehen blieb, war mir so übel, dass ich glaubte, mich jeden Moment übergeben zu müssen. All die Schreie, die Verzweiflung – es war nicht zu ertragen. Und hätte er mich nicht in genau diesem Moment durch eine der Türen gestoßen, ich wäre mit Sicherheit davongelaufen.

So aber blieb ich stolpernd vor einem abgenutzten Schreibtisch stehen, hinter dem ein hochgewachsener Mann saß, dessen Haar von silbernen Fäden durchzogen war und ihn älter wirken ließ, als er tatsächlich sein mochte.

Das Zimmer war winzig. Man konnte kaum zwei Schritte zu jeder Seite machen, ohne gegen eine Mauer zu stoßen. Wie überall im Kerker, war es auch hier so dunkel, dass auf dem Schreibtisch eine Kerze brennen musste, wollte man auch nur irgendetwas sehen. Hinter dem Mann gab es ein paar Regalböden, auf denen Folianten und zusammengerollte Papierbögen lagen. Vor ihm lagen beschrieben Blätter und daneben Feder und Tinte. Seinen Manschetten sah man an, dass er gewohnheitsmäßig die feuchte Tinte mit dem Ärmel trocknete.

»Du willst also zu Rohan?«, fragte er mich.

»Ja, Bürger.«

»Bist du eine Verwandte?«

»Nein, Bürger.«

Er hob seinen Kopf und augenblicklich schien sein Urteil über mich gefällt. »Huren kommen hier nicht rein. Er hat eh nichts, womit er dich bezahlen könnte.«

»Ich bin keine Hure.« Meine Worte kamen vielleicht nicht ganz so selbstsicher, wie ich es gern gehabt hätte, denn seit ich drauf und dran war, mit Heloise im Palais Royal anzuschaffen, war ich mir über meine Moral nicht mehr ganz so im Klaren.

»Schön für dich. Und was willst du dann von ihm?«

»Ich will ihn besuchen. Er ist ein ehemaliger Nachbar, und ich wollte sehen, wie es ihm geht und ob er etwas braucht.«

Der Mann senkte den Kopf über den Brief, den er gerade schrieb und grinste dabei, als wäre ich ein törichtes Kind, das etwas besonders Dummes gesagt hatte. »Ich kann dich nicht zu ihm lassen. Niemand hier bekommt Besuch, und der schon gar nicht.« Er blickte kurz zu mir auf und sagte dann mit ruhiger Stimme: »Raus!«

War das schon das Ende meines irrwitzigen Abenteuers? Raus und fertig? Aber wenn ich Lacaves Worte richtig deutete, so war Jean Baptiste wenigstens noch am Leben.

»Was stehst du noch hier rum? Verschwinde, bevor ich dich doch noch zu ihm lasse. Aber für immer.« Seine Stimme klang weniger drohend, als vielmehr amüsiert. Es beleidigte mich, dass er zu mir wie zu einem Kaninchen sprach.

Wortlos – und ehrlicherweise zugegeben, ohne nachzudenken – zog ich mein Empfehlungsschreiben aus dem Beutel und legte es auf die noch feuchten Zeilen.

Für den Bruchteil eines Augenblicks beherrschte der Zorn seine Züge, doch dann erkannte er auf dem halb geöffneten Blatt offensichtlich die ihm bekannte Handschrift. Ohne mich zu tadeln oder zu verhöhnen, faltete er das Schreiben auseinander und las es sehr langsam und konzentriert. Dann klappte er es wieder zusammen und warf es in einen kleinen Feuerkorb, der neben ihm brannte. Die Flammen verzehrten das Papier im Handumdrehen.

»Mein Freund bittet mich, deinen Wunsch zu erfüllen …« nachdenklich rieb er mit seinen Fingernägeln über seine Unterlippe. »Weißt du, wieso?«

»Nein, Bürger.«

Er sah mich an, als gäbe es in meinen Augen ein Geheimnis zu ergründen. »Gut.« Er nickte langsam. »Gut, du kannst zu Rohan. Warte draußen im Gang. Man wird dich dann zu ihm bringen.«

Wie konnte es sein, dass diese paar Zeilen eines Gebrauchtwarenhändlers mir Jean Baptistes Zelle öffneten?

Was ging hier vor sich, das ich nicht verstand und in dessen Einflussbereich ich mich so willig begeben hatte?

Es schien eine Ewigkeit zu dauern, während der ich eingehüllt vom Schreien und Wimmern der Todgeweihten in jenem düsteren Gang stand, zitternd in meinen klammen Kleidern, und darauf wartete, dass man mich zu Jean Baptiste führte. Starr vor Angst malte ich mir seinen Zustand aus. Wie viel würde ich ertragen können? War das die ultimative Prüfung meiner inneren Stärke? War ich vielleicht deswegen so weit gegangen?

»Du kannst jetzt mitkommen«, herrschte mich ein Soldat an und stieß mich in den Gang hinein. »Und wenn ihr fertig seid, sollst du noch einmal zum Bürger Lacave kommen. Kapiert? Pah! Ich warte eh vor der Tür. Genieße seinen Schwanz. Weiß der Teufel, wie lange du dazu noch Gelegenheit hast …«

Er schloss die schwere Tür mit einem monströsen Schlüssel auf und versetzte mir den letzten Stoß.

Als ich mich kurz nach ihm umsah, hatte er die Tür bereits wieder abgeschlossen und blickte durch die eisernen Stäbe der Fensteröffnung. Wir sollten wissen, dass er uns beobachtete.

»Ich hol mir schon mal einen runter, bis ich ran darf!«, rief er lachend in die Zelle.

So erniedrigt, drehte ich mich wieder um und blickte in die Dunkelheit. Im Gegensatz zum Direktor hatte ein Gefangener natürlich keine Kerze.

»Céléstine?«, kam es ungläubig aus dem Schatten.

Langsam gewöhnten sich meine Augen an das wenige Licht. »Ja.«

»Was tust du hier? Haben sie dich verhaftet?«

»Nein.«

Wieso redete ich wie ein Schwachkopf? Es war, als löste sich jedes noch so winzige Wort, das ich aussprechen wollte, noch in meinem Kopf in Luft auf. Nur Ja und Nein schafften es bis auf meine Zunge.

Er trat aus dem Schatten, und nun sah ich seine tief in den Höhlen liegenden Augen, die grauen Ringe darunter. Sein Haar, das er nur mit den Händen nach hinten gestrichen hatte. Sein rechter Arm war verletzt. Der Ärmel blutig zerrissen. Aus einem Stück schmutzigen Stoffes hatte er eine Bandage gefertigt und um die Wunde gewickelt.

»Wie geht es dir?«, fragte ich gepresst und erkannte kaum meine eigene Stimme.

»Ich lebe.«

Schweigen.

Dann fragte er: »Wieso bist du hergekommen?«

Es war mehr als nur eine Andeutung von Tadel, die ich aus seinen Worten hörte. Er war ganz offensichtlich äußerst ungehalten über meine Aktion.

Wenn ich mit vielem in dieser Situation gerechnet hatte, aber nicht damit, dass ich erniedrigt und beschämt würde. Nicht von ihm.

»Ich wollte nach dir sehen. Eigentlich wollte ich dir auch etwas zu essen bringen, aber es gab nichts zu kaufen. Also … zumindest habe ich nichts gefunden. Allerdings werde ich heute Abend ins Palais Royal gehen, und da gibt es doch immer etwas. Das kann ich dir dann morgen herbringen. Wir könnten vielleicht zusammen essen …«

»Was für ein Blödsinn!«

Bass erstaunt schwieg ich.

»Ich will dich jetzt nicht hier haben und morgen auch nicht. Welchen Anlass habe ich dir gegeben, an diesen Ort zu kommen?« Er sah sich um, als müsse er das Grauen mit Blicken ausmessen, das uns umgab.

»Keinen«, sagte ich kleinlaut.

»Was musstest du tun, damit ich in diese Zelle kam und du mich jetzt besuchen kannst? Was ist das Ziel?«

Kraftlos setzte ich mich auf die harte Pritsche, die nur aus zusammengenagelten Brettern bestand.

»Es gibt kein Ziel …«, murmelte ich und konnte meine eigenen Worte kaum hören. Ich war müde und ausgelaugt. Der ganze weite Weg, der Regen, der Sturm. Wie erbärmlich ich war …

»Habe ich dir nicht klargemacht, dass ich nichts mit dir zu tun haben will? Das hier ist das Ende meines Weges, und den will ich ohne Ballast gehen. Also, sieh zu, dass du fortkommst. Wache!«

Noch als der Schlüssel im Schloss gedreht wurde, sagte er: »Und merke dir eins: Wenn ein Mann etwas nicht sagt, meint er es auch nicht.«

Ich konnte nicht mehr als nicken und schlich wie ein geprügelter Hund aus der Zelle. Hatte ich in den letzten Monaten gedacht, ich könne nicht tiefer sinken, so wurde ich in diesem Moment eines Besseren belehrt. Es hatte nichts mit Moral oder Gesetz zu tun. Es war etwas Tieferes, Existenzielleres. Mein ganzes Selbst war in den Staub getreten worden. Dieser Mann hatte mich durchgekaut und ausgespuckt. Mit gesenktem Kopf folgte ich dem Soldaten und fühlte mich dabei so allein wie noch nie zuvor in meinem Leben.

In diesem Gefängnis, umgeben von den blakenden Fackeln und den Schreien der Verzweifelten, war ich am absoluten Tiefpunkt angekommen.

»Na los schon. Er wartet auf dich.« Mit einem Schlag zwischen die Schulterblätter bugsierte die Wache mich in das Arbeitszimmer des Gefängnisdirektors, der mich verwundert ansah.

»Sie ist schon wieder da?« Er schien ehrlich verblüfft. »Was ist passiert?«

Der Soldat gestikulierte wohl hinter mir, denn Lacave nickte und schüttelte dann mit dem Kopf.

»Du kannst gehen, Soldat«, sagte Lacave, nahm ein Stück Papier, das abgerissen und mit einem Kohlestift bekritzelt war.

»Da. Ich erwarte dich. Zum Souper. Das weißt du hoffentlich noch, ja?«

Als ich nicht reagierte, klopfte er – den Zettel in der Hand – gegen meinen Arm, bis ich ihn entgegennahm und in meinem Beutel verschwinden ließ.

Dieser Mann, in all seiner Arroganz, war Zeuge meiner Erniedrigung geworden, und ich wusste nicht, wie viel ich noch ertragen konnte.

***

»Rose wartet am Eingang des Palais Royal auf uns«, sagte Heloise, drehte sich um die eigene Achse und tat so, als könnte sie sich in unserer zerbrochenen Fensterscheibe sehen. Sie hatte ihr Haar mit einem leicht verblichenen Band dekoriert und noch eine Efeuranke, die sie unterwegs irgendwo abgerissen hatte, hineingeflochten.

»Wie sehe ich aus?«

Im Prinzip war sie nackt. Zumindest war der weiße Stoff, aus dem ihr Kleid bestand, praktisch durchsichtig, denn sie hatte einfach sämtliche Unterkleider, Hemden und Röcke weggelassen.

»Die Bürgerin Capet hat so etwas auch getragen. Ich habe es auf einem Bild gesehen …«, erklärte sie triumphierend, wobei ich bezweifelte, dass die inzwischen tote Königin praktisch nackt durch Versailles flaniert war. »Man sieht mein Dreieck, nicht wahr?«

»Ja. Daran besteht kein Zweifel. Trägt man das jetzt auch so?«

Rose begrüßte uns, indem sie einen Sonnenschirm anhob und damit leicht wackelte. Der Regen hatte endlich aufgehört, aber es war empfindlich kalt geworden. Mit einem kleinen Triumph sah ich, dass Heloises Lippen eine gewisse Lilafärbung angenommen hatten. Sie trug über ihrem Nichts von einem Kleid nur ihr Cape, und das machte die Dinge nicht viel besser.

Wild entschlossen, die Temperaturen zu ignorieren, und um offensichtlich ihrer neuen Freundin zu gefallen, warf sie jetzt die Seiten des Umhangs über die Schultern und bot sich so den neugierigen Blicken dar.

»Du siehst entzückend aus!«, tirilierte Rose.

Sie war eine schlanke, groß gewachsene Frau und ein ganzes Stück älter, als ich es erwartet hatte. Mit einem Blick schätzte ich ihre zuvor von Heloise beschriebene Oberweite ab und stellte fest, dass ihre Brüste jeweils gerade eine kleine Hand füllen mochten. Sie trug ihr rötlichbraunes Haar dicht am Kopf aufgesteckt und mit einem Band verziert, ähnlich wie Heloise es hatte. Ein bisschen erinnerte sie mich an die römischen Figuren, die man hier und da sehen konnte. Jetzt wusste ich auch, wo Heloise ihren neuesten Kleidergeschmack herhatte. Allerdings hatte Rose ihr Dreieck ganz offensichtlich rasiert.

»Ich weiß auch schon, wo du dich umziehen kannst«, erklärte sie energisch, wobei ihre kleinen runden Augen blitzten. Jetzt erst begriff ich, dass sie mich meinte.

»Wir werden zu Madame Adelaide gehen, ihr Süßen. Nirgendwo sonst findet man so schöne und so vermögende Männer in solcher Zahl wie bei Madame.«

Hätte ich nicht meinen letzten Aufenthalt hier aus meinem Gedächtnis getilgt, ich wäre erstaunt gewesen, wie viele Menschen sich trotz der eisigen Temperaturen wieder zusammengefunden hatten. Ja, es wäre mir gerade so erschienen, als gäben sie sich ein Stelldichein, um sich aneinander zu wärmen.

Aus einem der oberen Stockwerke erklang Musik. Überall wurde gelacht, und die Stimmen mischten sich zu einem Summen, als befände man sich mitten in einem Bienenstock. Das ganze Gebäude war hell erleuchtet von zahllosen Kronleuchtern und einer schier unendlichen Menge von Kerzen an den Wänden. Nie zuvor war ich in einem solch schönen Haus gewesen. Noch dazu einem, dass angefüllt war mit den schönsten Menschen, die man sich nur denken konnte.

»Kommt mit ... Hier geht's hoch!«, sagte Rose.

Vor einem der Eingänge in den Arkaden herrschte ein besonderes Gedränge. Man musste vom Haupteingang ganz bis zum anderen Ende gehen, um Madame Adelaides Etablissement zu finden.

Rose war nicht nur unsere Anführerin, sie auch war unsere gute Fee. Als hielte sie einen unsichtbaren Zauberstab, öffneten sich uns nicht nur Türen, wir waren plötzlich sogar im Zentrum des Interesses. Rose und Heloise trugen ihre Reize unverhohlen zur Schau, während ich hinterherlief und die Blicke zu ignorieren versuchte, die mich trafen. Weder war ich eifersüchtig noch neidete ich den beiden die Aufmerksamkeit des Publikums.

Im Inneren des Etablissements herrschte drangvolle Enge. Die Luft war zum Schneiden, und bald ärgerte ich mich, dass ich nicht auch halb nackt war, wie meine Begleiterinnen.

Rose erklomm die Treppe und war unser Eisbrecher, denn vor ihr teilte sich die Menge wie von Zauberhand.

»Rose! Welche Freude!«, riefen ein paar Herren.

Andere sagten: »Oh ... Seht, wen Rose uns heute mitgebracht hat!«

Es kribbelte bald in meinem Bauch, und ich fühlte mich, als hätte ich statt Blut Champagner in den Adern.

Rose aber war in ihrem Element. Sie grüßte hierhin und dahin, verteilte Kusshände und nahm Blumen entgegen. Ja, man hätte meinen können, sie wäre eine berühmte Opernsängerin auf dem Weg zur Bühne.

»Dort entlang, ihr Süßen!«, rief sie halb über die Schulter in unsere Richtung und deutete mit einer langstieligen Rose nach rechts.

Wir näherten uns offensichtlich der Musik, denn die leichten, heiteren Melodien wurden immer deutlicher vernehmbar und auch meine Stimmung wurde immer besser. Ich schob mich vorbei an seidenen Schultern, an mit Spitze bedeckten Rücken – unnötig zu erwähnen, dass sich die Masse vor mir keineswegs teilte wie vor Rose!

Aber es störte mich nicht, dass ich die anderen eher rüde zur Seite drängen musste, um mit meinen Begleiterinnen Schritt zu halten. Und so war ich einigermaßen außer Atem, als wir endlich in einem kleinen Raum endeten, in dem es lediglich ein Bett sowie einen kleinen Tisch mit zwei Stühlen und einem seltsam geformten Sessel gab.

»Du kannst dich hier umziehen, mein Herz.« Rose setzte sich auf einen der Stühle und betrachtete Heloise eingehend. »Du siehst zum Anbeißen aus, meine Kleine. Aber deine Möse ist ein Urwald. Das kann so nicht bleiben.«

Heloise, noch im Triumph von ihrem umjubelten Aufstieg über die Treppe, wurde schlagartig feuerrot.

»Wir werden dich rasieren.« Als befände sie sich in ihrem Schloss, zog Rose an einem bestickten Band, das von der Wand hing.

Im nächsten Moment erschien ein Dienstmädchen in einer langen Schürze.

»Sei so gut und richte das Rasierzeug für Mademoiselle.« Roses Stimme hatte einen schweren, fremdartigen Klang, und ich fragte mich, wo man solches Französisch sprach.

Als das Mädchen sich umdrehte und ins Nachbarzimmer ging, sah ich ihren nackten Popo blitzen.

Als sie zurückkam, trug sie eine Seifenschale aus Porzellan mit einem Pinsel und einem Rasiermesser.

Jetzt erfuhr ich, wozu der Sessel gut war ... Heloise legte sich entsprechend Roses Anweisungen auf die etwas verlängerte Sitzfläche, platzierte ihre Beine auf den Armlehnen und hielt sich an einem hoch über ihrem Kopf befindlichen Gestänge fest. Unterdessen schäumte das Dienstmädchen ihr wollenes Dreieck ein.

»Du brauchst keine Angst zu haben. Louise ist eine Künstlerin mit dem Messer. Heloise, du wirst nie mehr dieselbe sein, wenn einmal dieser Urwald gerodet ist. Männer sind verrückt nach nackten Mösen!«

Nun, ich hatte mich nie an ihren kleinen krausen Löckchen gestört und ihre Liebhaber meines Wissens nach auch nicht. Da aber Rose die unangefochtene Herrscherin im Reich der Erotik war, richtete ich mich nach ihr. Und tatsächlich wirkte die glatte Vulva meiner Freundin sehr anziehend. Als sie vor mir stand und sich selbst prüfend betrachtete, erkannte ich ihren kleinen Schlitz und die daraus herausragende Lustknospe.

»Du siehst zum Anbeißen aus, Heloise!«, gurrte Rose.

»Und jetzt du …« mit einem kurzen Fingerzeig hatte sie mich ebenfalls auf den Sessel beordert. Die lang gezogene Pause am Ende ihrer Aufforderung nährte in mir den Verdacht, dass sie sich einfach nicht an meinen Namen erinnerte.

Gleich darauf spürte ich den kühlen Schaum und danach das sanfte Schaben der Klinge auf meiner Möse.

»Wunderbar!« So wie sie aussah, kam es mir in den Sinn, dass unsere Anführerin damit weniger meinen Anblick als vielmehr ihren Einfall zu meiner Verschönerung meinte.

»Jetzt müssen wir noch etwas finden, das du anziehen kannst. In diesem Fähnchen kann man dich nicht unter die Leute lassen!«

Das Dienstmädchen öffnete einen Schrank, den ich erst jetzt bemerkte, und nahm diverse Kleider heraus, die sie allesamt auf dem Bett ausbreitete.

»Du solltest etwas mit Korsett tragen. Deine Brüste müssen unbedingt aufregender präsentiert werden«, sagte Rose und tippte mit ernster Miene den Zeigefinger gegen ihre Wange. »Hmm … Louise, mach bitte einen Vorschlag!«

Das junge Mädchen beugte sich über die Kleider und ließ so ihre Pflaume für jede im Zimmer hervorblitzen.

»Ich würde ihr nur zu gern meinen Finger reinstecken«, flüsterte Heloise kichernd, und ich wusste nur zu gut, was sie meinte.

»Das hier!« Louise richtete sich wieder auf und hielt uns ein durchsichtiges Nichts entgegen.

Der Stoff schimmerte im Kerzenlicht auf solch eine Art, dass er wie flüssiges Gold wirkte. Louise half mir dabei, das Kleid anzuziehen. Als wir fertig waren, blieb ich sprachlos vor dem großen Spiegel stehen, in dem ich das halbe Zimmer überblicken konnte. Ich vermochte kaum zu beschreiben, wie dieses Gewand aussah. Das Gold schien über mich hinwegzufließen, wobei es bei jeder Bewegung ein Stück meines Körpers – gerade so, als wäre ich nackt – den Blicken preisgab. Das Mieder blieb dabei unter dem geschmeidigen Stoff verborgen, hob aber meine Brüste herausfordernd an.

»Es sieht fabelhaft aus! Eine sehr gute Wahl, mein Schatz!«, lobte Rose, als wäre sie die Einzige, deren Urteil zählte.

»Wenn du dich bewegst, zeigst du den Männern deine Nippel … deine Möse … deinen Po … Aber immer nur für einen Augenblick. Sie werden sich danach verzehren, alles auf einmal sehen zu können.«

In diesem Moment war ich außer mir vor Glück. Ja, ich hatte mich noch nie auch nur annähernd so attraktiv gefunden wie in diesem Moment. Und zu verdanken hatte ich es Rose und Heloise! Da hätte ich nicht nur die beiden, sondern die ganze Welt umarmen mögen.

»In die Haare jetzt noch ein goldenes Band und sie ist fertig!«

So zurechtgemacht verließen wir unser Zimmer und mischten uns unter die anderen Gäste.

»Du musst langsamer gehen«, mahnte Heloise und hielt mich sanft am Arm fest. »Du machst viel zu große Schritte!«

Sofort verlangsamte ich meinen Gang.

Ein Mann beugte sich zu Rose herüber und flüsterte ihr etwas ins Ohr. Sie versetzte ihm dafür einen koketten Schlag mit dem Fächer. Rose schien die Männer anzuziehen wie das Licht die Falter. Dabei war sie nicht einmal eine wirkliche Schönheit. Es war eher ihre Ausstrahlung, wie sie sich bewegte, wie sie einen Mann ansah, wenn er mit ihr sprach.

Ich ließ sie keinen Moment aus den Augen, denn ich wusste, dass ich ungeheuer viel bei ihr lernen konnte. Ja, ich ertappte mich sogar dabei, wie ich flüsternd ihren Akzent imitierte. Bald sah man sie vor breiten Schultern und mehr oder minder muskulösen Rücken nicht mehr, die sich um sie zu schließen schienen wie eine Mauer.

»Nein, nein, nein, nein, meine Herren«, stieß sie lachend hervor. »Heute Abend bin ich nur für meine Freundinnen da!«

Damit kam sie zu uns herüber und küsste Heloise und mich auf den Mund. Mit dem Kuss kam ein schwerer, sinnlicher Duft, den ich so noch an keinem Menschen wahrgenommen hatte.

»Wir müssen Ihre Freundinnen ja nicht ausschließen, liebe Rose!«

Ich musste mich ein wenig zur Seite bewegen, als unsere Anführerin den Arm um Heloises Schultern legte, sie an sich drückte und sagte: »Heute Nacht gehört diese Knospe nur mir!«

Zustimmendes Murmeln. Lüsternes Lachen.

Die Céléstine-Knospe war damit offensichtlich nicht gemeint. Für einen Moment traf mich ein kleiner Stich, doch als ich die Blicke der Männer bemerkte, die offensichtlich ihr Interesse von Heloise und Rose auf mich lenkten, war ich wieder versöhnt. Wer konnte schon wissen, ob Rose nicht genau das beabsichtigt hatte …

***

Rose war offenbar eine ebenso begehrte wie kapriziöse Liebhaberin, denn hatte ich sie kurz zuvor mit Heloise verschwinden sehen, so tauchten die beiden kurz darauf schon wieder auf. Die

Gesichter unter der Schminke sichtbar gerötet und das Haar einen Hauch derangiert.

Rose, die schmalen Lippen und die kleine Nase mit dem Schwung nach oben, ihre Brüste so klein, dass man sie kaum erkennen konnte. Ihren Zügen fehlte die klassische Schönheit. Dennoch bezauberte sie alle Anwesenden. Mich eingeschlossen.

»Nun, meine Liebe … Was hast du während unserer Abwesenheit getan?«, fragte sie und reichte mir dabei ein Glas Champagner.

»Ich habe mich nur umgesehen«, erwiderte ich.

Sie machte eine übertrieben überraschte Miene, wobei sie den Kopf scheinbar schockiert zurückzog. Dann lächelte sie breit in Heloises Richtung.

»Ich fürchte, wir dürfen unsere kleine Freundin nicht so vernachlässigen, sonst wird heute keinem mehr ein Schuss bei ihr gelingen, wie?« Sie sagte es so laut, dass selbst der älteste, schwerhörigste Mann in unserer Nähe es hören musste.

Rose löste ihren Arm von Heloises Schultern und legte ihn um meine. So zog sie mich bis zur Balustrade und zwang mich förmlich, auf die zahllosen Männer hinunterzublicken, die sich auf den verschiedenen Etagen sowie der Treppe drängten.

»Du kannst dir aussuchen, wen du möchtest!«, erklärte sie im Ton eines Herrschers, der sein Reich vorzeigt.

Wenn ich so das eine oder andere Mädchen sah, glaubte ich kaum, dass sie auf ihren Freier freiwillig verzichtet hätte. Allerdings hätte Rose – ganz Kaiserin des Etablissements – das sicherlich auch zuwege gebracht.

»Heloise! Schau nur! Frische Offiziere. Kennst du die?« Rose deutete keineswegs auf die Gruppe Uniformierter, die sich gerade ihren Platz in der Halle erkämpften, sondern tippte lediglich kurz mit dem Fächer in deren Richtung.

Heloise wiederum, die schon ziemlich beschwipst war, beugte sich so weit über das Geländer, dass ich ihr Kleid über dem Po ergriff und sie so festhielt.

»Nein, ich kenne keinen. Aber ich denke, das sollte sich unbedingt ändern. Lass uns runtergehen, bevor andere Mädchen sie sich schnappen!«

Doch statt einen Schritt rückwärtszumachen, beugte meine Gefährtin sich so weit nach vorn, als wollte sie ihre Chancen auf einen Offizier erhöhen, indem sie nicht die Treppe nahm, sondern sprang. Energisch zog ich sie zurück.

Von Rose erntete sie wegen ihrer Hitzigkeit einen tadelnden Blick. »Mein Herz, wir gehen doch nicht zu den Herren! Die Herren kommen zu uns!« Sie öffnete ihren Fächer und ließ ihn vor ihrem Gesicht flattern. »Welche nimmst du, mein Herz?«

Heloise beugte sich wieder vor, und ich hatte langsam genug.

»Egal. Sie sehen alle wunderhübsch aus. Siehst du den rechts mit den schwarzen Locken? Wenn sein Schwanz auch nur annähernd mit seiner Größe gleichzieht, reicht er für uns beide!«

Sie kicherten, doch ich überlegte, welchen der Offiziere sie meinen mochte. Für mich hatten sie alle dunkle Haare, waren groß und trugen funkelnde Auszeichnungen auf der Brust. Von Waffengattungen oder Rängen hatte ich sowieso keine Ahnung.

Die Offiziere sprachen miteinander und dann zeigte einer auf uns. Sofort wandten uns alle ihre Gesichter zu.

»Rose! Rose!«, rief einer, und die so Angesprochene nickte elegant in die Richtung der groß gewachsenen, breitschultrigen Männer.

Als hätten sie nur dieses Zeichen gebraucht, stürmten sie die Treppe hoch, drängten andere Gäste beiseite und balgten dabei wie eine Gruppe Welpen.

Während Heloise begeistert jauchzte, fand ich das Benehmen eher irritierend.

So wie sie sich ihren Weg gebahnt hatten, war es nicht weiter verwunderlich, dass sie Augenblicke später bei uns standen. In einer unbekümmerten Respektlosigkeit legten sich uniformierte Arme um unsere Schultern, strichen Finger über unsere Brüste und küssten uns Münder unverfroren auf die Lippen.

»Wen möchtest du haben?«

»Ja, wen von uns willst du?«

»Rose! Nimm mich zuerst!«

»Wo ist Napoleon?«, fragte einer und sah sich dabei um.

»Der ist bestimmt weggelaufen, als er die ganzen hübschen Mädchen gesehen hat.«

Sie brachen in Gelächter aus, das aber keineswegs gehässig klang.

Es wunderte mich, dass solch junge Männer – denn das waren sie ohne jeden Zweifel – derart hoch dekoriert waren. Aber das war wohl der Revolution und den Kriegen geschuldet. Jetzt erst, da sie so dicht bei uns standen, sah ich den flaumigen Bartwuchs, die eine oder andere gerötete Stelle, wo sich ein kleiner Pickel bilden wollte. Dabei schienen ihre Muskeln die Uniformjacken förmlich zu sprengen. Allein die Lebenslust, die diese Gruppe junger Männer ausstrahlte, machte sie schon anziehend.

»Wir nehmen euch alle!«, verkündete Rose ihren Entschluss und breitete dabei die Arme aus.

Das begeisterte Johlen, das ihren Worten folgte, brachte mich dazu, mich abzuwenden und wieder nach unten zu schauen. Ich war mir nicht sicher, ob ich Lust hatte, mit Welpen um Roses erotische Gunst zu balgen. Dabei verstand ich gar nicht, wo dieses seltsame Desinteresse herkam. Wenn ich nüchtern über alles nachdachte, so musste ich sagen, dass sie sich große Mühe mit mir gegeben hatte. Sie hatte mich nicht zurückgesetzt oder herablassend behandelt. Dennoch suchte ich ihre Gesellschaft nicht. Im Gegenteil. Plötzlich dachte ich an Jean Baptiste und die überfüllten Gefängnisse. Die Schreie der Inhaftierten mischten sich mit der Musik und dem Lachen im Etablissement.

Als ich mich umsah, um den Bann gleichermaßen zu brechen,

waren sowohl Rose und Heloise als auch ihre Anbeter verschwunden. Sie hatten offensichtlich nicht einmal daran gedacht, mich mitzunehmen.

Dennoch wollte ich auch einen Liebhaber für die Nacht. Ich wollte Champagner trinken, von den kleinen Häppchen essen, die von halb nackten Mädchen herumgereicht wurden, und einen guten Schwanz in meinen Löchern spüren. Also ließ ich meine Blicke über die Menge unter mir schweifen und fragte mich, wie ich es wohl anstellen musste, um einen Mann auf meine Wünsche aufmerksam zu machen.

In genau jenem Moment aber, da ich über diese Frage nachdachte, blieben meine Blicke an den dunklen Augen eines Offiziers hängen, der dort unten nahe dem Eingang stand und unverwandt zu mir hinaufstarrte. Es war tatsächlich der ausgezehrte Kerl mit der gelben Haut, der mir schon zwei Mal im Palais Royal begegnet war. Als wollte ich ihm zeigen, dass ich ihn erkannt hatte, nickte ich ihm zu.

Dieses Nicken deutete er offensichtlich als Zeichen meines Einverständnisses, denn er erwiderte den Gruß und kam flink die Treppen heraufgeeilt.

»Mademoiselle …«, sagte er knapp und nahm Haltung an.

»Monsieur …«

Da standen wir und schwiegen uns an.

Ich gedachte, das Eis zu brechen. »Wir sehen uns heute nicht zum ersten Mal, nicht wahr?«

»Das trifft zu.« Er klang wie ein Italiener, was mich weniger verwunderte, denn viele Ausländer kämpften mit unserer Armee gegen die Royalisten.

»Wie ist es Ihnen ergangen …« mühsam versuchte ich, aus seinen Abzeichen herauszulesen, welchen Rang er bekleiden mochte.

»General«, half er aus, und ein winziges Lächeln huschte über seine Züge.

»… General. Danke schön.«

Allen Ernstes? Dieser kleine ausgehungerte Italiener sollte ein General sein? Die Revolution verblüffte mich immer wieder.

»Wollen wir uns setzen und ein Glas trinken?«, fragte ich.

Er nickte. »Gern.«

Als wäre ich die Gastgeberin, dirigierte ich ihn zu einer freien Sitzbank und gab einem der Mädchen ein Zeichen.

Sie brachte uns Petit Fours und Champagner.

»Sie mögen etwas Süßes?« Ich hielt eines der kleinen Törtchen hoch, streckte den Arm in seine Richtung, und da passierte es. Er wollte zugreifen und stieß dabei meine Hand so unglücklich an, dass er mir das Törtchen praktisch ins Gesicht drückte. Er riss die Augen auf, und das Gelb seiner Haut wandelte sich in ein tiefes Scharlachrot.

Ich aber, nachdem die Schrecksekunde verklungen war, musste heftig lachen. Wie um seinen Fauxpas wieder gutzumachen, nahm er sein Taschentuch und wischte damit eher ungeschickt über meinen Mund, was mich noch mehr zum Lachen brachte. Der Stoff roch nach Schießpulver und Leder.

»Jetzt zeige ich Ihnen mal, wie man jemanden richtig füttert!« Ich nahm ein Törtchen und schob es ihm elegant in den Mund. »Schmeckt es?«

Er nickte.

»Es schmeckt noch besser, wenn Sie es mit Champagner herunterspülen! Der Champagner in diesem Etablissement ist übrigens hervorragend«, sagte ich weltläufig.

Er wurde bleich.

»Nein«, stieß er brüsk hervor. »Nein danke«, kam es ein wenig verbindlicher.

Hatte ich ihn beleidigt? Meine Kehle war plötzlich wie zugeschnürt. Mein Gesicht brannte, und meine Hände wurden eiskalt. Taubheit machte sich in meinen Gliedern breit. Jetzt wusste ich wieder, warum mir Heloises und Roses Anwesenheit so unangenehm gewesen war: Ich hatte in den letzten Tagen zu viele Zurückweisungen hinnehmen müssen. Und jetzt saß ich vor diesem gelbhäutigen Hungerhaken, und selbst der wollte nicht mal Champagner mit mir trinken. Ja, schlimmer noch. Er sprang plötzlich auf, verbeugte sich knapp und verschwand zwischen den Gästen. Es war zu viel! War ich so abstoßend, so unattraktiv, dass mich nicht mal ein Gefangener wollte? Dass mich sogar ein dicklicher Kaufmann zurückwies? Dass ein Soldat vor mir Reißaus nahm?

Seltsamerweise übermannte mich da aber keineswegs das Gefühl größter Wertlosigkeit oder Niedergeschlagenheit. Nein! Wut packte mich! Ich hatte es allen durchgehen lassen. Hatte keinen Ton gesagt. Hatte diese Schläge hingenommen, als würden sie besser, dadurch, dass ich sie nicht wahrzunehmen schien.

Niemand musste sich für seine Haltung mir gegenüber rechtfertigen. So hatte ich dafür gesorgt, dass ich mich immer schlechter fühlte.

Dem würde ich jetzt ein Ende setzen. Ich leerte sowohl mein Glas als auch sein Glas mit einem Zug und eilte die Treppe hinunter, wobei ich ein scharfes Auge auf alles hielt, was seiner Uniform ähnelte.

Ich pfiff auf dicht gedrängt Stehende, die ich beiseiteschieben musste, und ignorierte den eisigen Wind, der mir entgegenschlug, sobald ich die stickige Hitze des Etablissements hinter mir gelassen hatte.

Da stand er! Unter einem Baum. Zwar halb im Schatten, doch ich erkannte ihn an seinem Umriss. Wutentbrannt marschierte ich mit undamenhaft schnellen Schritten auf ihn zu.

Als er mich erkannte, nahm er Haltung an. »Mademoiselle?«

»Was ist los? Wie können Sie es wagen, mich einfach sitzen zu lassen! Wegzurennen wie ein alberner Schulbub? Es ist eine bodenlose Unverschämtheit, und wenn ich ein Mann wäre – ich kann Ihnen versichern –, ich würde nicht hier stehen und Sie nur mit Worten strafen.«

Er nahm seinen Dreispitz ab, klemmte ihn unter seinen Arm und senkte den Kopf. »Ich bitte um Verzeihung, Mademoiselle. Es lag mir fern, Sie zu beleidigen …«

»Ja? Dann lassen Sie die Frauen also immer wortlos stehen? Ist das so üblich, da wo Sie herkommen? Ich kann Ihnen versichern, Mon Général, in Frankreich benimmt man sich einer Dame gegenüber anders!«

»Ich weiß sehr wohl, wie man sich einer Dame gegenüber benimmt!«, konterte er, und ich mochte die Art nicht, wie er Dame betonte.

»Ich bin also keine Dame in Ihren Augen?«

Das war die logische Erwiderung, die er sich mit seinem Satz mehr als nur verdient hatte.

»Selbstverständlich sind Sie eine Dame. Aber ich …«

Schlagartig war ihm der Wind aus den Segeln genommen, und er starrte mich beinahe erschrocken an. Es war der gleiche Blick, den er gezeigt hatte, als er vom Tisch aufgestanden war.

»Es ist … weil … Ich pflege meine Rechnungen zu bezahlen!«

Nun war ich perplex. Was wollte er mir mit diesem Satz nur sagen?

»Davon gehe ich aus, General. Aber was hat das mit …«

»Ich kann Sie nicht bezahlen, Mademoiselle. Nicht Sie. Nicht den Champagner. Nicht mal die kleinen Kuchen. Ich habe mein Kommando verloren und muss mit halbiertem Sold auskommen.«

Kerzengerade stand er vor mir, den Hut noch immer unter den Arm geklemmt und berichtete mir seine Malaise, als erstatte er einem Vorgesetzten Bericht.

»Ich habe mich von der Truppe über Gebühr lange entfernt, um meiner Familie bei der Flucht aus Korsika beizustehen. Ich kam zurück und wurde vom Bürger Robespierre nach Genua geschickt, weil ich Italienisch spreche. Als ich zurückkehrte, wurde der Bürger seinerseits hingerichtet, und ich hatte meine Protektion verloren.«

»Sie sind Jakobiner? Und Sie waren ein Freund des Bürgers Robespierre?«

Er hob abwehrend die Hand. »Kein Freund des Maximilien Robespierre, sondern der seines Bruders Augustin.« Seine Worte verlangsamten sich und kamen schließlich ganz zum Erliegen, als er mir von seinem Freund Augustin berichten wollte.

»Wie war Augustin?«, fragte ich vorsichtig, denn jetzt wusste ich, warum er fortgelaufen war. Oder ahnte es zumindest.

»Er war ganz anders als sein Bruder. Und als sie Maximilien zum Tode verurteilt haben, ist er vor den Konvent getreten und hat verlangt, dass man mit ihm genauso verfahren sollte. Dabei hatte man ihn noch nicht mal verhaften wollen. Aber sei's drum … Jetzt ist er tot. Sie haben mich für zwei Wochen inhaftiert und dann laufen lassen. Aber mein Kommando hatte ich verloren, und zur Strafe kürzten sie obendrein meinen Sold.«

»Und was tun Sie jetzt?«

»Ich renne von Pontius zu Pilatus und versuche, mich für ein neues Kommando ins Gespräch zu bringen.«

»Und dabei sind Sie hier im Etablissement von Madame Adelaide gelandet?«

Jetzt lächelte er. »Ehrlich gesagt, habe ich nur meine Kameraden begleitet, aber als sie mit den beiden Frauen weggegangen sind, wurde mir klar, dass man versuchen würde, mich dazu zu bringen, zu trinken und zu essen und dass ich kein Geld dafür habe.«

»Es kostet Sie nichts, General. Wir sind die Gäste meiner Freundin. Ich könnte die Preise da drinnen auch nicht bezahlen.«

»Das müssen Damen ja auch nicht.« Die Ernsthaftigkeit, mit der er das sagte, amüsierte mich ein wenig.

»Sollen wir jetzt wieder hineingehen und den ganzen Vorrat an Törtchen aufessen?«

Er setzte seinen Hut wieder auf, grinste und marschierte mit mir los.

Erst als wir wieder in die drückende Wärme zurückgekehrt waren, merkte ich, wie sehr ich da draußen gefroren hatte. Wir suchten gemeinsam nach einem freien Platz, wo wir gleichzeitig weit genug von der Musik und den anderen Gästen entfernt saßen, um uns unterhalten zu können.

Glück hatten wir erst im obersten Stockwerk. Die Bank stand direkt neben jenem Flur, an dem sich die Zimmer befanden, die von den Mädchen des Hauses genutzt wurden, und so saßen wir mit unseren Törtchen und dem Champagner und betrachteten das stete Kommen und Gehen. Wenn jemand besonders laut stöhnte, sahen wir uns an und grinsten.

Er nahm ein violettes Petit Four, das mit lila Zuckerstückchen belegt war.

»Was denken Sie, was das ist?«, fragte der General.

Er hielt es mir zum Kosten hin, und als ich abbiss, berührten meine Lippen seinen Finger. Im gleichen Moment trafen sich unsere Blicke. Die Intensität in seinen Augen erschütterte mich. Meine Brust wurde mir eng, und ich fürchtete, mich an dem süßen Gebäck zu verschlucken.

»Veilchen … Das sind kandierte Veilchenblätter.«

»Man kann Blumen essen?«, fragte er überrascht.

»Oh ja!«

Ich nahm ein anderes Veilchen-Törtchen und schob es ihm langsam in den Mund. Jetzt erst fiel mir auf, wie gut er aussah. Sein Profil war beinahe klassisch zu nennen. Seine Lippen voll und im Kinn zeigte sich eine kleine Kerbe. Nur die Nase war etwas zu lang, doch ich dachte, dass nichts vollendet sein dürfe, um noch menschlich wirken zu können.

»Sie schmecken gut ... die Veilchen«, sagte er so leise, dass ich ihn kaum verstehen konnte bei dem herrschenden Krach.

Und wie ich noch über seine Stimme, seine Augen und Worte nachdachte, beugte er sich zu mir herüber und küsste mich lange und intensiv.

Entschlossen griff ich nach seiner Hand und legte sie auf meinen Busen. Augenblicklich griff er energisch zu. Die Säfte strömten in meinem Schoß zusammen. Ich drückte meine Hand auf seine Hose und spürte, wie er im gleichen Moment hart wurde.

»Komm!« Mehr brachte ich nicht heraus. Mein Hals war so trocken vor Lust, dass meine Stimme versagte.

Wir standen auf und betraten das erste leere Zimmer, das wir fanden. Gerade als ich das Kleid über meinen Kopf ziehen wollte, fiel er vor mir auf die Knie und umfasste meine Hüften. Die Daumen weit abgespreizt, öffnete er meine Möse und betrachtete meinen Liebeskern. Allein seine gierigen Blicke ließen mein Fleisch anschwellen, und schon presste er sein Gesicht in meinen Schoß und ließ seine Zunge durch meine Spalte gleiten. Geschickt rieb er die Tiefen rund um meine Kirsche und schob sodann seine Finger in mein tropfnasses Loch.

Ab und zu zuckte er ein wenig mit dem Kopf zurück, als müsste er ansehen, was er gerade nur gefühlt hatte. Dann wieder ächzte er und bewegte nicht nur seinen Finger, sondern auch seine Zunge in meinem Innersten.

»Ich will, dass du so kommst wie noch nie in deinem Leben«, keuchte er, als er mich hochhob und zum Bett trug.

Auch wenn ich schon von vielen Männern gefickt worden war, so hatte ich doch keinen blassen Schimmer, was er mit diesem Wunsch meinte.

Aber was es auch sein mochte, ich war mir sicher, er würde es mir zeigen. Zu meiner Überraschung legte er mich auf meinen Bauch und spreizte leicht meine Beine. Durch einen Blick in den Spiegel sah ich, dass er den Blick nicht von meiner offenen Auster ließ, während er sich auszog.

Was für einen wundervollen Körper er hatte! Gewiss war er dünn, aber jetzt erkannte ich, dass er praktisch nur aus Muskeln und Sehnen zu bestehen schien. Er war reine Kraft und Dynamik.

»Darf ich deinen Popo benutzen?«

Natürlich fragte er damit nicht nur um Erlaubnis, er brachte auch meine Fantasie damit in Schwung. Es versetzte mir einen kleinen Stich, als er, ohne zu zögern, die Schublade in dem kleinen Nachttisch aufzog und eine Schale mit Salbe herausnahm. Ganz offensichtlich kannte er sich in diesen Etablissements aus.

Ich hieß mich selbst eine Närrin, als ich mir vor Augen stellte, dass er ein Soldat war und sicherlich oft genug zu Huren ging.

Er tauchte seine Finger in die Schale und rieb sodann vorsichtig über meine Rosette. Kühl und angenehm waren seine Berührungen. Erfahren im Umgang mit den intimsten Stellen einer Frau. Vorsichtig drückte er langsam seinen Zeigefinger in das überaus enge Loch. Wenn er sich jetzt auch in seiner ganzen Länge über mich legte, so stützte er sich doch noch so mit dem freien Arm auf, dass er mich nicht erdrückte. Sein Gesicht neben meinem, den Mund leicht geöffnet, suchten sich seine Finger ebenso sanft wie nachdrücklich den Weg in meinen Popo. Keuchend schloss ich die Augen und ließ mich von seinen Berührungen erfüllen.

»Ich werde jetzt in dich eindringen …«, wisperte er in mein Ohr und Gänsehaut raste über mich hinweg.

Ein kurzer Blick in den Spiegel. Er rieb nun seinen beachtlichen Schwanz mit der Salbe ein, und ich stöhnte allein schon bei dem Anblick, wie er seinen Unterleib anhob und seinen Stamm in mein enges Loch dirigierte. Der Schmerz setzte im gleichen Moment ein, da er meine Muskeln überwand. Ohne die Folgen zu bedenken, schrie ich laut und bäumte mich auf, wodurch er die Kontrolle verlor und mit einem Rutsch in mich eindrang. Es fühlte sich an, als würde mein halber Körper zerreißen. Brennen und Drücken erfüllten mich und ließen die Tränen in meine Augen schießen. Wie von Sinnen versuchte ich, von ihm wegzukriechen. Er aber hielt mich eisern fest, was ihn nicht mehr Kraft kostete, als müsse er einen Vogel halten.

»Es tut …«, ächzte ich.

»Warte einen Moment, mein Herz … Warte nur einen Moment!«

Ich dachte an Rose. Sie würde sich nicht unter dem General winden wie ein Aal und dabei jammern. Im Gegenteil! Sie würde den Schmerz nicht nur zulassen, sondern ihn genießen!

Im gleichen Moment war ein Bild in meinem Kopf: Rose, wie sie es mit meinem General trieb. Ich sah sie über ihm knien und seinen Schwanz mit den Lippen bearbeiten, sah sein verzücktes Gesicht. Es hätte nicht viel gefehlt, und ich hätte sogar sein Keuchen hören können. Eifersucht überströmte mich wie kochende Lava. Ich hörte auf, mich zu widersetzen und gab mich ihm und dem Schmerz hin.

Als er immer tiefer in mich hineinstieß, dachte ich wieder an die Klammern an meinen Brustwarzen. Zitternd zog ich seine Hand an meine Nippel.

»Kneif mich!« Meine Stimme brach beinahe, doch er tat, was ich wollte.

Scharfe kleine Schmerzenspfeile schossen durch meine Brüste und ließen mich erbeben. So von Sinnen war ich, dass ich kaum bemerkte, wie er immer schneller wurde und in meinen Hintern zu hämmern begann. Unser Stöhnen und Schreien erfüllte den Raum. Seine Hände schienen überall zu sein und gleichzeitig ohne Unterlass meine Nippel zu quälen. Mein ganzer Körper zog sich, bis auf einen Punkt oberhalb meiner Vulva, zusammen, und dann explodierte ich. Welle um Welle riss mich mit sich. Eine nie gekannte Glückseligkeit wogte um mich herum wie ein

Meer aus Leidenschaft. Nicht nur unsere Körper vereinigten sich, unsere Lust verschmolz und vervielfachte sich dabei.

Ich lachte und schrie, stöhnte und weinte. Es war beinahe zu viel.

Erst, als er sich aus meinem Po zurückzog, kam ich wieder zu Sinnen. Müde und erschöpft realisierte ich nur einen kurzen Stoß, als er aufstand und verschwand.

***

Als ich erwachte, hörte ich Wasser plätschern und eine Männerstimme. Noch immer gemartert, richtete ich mich auf.

»Carissima … Mi Amor … Wilde, leidenschaftliche Worte, die sie nicht verstand, und die ihr doch alles verhießen …«

Mein General lag in der Badewanne und las laut aus einem Buch vor. Als ich das Bad betrat, grinste er mich spitzbübisch an.

»Was ist denn das für ein Schund?«, fragte ich.

»Habe ich im Nachttisch gefunden.«

Ich stieg zu ihm in die Wanne. »Machen Sie Platz, mon Général!«, befahl ich und spritzte dabei mit Wasser.

Sichtlich empört brachte er seine Lektüre in Sicherheit, indem er das Buch hoch über seinen Kopf hielt.

»Bürgerin! Sie zerstören meine Lektüre!«

»Und Sie zerstörten meinen Popo!«, erwiderte ich pikiert.

Ich ließ mich über ihn gleiten und küsste ihn. Er erwiderte meinen Kuss so leidenschaftlich, dass bald das Wasser heftig über den hohen Rand der üppig ausgelegten Wanne schwappte, die offensichtlich nicht nur aus hygienischen Gründen da war.

Er warf das durchnässte Buch weg und umarmte mich gierig.

»Bist du schon einmal in einem Bad gefickt worden?«

»Hat man dir schon mal einen in der Wanne geblasen?«, erwiderte ich.

»Ist der Papst katholisch?«

Ich erstarrte.

Über seine eigenen Worte schockiert, starrte er mich an.

»Ach, scheiß drauf!«, erklärte ich und griff nach seinem Stamm.

Laut stöhnend ließ er sich von mir reiben. Da ich fürchtete, wir würden beide ertrinken, wenn wir in der riesigen Wanne vögelten, kletterte ich aus dem Wasser und nahm ihn mit mir. Gerade wollte ich ihn zum Bett dirigieren, da schüttelte er den Kopf.

»Am Fenster … Komm …«

Wenn draußen auch nur Fackeln die Nacht erhellten, so erstrahlte doch unser Zimmer in vollem Licht. Dies wiederum bedeutete, dass jeder da draußen uns sehen konnte.

»Jetzt blas mir einen!«, stieß der General gepresst hervor.

Ich ging vor ihm auf die Knie und griff nach seinem duftenden Ständer. Er war schon bei dem Gedanken beobachtet zu werden, hart geworden.

Ich schloss meine Lippen so fest ich nur konnte, und während ich ihn energisch durch sie hindurchdrückte, rieb ich seine seidige Haut auf und ab. Sein Stöhnen wurde immer lauter, und bald bewegte er seine Lenden in einer fickenden Bewegung vor und zurück.

Es erregte mich ebenso wie ihn, als ich mit einem kurzen Seitenblick erkannte, dass unten wirklich Passanten stehen geblieben waren und zu uns hochschauten. Ich wollte ihm und ihnen etwas bieten, also entspannte ich meinen Hals und meine Schultern. Leicht die Haltung ändernd, konnte ich ihn sacht in meinen Schlund gleiten lassen.

»Oh mein Gott«, keuchte es über mir.

So tief hatte ich ihn in mich aufgenommen, dass meine Lippen die krausen Härchen seiner Basis berührten. Die Lippen fest um seinen Schaft geschlossen, bewegte ich meinen Kopf immer schneller vor und zurück.

»Oh, Herr im Himmel steh mir bei! Ich komme!«

Im nächsten Moment zuckten seine Lenden und seine Sahne entlud sich in meine Kehle. Ich glaubte zu ersticken, schluckte, konzentrierte mich darauf, meine Atmung zu normalisieren. Schluckte wieder. Doch er hörte gar nicht auf, wieder und wieder abzuschießen. Es floss aus meinem Mund und tropfte auf meine Brüste. Ich wischte Haarsträhnen aus meinen Augen und verteilte dadurch seine Sahne in meinem Gesicht.

Vollkommen außer Atem und von Kopf bis Fuß besudelt, wollte ich mich gerade erheben, als er mich ergriff und zu Boden drückte.

»Ich kann jetzt nicht aufhören …«, keuchte er und drückte meine Beine senkrecht nach oben.

So vor mir kniend hielt er meine Schenkel zusammengedrückt und fickte mich in meine künstlich verengte Möse. Bald hatte ich keine Kraft mehr und lehnte meine Beine gegen seine Schulter. Damit ich nicht abrutschte unter seinen Stößen, hielt er mich in dieser Position fest und starrte dabei unablässig auf seinen eigenen Schwanz, der mich wieder und wieder penetrierte. Diesmal kamen wir gemeinsam, wurden gemeinsam in einem kaum glaublichen Höhepunkt emporgerissen. Wir wurden tatsächlich in jenem atemlosen Moment eins.

Erschöpft sanken wir einander in die Arme und fanden bald nur noch die Kraft, uns zu küssen.

***

Als der Morgen graute, hörte ich ihm zu, wie er sich wusch und dann anzog. Die Augen halb geschlossen beobachtete ich ihn und hielt jedes dieser Bilder in meinem Herzen fest. Ich wollte ihn fragen, ob und wann wir uns wiedersehen würden, wollte ihn bitten, noch ein paar Minuten zu bleiben.

Doch ich schwieg.

Und als er ging, nahm er mein Herz mit sich.

***

Die Anlage des Palais Royal übte seit jener Nacht mit meinem General eine merkwürdige Anziehungskraft auf mich aus. Beinahe täglich zog es mich dort hin. Ich tat nichts weiter, als durch die Alleen zu wandern und in die Auslagen der Geschäfte zu schauen, die sich scheinbar langsam wieder zu füllen schienen.

Die Sonne wagte sich auch wieder zwischen den herbstlichen Wolken hervor, und ich genoss diese letzten schönen Tage, bevor der Winter endgültig einkehren würde.

»Mademoiselle?«

Ich sah mich nach der erstaunt klingenden Stimme um.

»Mademoiselle?«

Es war jener Kaufmann, der mir den Empfehlungsbrief geschrieben hatte …

»Ah, Monsieur. Einen guten Tag. Wie geht es Ihnen?«

Er kam auf mich zugeeilt und machte eine kleine Verbeugung vor mir.

»Sind Sie wohlauf, Mademoiselle?«, fragte er besorgt.

»Ja gewiss. Wieso denn auch nicht?«

»Nun, unser gemeinsamer Freund Lacave … Er kam mich vor Kurzem besuchen und hat sich nach Ihnen erkundigt. Sie seien seiner Einladung nicht gefolgt. Er habe Sie erwartet, doch Sie hätten ihn versetzt.«

In diesem Moment fiel mir der Papierfetzen siedend heiß ein, der sich noch in meinem Beutel befand. Ich hatte ihn vollkommen vergessen. Oder verdrängt?

»Nun, Monsieur. Ich gestehe, dass ich es unpassend fand, die Einladung anzunehmen.«

»Und wieso?«

Er schien derart überrascht, ja schockiert, als habe ich eine Einladung ins Paradies ausgeschlagen.

»Nun, ich habe einen Herrn kennengelernt, der mich ganz in Anspruch genommen hat, und ich fand, es zieme sich nicht, wenn ich die Einladung eines anderen Herrn annehme.«

Meine Formulierung sollte über den Umstand hinwegtäuschen, dass ich meinen General nur für eine einzige Nacht besessen hatte. Danach hatte ich nichts mehr von ihm gehört.

Ihn zu finden, war natürlich der eigentliche Grund, warum ich mich so oft wie möglich im Palais Royal einfand, hoffte ich doch in der Tiefe meines Herzens, ihn dort wiederzutreffen. Ich konnte niemanden fragen, denn erst als er gegangen war, fiel mir ein, dass ich nicht einmal seinen Namen kannte.

Was für eine seltsame Nacht das gewesen war … Auch Rose hatte ich nicht mehr wiedergesehen, und Heloise verlor kein Wort mehr über ihre Busenfreundin, wo doch die Tage vor Madame Adelaide erfüllt gewesen waren mit einem ständigen: »Rose tut dies, Rose sagt jenes …«

Nun gut, es mochte seine Gründe haben. Ich kannte sie nicht.

So sehr ich mich aber auch nach meinem General sehnte, so musste ich doch bald erkennen, dass sein Bild in mir verblasste. Es veränderte sich wie eine Landschaft, von der man sich wegbewegt. Und jedes Mal, wenn man sich nach ihr umdreht, wird sie ungewisser, bis man sich irgendwann fragt, ob man wirklich dort gewesen ist.

Inzwischen wäre ich mit Sicherheit verblüfft gewesen, wenn er vor mir aufgetaucht wäre in seiner fadenscheinigen, bis zum Abwetzen gepflegten Uniform.

»Und? Dieser Herr, treffen Sie ihn denn noch gelegentlich?«, brachte der Kaufmann mich in die Wirklichkeit zurück.

»Äh … tatsächlich befindet er sich auf einem längeren … Kuraufenthalt.«

Jetzt klang es, als hätte ich es mit einem Invaliden getrieben. Oder ihn so rangenommen, dass er hinterher erst mal seine Gesundheit wiederherstellen musste.

»Nun, wir dachten uns bereits, dass Sie eine temperamentvolle junge Dame sind …« Er machte eine einladende Geste in Richtung seiner Ladentür.

Ich folgte ihm hinein.

»Darf unser Freund denn noch hoffen, Mademoiselle?«

Ich setzte mich auf den angebotenen Stuhl und bekam sogar Tee von ihm eingeschenkt.

»Er bat mich, falls ich Sie sehen sollte, Sie zu informieren, dass er das nächste Souper am kommenden Mittwoch gibt. Um zehn Uhr abends treffen sich seine Gäste.«

Nun war es an mir, überrascht zu sein. »Ach, ich bin also nicht der einzige Gast?«

Er schmunzelte und blinzelte mir dabei über seinen Tassenrand hinweg zu. »Aber nicht doch. Monsieur Lacave pflegt stets genau zehn Personen einzuladen.«

Es gab also gleich mehrere Gründe, diese Einladung nunmehr anzunehmen. Zum einen hatte sich mein General wohl nach unserer Liebesnacht einer anderen besonnen und mich ad acta gelegt. Zum anderen gab es keine Pläne Heloises für das Palais Royal mehr, aber von neuen Hausbesuchen hatte sie auch nicht gesprochen. Kurz, ich war frei, meine Zeit nach eigenem Gutdünken zu nutzen.

»Ich werde dort sein, Monsieur. Wenn Sie so gütig wären, dies Monsieur Lacave mitzuteilen.«

***

Da wir inzwischen unsere Kleider bei Pierrot verkauft hatten, hatte ich nur noch das goldene Nichts von Madame Adelaide anzuziehen, wollte ich nicht in meinen alten Sachen bei Lacave auftauchen. Gewiss war das Kleid unangemessen, aber ich war auch in unangemessener Stimmung!

»Wo gehst du hin?«, fragte Heloise.

»Ich habe eine Einladung zu einem Souper à Dix (spätes Abendessen) bei einem Monsieur Lacave.«

»Und warum sagst du mir das nicht?« Sie blickte aus zusammengekniffenen Augen auf mein goldenes Gewand.

»Wie ich bereits sagte: Ich bin dir keine Rechenschaft schuldig!«

»Das nicht, aber ich dachte, wir wären Freundinnen.«

Die Anklage war nicht zu überhören.

»Oh, und ich dachte, du seist mit Rose vollauf beschäftigt.«

Ihr Blick bekam etwas unruhig Wanderndes, das ich so noch nie bei ihr gesehen hatte.

»Sie hat einen neuen Liebhaber. Oder zwei. Was weiß ich.«

Neugierde überkam mich. »Und? Mit wem treibt sie es?«

»Ich kenne nur den einen mit Namen. Es ist Barras.«

Ich hob die Schultern und ließ sie wieder sacken. »Kenne ich nicht.«

»Natürlich kennst du den …« Heloise begann, unruhig auf ihrem Stuhl herumzurutschen. Scheinbar war es ihr peinlich, dass sie unser beider Schicksal so eng an eine Frau geknüpft hatte, die beim ersten neuen Liebhaber nichts mehr von uns wissen wollte. Zumindest hoffte ich, dass ihr das zu schaffen machte.

»Er ist Präsident des Nationalkonvents.«

Jetzt war ich beeindruckt. »Offensichtlich zielt Mademoiselle erfolgreich nach ganz oben, wie?« Ein kleines Sticheln hie und da hatte noch keinem geschadet.

»Madame …«

»Wie?«

»Madame. Sie ist Witwe. Ihr Mann wurde unter Robespierre hingerichtet.«

»Ah. Madame scheint erfolgreiche Überlebensstrategien entwickelt zu haben.«

Heloises Kopf flog herum. »Warum sprichst du so gemein von ihr? Sie hat dir nichts getan. Im Gegenteil! Ihr allein hast du dieses Kleid zu verdanken. Und dass du jederzeit gern gesehener Gast bei Madame Adelaide bist. Und was ist mit dem schneidigen

Soldaten? Es vergeht kein Tag, an dem du mir nicht vorjammerst, wie wundervoll er dich befriedigt hat und wie wenig du ohne ihn leben kannst. Du rennst doch ständig im Palais Royal herum, in der Hoffnung, dass er vielleicht auftauchen möge.«

Klang ich wirklich so dumm?

»Hättest du diesen Mann ohne sie je kennengelernt?«

Es war Zeit, ein paar Sachen richtigzustellen. »Hör zu, zunächst: Ich habe ihn schon früher getroffen – allerdings nicht gevögelt. Das gebe ich zu. Zum anderen: Ich habe mich längst damit abgefunden, dass ich ihn nicht mehr wiedersehen werde. Er weiß ja nicht mal meine Adresse oder ich die seine. Zum Dritten: Ich kam nur in den Genuss seines Ständers, weil ihr beide mit den anderen Offizieren abgezogen seid. An diesem Abend habt ihr mich wieder und wieder stehen lassen und seid einfach abgehauen. Das ist die Wahrheit, meine Liebe. Deine famose Madame hat sich einen Dreck um mich geschert. Ich war halt dabei. Du warst ihr einziges Ziel!«

»Na, dann kannst du ja jetzt triumphieren, wo sie mich vergessen hat.« Ihre Stimme hatte einen dumpfen Klang angenommen und als ich ihr Kinn sah, erkannte ich, dass es bebte.

»Wieso sollte ich triumphieren, wenn meiner besten Freundin derart weh getan wird?«, sagte ich so sanft ich konnte und griff nach ihren Händen. »Ich sag dir was … Wir sollten das Palais Royal vergessen. Es hat uns kein Glück gebracht. Wir schauen uns wieder nach Adressen für unsere Hausbesuche um und tun das, was wir am besten können.«

Sie hob ihr kleines Gesicht zu mir empor und nickte stumm.

Zu meiner Überraschung klopfte es in diesem Moment.

Vor unserer Tür stand ein Diener. »Mademoiselle … Monsieur Lacave schickt seine Kutsche, um Sie abzuholen!«

Da ich keine Uhr hatte, war ich natürlich komplett verspätet.

»Machen wir es so?«, fragte ich im Hinausgehen, und Heloise nickte tapfer.

Roses Ignoranz hatte sie offensichtlich härter getroffen, als ich gedacht hätte. Wenigstens war das Kapitel Palais Royal damit abgeschlossen. Wir beiden hatten zum Glück einen geringeren Preis bezahlt, als ich befürchtet hatte.

***

Noch nie hatte ich in einer solchen Kutsche gesessen. Schwarz, elegant, gepflegt. Am Schlag erkannte ich die verblichenen Umrisse eines Wappens. Das ließ darauf schließen, dass Monsieur Lacave die Kutsche günstig von einem Flüchtling erstanden hatte, oder dass er selbst von Adel war und es für sicherer hielt, diesen Hinweis entfernen zu lassen. Wenn Letzteres zutraf, war seine Position als Gefängnisdirektor aber umso dubioser, da er ja somit der Wächter seiner eigenen Klasse war.

Wobei niemand so umfassend wie ich anerkannte, dass die Revolution alles und jedes in Frankreich ins Rutschen gebracht hatte. Wie wäre ich sonst in eine ehemals herrschaftliche Kutsche gekommen?

Meine Vermutung wurde bestätigt, als wir in ein mächtiges Tor einbogen. Zwei Diener schlossen eilig hinter uns die gewaltigen Tore, als galt es, keine Aufmerksamkeit auf die Bewegungen im Hof auf uns zu lenken.

Der Kutscher klappte die kleine Treppe aus, und nun entdeckte ich noch mehrere andere Gefährte. Unter einem Vordach wurden Pferde versorgt. Die umhereilenden Knechte und Diener wurden von ein paar wenigen Fackeln beschienen, was meine Idee stützte, dass hier sehr vieles im Verborgenen abzulaufen hatte.

Da ich das begriffen hatte, fragte ich mich im gleichen Moment, ob es wirklich meine beste Idee gewesen war, der Einladung Folge zu leisten. Dass ich in letzter Zeit nicht gerade vom Glück verfolgt wurde, hatte aber noch einen ganz anderen Effekt: Ich verspürte eine stetig wachsende Lust auf Neues.

Und so gewann eine fraglose Naivität Oberhand, sodass ich mich mit pochendem Herzen von dem Diener durch den Hintereingang in das Haus führen ließ.

Neun Gäste waren also geladen …

Sicher waren es deren Kutschen und Reitpferde, die ich im Hof gesehen hatte. Das Haus des Monsieur Lacave war überwältigend. Nie zuvor hatte ich solche Eleganz und Schönheit gesehen. Es übertraf sogar das Haus von Francois bei Weitem. Stuckaturen an den Decken. Gemälde an Wänden. Marmorner Boden, auf dem meine Absätze ein stetes Klack Klack erzeugten. Es duftete nach Feuerholz und schweren Essenzen.

»Ich begleite Mademoiselle nach oben …«, sagte der Diener, der an der Tür seine Livree vom Haken genommen und gegen seinen grauen Mantel getauscht hatte.

Mit offenem Mund bestaunte ich das gewaltige Treppenhaus. Aus den vier Ecken der Decke lächelten mir die vier Jahreszeiten entgegen, die zwischen sich Girlanden mit den jeweils passenden Früchten und Blüten hielten. Marmorsäulen trugen scheinbar diese überwältigende Pracht, und ich wünschte mir, ich hätte mich auf einer der gepolsterten Bänke setzen und einfach nur alle Details dieser wundervollen Arbeiten betrachten können.

»Mademoiselle Noailles … zum Souper!«, sagte der Diener mit verhaltener Stimme, nachdem er die Tür geöffnet hatte.

Es klang, als stünde ich selbst auf dem Menü, was ich seltsam fand.

Gerade aber, als ich an dem Diener vorbeigehen wollte, bedeutete mir dieser, ich sollte stehen bleiben. Stattdessen kam der Gefängnisdirektor auf mich zu. Doch wie verändert er jetzt war! Er trug einen schwarzen Anzug aus einer schimmernden Seide. Dieser war perfekt geschnitten und brachte seine schlanke Statur hervorragend zur Geltung. Lacave trug keine Perücke, sondern sein echtes Haar im Nacken zu einem Zopf gebunden.

»Mademoiselle … wie ich mich freue, dass Sie es möglich machen konnten. Wir haben mit dem Essen auf Sie gewartet.«

Ich machte einen tiefen Knicks und entschuldigte mich.

»Aber … aber. Nicht doch. Wir freuen uns viel zu sehr, dass Sie überhaupt hier sind.«

Vielleicht handelte es sich gar nicht um das Speisezimmer, aus dem er gekommen war, denn Lacave nahm meine Hand und führte mich den Gang hinunter.

»Sie wollen sich vielleicht umziehen … ein wenig frisch machen?«

Der Diener öffnete eine Tür am anderen Ende und zog sich dann zurück.

Ich blickte in einen mit seidenen Tapeten ausgekleideten Salon. Frische Blumen standen auf den Simsen und im Kamin knisterte ein einladendes Feuer. Ich legte mein Cape ab.

Als ich mich zu Lacave umdrehte, stand dieser in der offenen Tür. Die Schulter gegen den Türrahmen gelehnt und die Arme vor der Brust gekreuzt. Las ich aus seiner Miene eine gewisse Enttäuschung?

»Das Kleid ist nicht passend, wie?«

»Ich hörte, Sie hätten bei Madame Adelaide etwas wesentlich Ansprechenderes getragen«, sagte er freundlich und ohne einen Hauch Frivolität.

Gott sei Dank hatte ich mein altes Fähnchen nur über den goldenen Traum geworfen, sodass ich ihn nicht enttäuschen musste.

Wie zufrieden er mit meinem Anblick tatsächlich war, sah ich an seinem Gesicht, sobald ich mich meiner Alltagskleidung entledigt hatte. Er atmete sogar schwerer, was mich sehr erfreute.

»Ich hoffe, es ist nicht zu viel … beziehungsweise … zu wenig.«

»Ganz im Gegenteil!« Er machte einen schnellen Schritt auf mich zu, doch nur, um sich sofort abzuwenden. »Wir sollten die anderen nicht mehr länger warten lassen.«

Als ich zu ihm aufgeschlossen hatte, nahm er meine Hand und führte mich in jenen Raum, der so manche Überraschung für mich bereithalten sollte.

Zunächst sah ich einen langen, verschwenderisch dekorierten Tisch. Eine bodenlange weiße Tischdecke mit frischen Blütengirlanden. Mehrarmige Kandelaber und in der Mitte ein silberner Tischaufsatz, scheinbar mit einer mythologischen Szene. Fruchtpyramiden, Kristallkaraffen.

Am Tisch saßen drei Herren, zwischen denen jeweils ein Stuhl frei war. Auf einem saß ein junges Mädchen mit rosigen Wangen und einer kurzhaarigen, gepuderten Perücke, wie Madame Pompadour sie in die Mode eingeführt hatte. Sie trug auch ein Kleid nach dem alten Schnitt, welches ihre Brüste vollkommen frei ließ.

»Wenn ich euch Mademoiselle Noailles vorstellen darf ...«

Gesichter wandten sich mir zu und man begrüßte mich gleich einer alten Bekannten, ja einer guten Freundin.

Ich erwiderte den freundlichen Gruß.

Ein Mann hatte nur kurz zu mir hingesehen und dann seinen Kopf wieder schwer atmend in den Nacken gelegt. Als ich an dem Tisch herabblickte, sah ich zwei Füße in eleganten Damenschuhen, die sich sacht bewegten. Es konnte keinen Zweifel an dem geben, was diese Dame dem entrückten Herrn gerade zuteilwerden ließ.

»Dürfte ich von dir kosten, meine Schöne?«, wollte einer der Herren wissen, doch Lacave, der hinter mir stand, legte beinahe besitzergreifend seine Hände auf meine Schultern und küsste meinen Hals.

»Es ist an mir, dieses Heiligtum heute Nacht zu entweihen.« Seine Stimme schwebte auf seinem heißen Atem und das Blut begann, in meinem Schoss zu pulsieren.

So hinter mir stehend, hob er den hauchfeinen Stoff meines Kleides an. Nun konnte jeder mein rasiertes Dreieck sehen. Sein Finger glitt in meine Auster und rieb langsam und intensiv meinen Kern. Augenblicklich bekam ich nur noch schwer Luft. Die Lust strömte durch meine Adern und explodierte förmlich in meinem Kopf.

Lacaves freie Hand wanderte an meine Kehle und drückte meinen Kopf nach hinten. So keuchte ich leise und harrte dessen, was er sich noch für mich ausgedacht haben mochte.

Wie ich so dastand, vor den Augen der anderen Gäste benutzt werdend, senkte Lacave seinen Mund herab und biss mir in die Schulter. Der kleine, scharfe Schmerz erregte mich noch mehr.

»Wir wollen jetzt essen, meine Liebe!«

Ich begriff zunächst nicht, dass er gar nicht mich gemeint hatte. »Wir sind ja schon da!«

Ich öffnete meine Augen und blickte direkt auf eine Frau, die nur ein Korsett und ein Halsband trug. Sie hielt eine Leine, an deren Ende ein nackter Mann kniete. Vollkommen perplex starrte ich die beiden an. Aus dem Hintern des Mannes kam ein künstlicher Schwanz.

»Ich hoffe, ihr seid hungrig …«

Die Frau lächelte süffisant. Dann stellte sie ein Bein auf einen Sessel, woraufhin der Hund sofort unter sie eilte und an ihrer Spalte zu lecken und zu saugen begann. Sie ließ sich das eine Zeit lang gefallen, drängte ihn dann mit dem Fuß ab und sagte: »Fertig! Geh auf deinen Platz!«

»Charlotte … Ich stelle dir unseren heutigen Ehrengast, Mademoiselle Céléstine, vor.«

Indem sie sich an den Tisch setzte, nickte sie mir hoheitsvoll zu, während ihr Spielgefährte sich auf einen Schemel zu ihren Füßen kauerte, der gerade so für ihn passte.

Lacave zog an einem Glockenband, und gleich darauf traten die Diener mit dem Essen sein. Dass der Hund sein Essen in kleinen Porzellanschalen auf den Boden gestellt bekam, war nur konsequent.

»Der erste Gang sind die Eier eines lüsternen Bockes am Mösensaft einer entehrten Nonne«, erklärte Lacave mit einem kaum unterdrückten Schmunzeln.

Die nackte Dame klopfte auf die Sitzfläche des Stuhls neben

sich. Somit saß ich zwischen ihr und Lacave.

Das, was sich auf unseren Tellern fand, waren kleine gekochte Eier an einer würzigen Sahnesauce. Es schmeckte köstlich, und ich amüsierte mich über die frivole Namenswahl, als die Dame sich zu mir beugte, ihre Hand in meinen Ausschnitt wandern ließ und begann, meinen Nippel zwischen ihren Fingerspitzen zu rollen.

»Wo hat der gute Jacques dich nur gefunden, meine Liebe?«

»Ich hörte …«, der Mann, der wohl inzwischen abgespritzt hatte, lehnte sich nach vorn und sprach in unsere Richtung, »… er habe Céléstine bei Madame Adelaide aufgestöbert.«

»Grundgütiger, Antoine. Sie ist doch kein Moorhuhn.«

»Ich kann euch versichern, dass ich sie nicht bei Madame entdeckt habe, sondern tatsächlich im Kerker.«

Von überall erhoben sich Ahs und Ohs.

»Du warst im Kerker? Wie amüsant!«, erklärte die Hundehalterin, wobei sie ein wenig überrascht wirkte.

Wir aßen, während Lacave meine Geschichte erzählte. »Sie kam in den Garten Gethsemane, um ihren Liebhaber zu besuchen. Henri hatte ihr ein Empfehlungsschreiben für mich mitgegeben, wo er eine Einladung zum Souper empfahl.«

Der Rest der Füße kam unter dem Tischtuch hervor und wischte sich dabei den Mund ab. Dann setzte sich die Frau an den Tisch. »Ich finde, zu ficken ist das einzig Sinnvolle, was man dort tun kann«, erklärte sie.

»Er hat mich weggeschickt«, sagte ich kurz und bündig.

»Er hat … was?«

Das nunmehr kundgetane verwunderte Staunen tat meinem Selbstwertgefühl ausgesprochen gut.

»Er hat dich weggeschickt? Wer war er? Ein Kastrat?«

Lacave schob etwas Sauce über das Stück Ei auf seiner Gabel. »Nun, mein Freund, du kannst in der Gegenwartsform von ihm sprechen. Rohan lebt noch.«

»Ich weigere mich!«, verkündete der Gast. »Ich weigere mich, sprachlich die Existenz eines solchen Toren anzuerkennen!« Er atmete tief durch, als wollte er ein schallendes Amen hinter seinen Worten herschicken, ließ es dann aber.

»Mein lieber Paul … Ich bitte dich. Welch Urteil!«, erklärte die junge Dame mit der kurzlockigen Frisur und schüttelte den Kopf.

Eine weiter weg sitzende Dame beugte sich vor und sah in meine Richtung. »Hattest du es ihm vielleicht nicht so gut besorgt, wie er es erwartet hatte?«

»Victoire … Du liebe Zeit. Selbst wenn sie steif wie Brett daläge, würde man sie nicht wegschicken.«

»Es kann doch sein. Man weiß es ja nicht.«

»Er hatte mich sehr hart durch den Hintereingang genommen. Vielleicht war ich ihm zu eng.«

Hatte ich das gesagt? Die frivole Unterhaltung und die indirekten Komplimente hatten mich alle Zurückhaltung vergessen lassen. Vielleicht mochte es auch ein gewisser Wunsch gewesen sein, in diese Runde zu passen und mich nicht als schüchternes Landei zu präsentieren. Oder schlimmer noch: als langweilige Gesellschaft!

»Ich finde sie ebenfalls ganz entzückend«, erklärte die Hundehalterin und beugte sich zu mir herüber.

Da ich im gleichen Augenblick mein Gesicht ihr zuwandte, trafen sich unsere Lippen.

»Hoho!«, rief einer der weiter entfernt sitzenden Herren. »Charlotte schnabuliert schon wieder. Louis, lässt du ihr das durchgehen?«

Unser Gastgeber lachte und zog mich in seine Arme. Sein Kuss war fordernd und leidenschaftlich. Wobei ich nicht zu sagen vermochte, wessen Hand es tatsächlich war, die unter meinen Rock glitt und mit meiner Möse spielte.

Wir hatten bald unsere Teller geleert, und so konnte der nächste Gang serviert werden. Jetzt hatte ich auch die Muße, mir den silbernen Tischaufsatz genauer anzusehen. Man erkannte in dem schweren Oval eine vollkommene Landschaft mit Bäumen, Büschen und einem kleinen von Wildblumen bewachsenen Flüsschen. Auf der Wiese, die zwischen Büschen und Fluss lag, kniete eine Schäferin auf allen vieren und ließ sich von einem Schafbock in den Popo rammen. Wenn man die etwas fragwürdige Szenerie genau betrachtete, so erkannte man einen jungen Burschen, der in den Büschen kauerte und sich beim Anblick der Schäferin selbst bearbeitete. Das Sujet erinnerte mich doch sehr an jenen Gürtel, den ich seit Kurzem besaß …

Louis bemerkte meine Blicke und erklärte: »Dieser Aufsatz stammt von König Louis XV. Er stand in seinem kleinen Privatbordell im Garten von Versailles. Gefällt er dir?«

»Er ist anregend«, erklärte ich und küsste Louis sanft.

Elegant entzog er sich mir und kündigte den nächsten Gang an. »Aaah … Hier haben wir ein … Ragout vom brunftigen Hirschen an … Klößchen der eifrigen Jungfer.«

Die Pausen ließen erkennen, dass er sich die Namen spontan ausdachte.

»Der erste Gang hatte einen netteren Namen«, rief lachend einer der Männer am anderen Ende des Tisches.

»Dann kannst du dir ja den nächsten ausdenken, Paul!«

Paul hatte eine lange, schmale Nase und eine Unterlippe, die wesentlich voller war als die Oberlippe. Ja, sie war so üppig, dass sie mit der leicht nach oben strebenden Kinnspitze beinahe zusammentraf.

Louis senkte seinen Mund an mein Ohr. »Paul Barras. Du könntest ihn kennen. Er verkehrt regelmäßig bei Madame Adelaide und ist der ständige Liebhaber deiner Freundin Rose.«

Charlotte, der seine Erläuterung nicht entgangen war, mischte sich ein. »Man sagt, dass er einen Gutteil der Bestechungsgelder, die er kassiert, direkt in ihrer Möse versenkt!«

»Rose wird ihn verlassen, sobald ein anderer auftaucht, von dem sie sich ein besseres Fortkommen verspricht!«, rief Sébastienne. Sie war die Schwester des Hundes, der – nachdem er seine Näpfe geleert hatte – sich zwischen den Schenkeln seiner Herrin hochgereckt hatte und deren Spalte leckte.

Charlotte musste recht unbequem sitzen, denn ihren Unterleib hatte sie in Richtung ihres Schoßtiers gedreht, während sie den Oberkörper uns zuwandte, um sich an der Unterhaltung beteiligen zu können.

Ich konnte nicht anders, als ihn zu beobachten, wie er seine Zungenspitze vor- und zurückschnellen ließ, um sie zu verwöhnen.

»Sprecht ihr von Rose?« Paul schien keineswegs darüber verärgert, wie man über seine Geliebte und ihn sprach.

»Ja. Über wen denn sonst?«

Der dürre Charles Braille beugte sich vor und rief strahlend: »Die beste Hure von Paris, mein lieber Barras!«

Sein Gesicht – vor allem seine Nasenspitze – leuchtete dunkelrot. Offensichtlich vertrug er bei seinem mangelnden Gewicht den schweren Wein nicht so gut.

»Vielleicht nicht die beste, aber sicherlich die eifrigste …«, versetzte Louis.

Er hatte seinen Arm um meine Schultern gelegt und zupfte so lange an meinem Kleid, bis meine Brüste entblößt waren.

»Ich will dich jetzt«, murmelte er und ließ seine Zungenspitze in mein Ohr gleiten.

»Dann lass uns irgendwohin gehen …«

Er zog seinen Kopf ein wenig zurück und lächelte mich verwundert an. »Das ist eines der wenigen Gebote des Soupers … Niemand darf sich separieren. Was auch immer getan wird, es geschieht hier vor den Augen aller.«

Das ließ ich mir nicht zweimal sagen. Ich öffnete seine Hose und zog seinen noch recht weichen Schwanz heraus.

»Chapeau, Mademoiselle. Das erste Mal dabei und kein bisschen prüde!«

Um der Wahrheit die Ehre zu geben, hatten mich das Gerede und die lüsternen Aktionen der anderen geil gemacht. Es kostete mich keinerlei Mühe, Louis zu erregen, und während ich ihn noch ausgiebig leckte und in meiner Kehle verschwinden ließ, rieb ich mich selbst zu einer vorläufigen Ekstase.

»Seht sie euch an! So groß die Titten, so tief der Schlund! Sie kann seinen vollständigen Prachtklöppel aufnehmen!«

»Ein Wunder der Natur!«

»Das kann ich auch! Mach die Hose auf, Paul!«

Im nächsten Augenblick waren die Herren mit ihren Stühlen, vom armen Schoßhündchen abgesehen, zurückgerückt, hatten ihre Hosen aufgemacht, und der Wettkampf begann, wer den jeweiligen Schwanz am tiefsten aufnehmen könnte.

»Das ist unfair!«, keuchte Henri. »Louis hat den längsten Schwanz. Also müssten alle seinen Schwanz schlucken!«

Nicht wirklich bereitwillig gab ich seinen Stamm für die anderen Frauen frei. Dicht gedrängt kauerten wir um seinen Schoß herum, und eine nach der anderen versuchte ihr Glück. Victoire stellte sich sogar hin, um ihren Hals nicht abknicken zu müssen.

»Herrgott, wenn ihr so weitermacht, spritze ich gleich!«

»Ich sehe ja gar nichts! Drängelt doch nicht so um seinen Ständer!«

»Nein. Keine schafft es so mühelos wie Céléstine.«

»Damit wäre es entschieden. Céléstine darf meinen Samen ganz für sich haben!«

Die anderen traten zurück und ließen mich wieder an seinen abschussreif geblasenen Ständer. Er bewegte bereits seine Lenden auf und ab. Viel Zeit blieb mir also nicht mehr. So hockte ich mich rittlings auf seinen Schoß, schob ihm eine entblößte Titte in den Mund und ließ mich auf seinen Stamm herab. Damit er kräftig saugen konnte, hielt ich ihm meine Titte hin, während Louis seinen Finger in meine Rosette presste. Welche Lust erfasste mich da!

»Ich will auch einen Schwanz!«, rief Charles und begann voller Enthusiasmus am dargebotenen Schwengel von Henri zu lecken.

Ich ritt meinen Liebhaber und genoss hemmungslos die Freuden, die er mir mit seinem Ständer und seinen Fingern zu verschaffen vermochte.

Als er kam, schlang er seine Arme um mich und presste mich so fest gegen sich, dass ich dachte, ich müsse ersticken. Seine wilden, gierigen Küsse taten ein Übriges dazu, dass ich meine letzte Minute gekommen sah. Sekunden später spürte ich seine heiße Fontäne in meinem Inneren.

Als er fertig abgeladen hatte, sah er zu mir auf und sagte voller Ernst: »Nur ein vollkommener Narr lässt sich eine solche Frau entgehen!«

»Wann kommen wir zum nächsten Gang?«

***

»Schlaf hier bei mir … Ich bitte dich«, flüsterte Louis, als die anderen sich nach und nach verabschiedeten.

Man hörte die Kutschen vom Hof rollen und Pferde, die von schnalzenden Zungen in Trab gesetzt wurden.

Ich war so müde, dass die Vorstellung, nur noch wenige Schritte bis zu einem Bett gehen zu müssen, mehr als verlockend war.

Das Speisezimmer hatte sich in ein Schlachtfeld verwandelt, denn schlussendlich hatte es absolut jeder mit jedem getrieben. Mir, als neu Hinzugekommene, war die besondere Ehre zugefallen, mir zwei Herren zum Füllen meiner Löcher auswählen zu dürfen. Dazu noch eine der Damen, die mir ihre Möse zum Verwöhnen überließ. Die Wahl war mir nicht schwergefallen. Ich hatte Louis und Paul gewählt. Da Charlotte ein wenig die Herrscherin an der Tafel zu sein schien, suchte ich Sébastiennes Auster aus. Louis hatte sich auf ein beinahe tischartiges Sofa gelegt und ich mich mit dem Rücken auf ihn.

»Passt auf, ich werde Céléstine Louis' Schwanz einführen!«

Etwas schwankend hielt ich mich oben, die Knie hochgezogen und die Schenkel umklammert. Paul wiederum beugte sich über mich und füllte meine Möse. Drohte ich abzurutschen, fanden sich immer wieder hilfreiche Hände, die mich in meiner Position hielten, was auch dringend notwendig war, denn die beiden Männer fickten mich wie wilde Stiere. Sie schienen sich gegenseitig in Härte und Geschwindigkeit übertrumpfen zu wollen und stießen mich von einem Höhepunkt zum nächsten. Ich badete so in ihrem Samen, dass sie sogar noch den anderen Gespielinnen etwas davon abgeben konnten.

Träge und satt von gutem Essen, guten Schwänzen und Mösen, dicht an den verschwitzten Körper Louis' gekuschelt, verabschiedete ich mich schläfrig.

»Nun? Wie hat es dir gefallen, mein Herz? Hast du dich wohlgefühlt?«

Sanft lag seine Hand auf meiner Brust und rieb meinen Nippel. Er konnte unmöglich Appetit auf mehr haben. Von allen Gästen hatte er am häufigsten abgeschossen und war nicht nur bei mir zum Zug gekommen, sondern auch bei den anderen Damen.

»Ja. Es war sehr schön. Ich habe jede Minute genossen.«

»Könntest du dir vorstellen, uns öfter Gesellschaft zu leisten?«

Da ich einen Augenblick zögerte, setzte er schnell nach. »Natürlich nur, wenn du dich freimachen kannst.«

Wir mussten beide über den äußerst passenden unpassenden Ausdruck lachen.

»Ich denke, ich werde es einrichten können.«

»Und? Wirst du hier schlafen?« Er küsste sanft meine Schulter.

»Warum nicht?«

Als wir uns in seinem riesigen Bett aneinanderschmiegten und seine Finger träge ihren Weg in meine Muschel suchten, dachte ich für einen ganz kurzen Moment an Heloise. Und an meinen Offizier. Aber es war nur ein sehr kurzer Moment.

Der Rauch der gelöschten Kerzen hing noch in der Luft und Louis' Atem verfing sich in meinem lose herabfallenden Haar. Ich blickte zu den riesigen Fenstern, die jetzt hinter den Vorhängen verborgen waren. Dahinter lag Paris. Wie wenig ich mein Glück fassen konnte – noch nie hatte ich in solch einem wunderbar weichen und warmen Bett geschlafen, während draußen der Winter mit dem Herbst rang.

Regen begann, an die Scheiben zu prasseln. Welch herrliches Gutenachtlied.

***

Ich erwachte mit dem Gefühl einer neugierigen Zunge zwischen meinen Beinen.

»Was tust du?«, murmelte ich schläfrig.

Louis hob mein Bein an, und schon spürte ich, wie er langsam, aber mit Nachdruck, in mich eindrang. Ohne ein Wort zu sagen, drehte er mich auf den Bauch. Als er mit Gewalt in mich eindrang, schrie ich ob des unerwarteten Schmerzes auf. Die Beine jetzt weit gespreizt, klammerte ich mich am Kopfende des Bettes fest und wusste nicht, wie ich diesen brutalen Stößen Widerstand leisten sollte.

Gewiss, es bereitete mir Lust, so unerwartet derart heftig gestoßen zu werden, nichtsdestotrotz hatte ich von Louis etwas mehr Zärtlichkeit erwartet. Vor allem nach seinen Liebkosungen des vergangenen Abends.

Man mag meinen Schock nachempfinden, als die Tür geöffnet wurde, und ich mit einem Blick über die Schulter Louis dort stehen sah.

»Barras, du Sau!«, rief er, und ich wusste nicht, ob es amüsiert oder empört klang. Mit drei Schritten war er am Bett und packte meinen Ficker am Genick.

»Hast du ihn in unser Bett geholt?«, fragte er atemlos in meine Richtung.

Ich schüttelte stumm mit dem Kopf, während Paul mich ohne Unterlass vögelte.

»Komm ins Bett, alter Freund«, sagte Paul. »Wir besorgen es ihr beide, wie gestern Abend. Sieh sie dir nur an! Sie ist nass und so geschwollen, dass ich kaum meinen Schwanz in sie reinkriege.«

Man sah Louis seine Zerrissenheit förmlich an. Er starrte auf den Schwanz seines Freundes, der langsam in mich hineinglitt und wieder zum Vorschein kam. Dabei stand er dicht genug vor mir, sodass ich seinen Ständer unter seinem Hemd erkennen konnte, der sich vor seinem Bauch erhob.

»Ich wollte einen gemütlichen Morgen haben mit ihr, Barras. Sie ist keine Hure. Du kannst sie nicht einfach nehmen.«

»Nein, da hast du recht. Sie ist wahrhaftig keine Hure. Sie empfindet eine tiefe, natürlich Geilheit auf jeden Schwanz und jede Fotze, die sich ihr anbietet. Sie will keine Bezahlung in Gold, sondern nur in Saft.«

War ich auch im ersten Moment wegen dieser Worte genauso empört wie Louis, so musste ich doch bei genauerem Nachdenken erkennen, dass in diesen Sätzen ein Quäntchen Wahrheit lag.

Mein Geliebter beugte sich zu mir herab und flüsterte: »Willst du uns beide jetzt benutzen?« Seine Stimme war belegt von Anspannung und Lust. Sein Blick intensiv wie ein Dolch.

»Jetzt will ich euch beide und danach will ich nur noch dich.«

Louis lächelte mich zufrieden an. Dann zog er sein Hemd über den Kopf und warf es beiseite. »Lass mich sehen, wie nass meine Geliebte ist …«, murmelte er und zog Barras' Schwanz aus mir heraus. »Ja, sie ist sehr nass. Wunderbar.«

»Er hat mich gut eingeritten, mein Liebster. Aber jetzt will ich deinen Steifen genießen …«, raunte ich.

Louis legte sich auf den Rücken, sodass ich seinen harten Stamm besteigen konnte.

»Lass deine Titten hüpfen«, verkündete Barras, und im gleichen Moment begann Louis, heftig in mich hineinzustoßen.

Tatsächlich erfüllte augenblicklich das Klatschen meiner Pobacken auf seinen Lenden den Raum.

»Und du lässt mich deinen Schwanz sauberlecken.«

Barras tat, was ich verlangte. Neben dem Bett stehend, konnten beide meine Brüste kneten, während ich Paul intensiv lutschte. Wie ich es genoss, die Geschwindigkeit vorzugeben, in der er mich zu ficken hatte. Meine Hand glitt dabei an Pauls Schweif auf und ab, drehte seine zarte Haut und brachte ihn so in Ekstase. Ohne ihn zu fragen, ließ ich von seinem Ständer ab und saugte hart seine Eier in meinen Mund, wo ich an ihnen zog und knabberte. Er begann vor Geilheit zu wimmern.

»Ich wollte, ich hätte noch ein Weib hier … Eine, die meinen Schwanz lutscht, während Céléstine meine Eier bearbeitet«, stöhnte Paul.

Louis löste sich von meiner Titte und bot an: »Ich kann eines der Dienstmädchen rufen. Sie sind allesamt exzellente Fickerinnen.«

Es konnte keinen Zweifel daran geben, dass er sie alle schon gehabt hatte. Und wenn es auch merkwürdig klang – wo ich doch gerade von zwei Männern benutzt wurde –, so empfand ich doch eine merkwürdige Eifersucht bei der Vorstellung, dass er seine Mägde puderte.

»Nein, zu spät. Ich spritze eh gleich.«

»Wie du meinst, mein Freund …«

Er widmete sich wieder der Drangsalierung meiner Brüste.

»Wo willst du hinspritzen?«, fragte ich Paul gerade, als mich ein völlig unerwarteter Orgasmus packte.

Ich kippte nach vorn und musste Louis mit aller Kraft so

schnell wie möglich reiten, um alles aus diesem Zucken und Aufbäumen herauszuholen. Wie ich da aber so schrie, konnte auch Barras sich nicht mehr beherrschen und spritzte nicht nur mir, sondern auch Louis ins Gesicht, der lachend die Säfte ableckte und gleichzeitig mit den Händen auf mir verrieb.

»Sieh dir nur an, wie du ihre Titten vollgesaut hast!«, knurrte er begeistert.

Vorsichtig, um ihn nicht gänzlich herausrutschen zu lassen, hob ich meinen Unterleib an und rieb sodann Louis' Schwanz mit Pauls Samen ein.

»Grundgütiger«, stöhnte mein Liebster da.

Gerade, da ich dies so genau betrachtete, nutzt Paul meine Unaufmerksamkeit und zog Louis' Schwanz aus mir heraus.

»Was tust du da?«, rief ich empört, um im gleichen Moment zu erkennen, dass er begonnen hatte, meine Möse durch seinen Mund zu ersetzen.

Voller Hingabe kniete er sich über den Unterleib meines Geliebten und blies ihn. Louis, offensichtlich irritiert, stützte sich auf seine Unterarme und beobachtete entgeistert, was da mit seinem Stamm angestellt wurde. Als er sich nicht wehrte, wurde Paul mutiger und rutschte an meinem Geliebten hoch. Ich wusste instinktiv, was er vorhatte, und beugte mich ebenfalls über Louis. Und im nächsten Moment vereinigten sich unsere Zungen. Unsere Körper rieben aneinander, berührten und trennten sich. Wir fanden Löcher und benutzten sie, genossen das schweißbedeckte Fleisch, das uns dargeboten wurde, und badeten in unseren Säften.

Die prächtige goldene Uhr auf dem Kaminsims schlug elf, als Paul sich erhob und ein Hemd anzog, das neben dem Bett lag. »Ich muss ins Ministerium. Irgend so ein General will mich sprechen.«

Lächelnd beobachtete ich ihn, wie er sich mürrisch anzog. Ja, es gab entschieden zu viele Generäle in dieser Armee.

»So ein verrückter Korse ...«, schimpfte Paul.

»Trink ein Glas Wein, bevor du dich dem Bürger General entgegenwirfst«, feixte Louis.

Mir aber stockte der Atem. »Weißt du, was er von dir will?«

»Herr im Himmel, was sie alle wollen: Posten, Macht, Geld! Ich kann dir nicht sagen, wie mir der Kerl schon auf die Nerven gegangen ist.«

»Wie heißt er denn, dein nerviger Korse?«, fragte ich leichthin.

Paul beugte sich über meine Brust und küsste meinen Nippel. Den Hut hielt er bereits in der Hand.

»Als würde ich mir jeden Namen dieser Bettler merken, meine Schönste. Aber deinen Namen – hol's der Teufel –, den werde ich nie vergessen.«

Er war bereits an der Tür, als er sich noch einmal umdrehte. »Ich danke euch beiden für den wundervollen Abend und diese unglaubliche Nacht.«

»Es war uns ein Vergnügen!«, erwiderte Louis.

Damit war er verschwunden.

Konnte es sein, dass das mein General war? *Korse ... Korse ...*, ging es mir durch den Kopf. Hatte er nicht etwas erwähnt, dass er aus Korsika geflohen wäre? Warum hatte ich mir seine Worte nur nicht besser gemerkt? Über mich selbst verärgert, ließ ich mich in die Kissen zurückfallen.

»Wenn du zu wählen hättest, wer von uns beiden hat es dir besser besorgt?«, fragte Louis.

Ich atmete tief durch und wollte ihn gerade tadeln, als ich in seine Augen blickte. Das war nicht das übliche männliche Imponiergehabe. Er war eifersüchtig.

»Wenn ich sage, dass du es mir besser gemacht hast, dann wirst du behaupten, ich würde lügen.«

»Natürlich werde ich das!«, erklärte er kategorisch. »Weil ... Es nur einmal von dir zu hören, genügt mir nicht.«

»Du wolltest mich gar nicht teilen, nicht wahr?«

Louis rollte sich auf die Seite und stützte seinen Kopf in die offene Hand. »Nein. Es ist wahr, gestern Abend habe ich gegen alle unsere seit Jahren geltenden Prinzipien verstoßen oder wollte es zumindest. Weder wollte ich dich mit einem anderen Mann teilen noch wollte ich es vor aller Augen mit dir treiben.«

Ich wusste nicht, was ich zu dieser »beinahe« Liebeserklärung sagen sollte. Es irritierte mich, brachte mich nachhaltig aus der Fassung. Mein Atem ging so schnell, dass meine Brust schmerzte, und ich fühlte mich zutiefst unwohl. Als wäre ich auf einem Ball nackt aufgetaucht, den Blicken aller Gäste preisgegeben.

Was wollte er von mir? Was war das?

Und wenn er wirklich etwas für mich empfand … Aber das konnte ja gar nicht sein. Ein Mann wie er und eine Frau wie ich … undenkbar! Meine Gedanken rasten durch meinen Kopf, verwirrten sich, stolperten, fielen wild durcheinander. Meine Finger waren eiskalt geworden. Er konnte es einfach nicht ernst meinen. Ich war ein Spaß für ihn. Ein Zeitvertreib.

Als ich mich erhob, brannte meine Möse, als hätte ich über Feuer gestanden. Ich konnte gar nicht mehr zählen, wie oft ich all diese Schwänze und Finger und Zungen in mir gehabt hatte. Er konnte keine Gefühle für mich entwickelt haben. Ein Mann wie er … Gewiss hatte die Revolution vielen eine Chance gegeben, die sonst nie eine gehabt hätten. Aber er war keiner von ihnen. Wie er sprach, wie er sich benahm … Er war bereits mit einer Welt an Chancen geboren worden. Gefängnisdirektor zu sein, war eher ein Abstieg. Mit Sicherheit. Und dann lief ihm eine kleine Nutte über den Weg.

Ich straffte meinen Rücken. Jetzt hieß es, vernünftig sein. Klar und nüchtern die Sache betrachten. Da ich dies also tat, während ich mich anzog, erkannte ich mit absoluter Sicherheit, dass weder seine Worte noch seine Gefühle das Licht des Tages überstehen würden. Es waren Ausgeburten der Lust, der Vorstellung von mir. Meine Mutter hätte gefragt, ob er zu viele Romanzen gelesen habe. Und das war es auch.

Männer leben im Moment und sie glauben, was sie in dem Moment sagen. Ist der Moment aber vorüber …, sinnierte ich.

»Wann sehen wir uns wieder?«, riss Louis mich aus meinen Gedanken. Er klang bereits recht kühl, und ich sah mich bestätigt.

»Wenn du möchtest, beim nächsten Souper.«

Da ich nicht mal wusste, in welchem Turnus diese erotischen Einladungen gegeben wurden, so dachte ich, könnte ich ihn in aller Ruhe aus meinem Gedächtnis streichen.

***

Ich fror. Mein Magen war vollkommen leer und das Knurren war von heftiger Übelkeit abgelöst worden. Der Boden war gefroren, und so wurde jeder Schritt zu einem Gang über Dornen. Wie ich auch die Füße hob, mit den Zehen in den dünnen Schuhen wackelte – es nützte nichts.

Ein Stück vor mir erhoben sich die gewaltigen Türme des »Tempels der Vernunft«, wie die Kathedrale Notre Dame inzwischen hieß.

Den leeren Beutel an meiner Seite, war ich durch halb Paris gewandert auf der Suche nach einem Laden, der etwas Essbares verkaufte. Doch wo ich auch hingekommen war, musste ich mich stets mit einem Platz am Ende einer langen Schlange begnügen, und mehr als einmal passierte es, dass kurz bevor ich an die Reihe gekommen wäre, jemand aus dem Laden trat und die Wartenden verscheuchte, weil es nichts mehr gab.

Ich war verzweifelt und kämpfte wieder und wieder mit den Tränen. Inzwischen war es sogar so weit gekommen, dass Heloise sich bei unseren Hausbesuchen mehr nach Essbarem umsah, als nach Porzellan oder Silber.

Wenn ich jetzt zusammenbräche, so sagte ich mir, gab es niemanden, der mich auch nur beiseite tragen würde, damit man mich nicht überführe.

Vor einem Geschäft hatten die Leute erzählt, dass manche schon Hunde und Katzen äßen.

»So haltet doch den Mund! In unserer Republik muss keiner Hunde und Katzen essen …«, hatte jemand zornig gerufen.

Waren die Wartenden da auch für einen Moment verstummt, aus Angst, angezeigt zu werden, brach sich doch gleich darauf der Unmut wieder Bahn.

»Stellt euch vor: heute Hunde und Katzen … und morgen?«

»Ratten!«, murmelte einer.

»Ratten? Der Herr steh uns bei. Wenn wir erst Ratten essen, sind wir verloren.«

»Ja. Aber wenn du nicht verhungerst, Gevatterin, stirbst du an der Pest.«

»Das ist so«, bestätigte eine krächzende Stimme, als hätte sie es selbst gerade erst gesehen.

Den Blick auf den Tempel geheftet, war ich mir sicher, dass es keinen Ausweg mehr gab. Ich drückte meinen Unterarm gegen meinen Magen. Wenn ich die Augen schloss und an das Souper à Dix dachte, lief mir das Wasser im Mund zusammen, jedoch nicht wegen der erotischen Genüsse, sondern wegen dem, was uns an Essen serviert worden war. Die Sahnesauce … das Fleisch … so zart, es fiel gerade so vom Knochen, wenn man es hochhob. Und dann die herrlichen kandierten Früchte … Noch immer hatte ich den Geschmack auf der Zunge.

Ich musste es bis zum Tempel schaffen. Vielleicht war es dort drinnen etwas wärmer. Und selbst wenn nicht, so konnte ich mich doch wenigstens einen Moment lang setzen und das Blut in meinen Adern wieder fließen lassen.

Als ich nun so sehnsuchtsvoll zum Tempel blickte, machte ich eine kleine Gestalt auf einer der vorgelagerten Brücken aus.

Ein Soldat in schwarzem Uniformrock und weißer Hose. Er trug einen Dreispitz und blickte ins Wasser, wobei er entspannt ein Bein mit dem anderen überkreuzt hatte. Mit jedem Schritt, den ich ihm näherkam, war ich sicherer: Es war meine korsische Eroberung von Madame Adelaide!

Im gleichen Moment begann mein Herz zu rasen. Mein Atem ging ruckartig und meine Brust schmerzte von der eisigen Luft, die ich einatmete. Was sollte ich nur tun? Meine Gedanken irrten durcheinander. Ich durfte ihn auf keinen Fall ansprechen. Wie sähe das denn aus? Als würde ich ihm hinterherlaufen. Ich musste ihm die Chance lassen, mich zu übersehen. Also ging ich, stur geradeaus blickend, auf der anderen Straßenseite weiter. Frauen mit leeren Beuteln und verhärmten Gesichtern begegneten mir.

Die Vorsehung sollte entscheiden!

Wenn er sich jetzt zu mir umdrehte und zu mir hinsah, dann wäre dass das Zeichen, dass wir zusammenkommen sollten. Aus dem Augenwinkel sah ich unscharf seinen Fuß, der einen Rhythmus zu tappen schien. Dann strömte mir eine Gruppe Leute entgegen, die Fahnen schwenkten und Parolen skandierten. Sicherlich waren sie unterwegs zu irgendeiner Behörde oder einem Politiker, vor dessen Haus sie demonstrieren wollten. Für ein paar Schritte umwogte mich die Gruppe und schnitt mich gleichzeitig aus seinem möglichen Blickfeld. Dann aber waren sie, singend und rufend, auch schon wieder verschwunden.

Ich ging immer weiter. Kein Ruf erklang hinter mir, keine Schritte eines rennenden Offiziers in meine Richtung. Mein Herz sank, doch ich war bereit, das Urteil der Vorsehung zu akzeptieren. Vielleicht war es auch besser so, sagte ich mir selbst. Vielleicht hatte ich mich ja auch getäuscht, und es war gar nicht mein hübscher Korse. Sah am Ende des Tages nicht jeder Mann in Uniform und mit Dreispitz genau gleich aus?

Gerade als ich darüber nachdachte, packten mich von hinten zwei Hände bei den Oberarmen und stoppten mich.

»Du?«, kam es etwas atemlos, wobei er mich um die eigene Achse drehte, sodass wir uns ins Gesicht sahen.

Er atmete laut auf. »Hui … Gott sei Dank bist du es. Alles andere wäre jetzt sehr peinlich geworden.« Er strahlte über das ganze Gesicht. »Du glaubst nicht, wie ich mich über diesen Zufall freue! Du siehst halb erfroren aus. Lass uns sehen, ob wir irgendwo eine Tasse Kaffee oder Tee bekommen. Du magst doch etwas Heißes trinken, oder?« Offensichtlich war er so aufgeregt wie bei unserem ersten Treffen, denn er überschüttete mich mit Worten, sodass ich gar nicht zum Antworten kam. Während er so redete, schob er mich in ein angrenzendes Café.

»Gibt es auch etwas zu essen?«, wollte er von dem unangenehm berührten Wirt wissen.

»Sicherlich morgen wieder, Bürger General«, sagte der Mann mit gesenktem Kopf.

»Nun … dann nur Kaffee, bitte.«

Da wir so an dem kleinen Marmortisch saßen, versiegten ihm die Worte. Verlegen blickten wir auf die Straße hinaus und beobachteten das Treiben vor dem Lokal.

»Ähm ja …«, sagte er, als der Kaffee kam. Doch dann ruckte sein Kopf hoch und er strahlte. Er hatte ein Thema gefunden!

»Wie heißt du eigentlich?«

»Céléstine.«

»Was für ein wunderbarer Name.« Er sah mich so verträumt an, dass ich mich beherrschen musste, um mich nicht über den Tisch zu beugen und ihn zu küssen.

»Ich heiße Napoleon. Kein so schöner Name«, gestand er.

»Ich finde ihn sehr schön. Er passt zu seinem Träger.«

Nun färbte sich seine gelbliche Haut rot. Schnell räusperte er sich und nahm einen Schluck Kaffee.

»Ich hoffe, ich habe dich jetzt bei keiner wichtigen Besorgung gestört … Céléstine …« Er sprach es aus, als müsse er den Namen üben.

»Nein. Oder ja … Wie man es nimmt. Ich wollte Lebensmittel einkaufen.«

Sein Blick fiel auf meinen leeren Beutel. »Ich würde dir gern etwas geben, aber ich habe auch nichts mehr.«

»Nicht so schlimm. Es findet sich schon noch etwas.«

Im gleichen Moment knurrte mein Magen so laut, als hätte ich einen Löwen neben meinem Stuhl festgebunden. Sein Blick stach in mich hinein wie ein Dolch. Er lächelte nicht, setzte auch zu keiner launigen Bemerkung an. So offen angestarrt zu werden, war mir beinahe unerträglich. Seine dunklen Augen fraßen sich wie Tiere in mich hinein, und ich hielt den Atem an, wegen dem, was sie dort finden mochten …

»Ich bin so glücklich, dass ich dich wiedergefunden habe«, sagte er plötzlich ohne jedes Gefühl. Es war eine Feststellung, als sage er mir die Uhrzeit. »Ich kam mir vor wie ein Idiot, dass ich dich verlassen habe und noch nicht mal deinen Namen wusste oder wo du wohnst.«

»Es ging mir genauso. Aber ich glaube, ich war einfach zu überwältigt, um noch klar zu denken.«

»Dann sollten wir der schlechten Versorgungslage danken. Aber es wird besser. Wenn die Royalisten erst mal in ihre Schranken gewiesen sind und das Land wieder aufgebaut ist. Aber jetzt müssen wir alle Opfer bringen, bis die Koalition niedergerungen ist.«

Er legte seine Hand auf meine, beugte sich vor und sprach so eindringlich zu mir, als galt es, meine Seele zu retten. Für einen Augenblick überlegte ich, ob er aus Überzeugung sprach oder einfach nur Parolen wiederholte. So eingefallen, wie seine Wangen waren, glaubte ich Letzteres allerdings weniger.

»Ich werde wieder ein Kommando bekommen und dann kann

ich das tun, was ich am besten kann: kämpfen.«

»Du hast dich also schon beworben?«, fragte ich.

Er schluckte schwer und schaute an mir vorbei aus dem Fenster. »Hunderte Male … Aber ich werde in der nächsten Woche zum Bürger Barras gehen. Er wird mich nicht länger zurückweisen können.«

Jetzt kam Leben in ihn. Als wollte er direkt zum Büro des Konventspräsidenten eilen. Mir allerdings verschlug es beinahe die Sprache, als ich den Namen hörte. Wie töricht konnte ich sein! Mir war nicht klargewesen, dass jener Barras, der einer der größten Namen in Frankreich und mein Liebhaber war, ein und dieselbe Person sein konnten.

Noch immer wollte ein Teil von mir nicht daran glauben. Nun aber rief ich mir die wenigen Bilder in Erinnerung, die ich von ihm auf Flugblättern gesehen hatte und musste die Wahrheit erkennen. Wenn er wirklich der war, für den ich ihn jetzt hielt, so würde es ihm doch sicherlich ein Leichtes sein, Napoleon ein Kommando zu verschaffen. Ich überlegte, ob ich die Sache offenbaren sollte. Den sanften Druck seiner Hand auf meiner zu spüren, machte es mir schwer, einen klaren Gedanken zu fassen.

Verstohlen blickte ich an ihm herab und erinnerte mich mit heißen Wangen an all die Dinge, die wir miteinander in jener Nacht getan hatten …

Und dann erwiderte er meinen Blick, verfing sich in ihm. Wie gern wollte ich ihm helfen. Aber wenn ich den Tatsachen ins Auge blickte, so musste ich feststellen, dass ich keine zweite Einladung zum Souper erhalten hatte. Niemand hatte mich kontaktiert, niemand nach mir gefragt. Wenn ich herausfand, wo Barras seinen Sitz hatte, oder zu Louis nach Gethsemane ging, würden sie mich überhaupt erkennen? Wenn jemand einen anderen finden wollte, es wirklich wollte, dann schaffte er es auch.

Meine Gedanken schlängelten sich weiter auf dem ernüchternden Pfad der Erkenntnis … Wenn ich Barras aufsuchte, und ihm meine Bitte vortrug, gesetzt den Fall, er erinnerte sich überhaupt an mich, wieso sollte er meinem Liebhaber ein Kommando verschaffen? Wäre es nicht viel wahrscheinlicher, dass er – und sei es aus Besitzansprüchen heraus – versuchen würde, Napoleon eher von meiner Seite zu verdrängen? Egal woran ich dachte, es waren Sackgassen. Ich war unfähig, ihm zu helfen.

Plötzlich beugte er sich ein wenig vor und flüsterte in mein Ohr. »Ich will dich bespringen wie eine läufige Hündin. Am liebsten hier und jetzt.«

Seine Worte glitten an mir herab wie kochende Lava und sammelten sich in meinem Schoß, der sich unter dem Druck zusammenzog. Ich spürte meine Säfte, wie sie aus meiner Muschel flossen.

»Es geht mir nicht anders, Liebster«, gestand ich.

»Wo sollen wir hingehen?«

Er hatte bereits den Wirt gerufen und bezahlte.

»Ich weiß nicht.«

Napoleon zog mich an der Hand nach draußen ins Freie. Eisige Kälte umschloss mich, und meine Nippel hoben sich in meinem Ausschnitt.

»Zu mir können wir nicht«, stieß ich erschrocken hervor, als ich ahnte, was er vorhatte. »Ich wohne nicht allein.«

Er erstarrte auf der Stelle, bewegte sich nicht mehr, sondern starrte mich nur an. Dann ließ er meine Hand fallen und machte einen Schritt rückwärts.

»Ich wusste nicht, dass du einen Mann hast«, sagte er fassungslos.

Ich genoss diesen Moment seines Schreckens einen bösartigen kleinen Atemzug lang. »Habe ich auch nicht. Ich lebe mit meiner Freundin Heloise. Aber wir haben nicht mehr als einen Bretterverschlag auf einem Dachboden. Da kann ich niemanden zum Vögeln mit hinnehmen.«

»Dann gehen wir zu mir … Rue de la Huchette.«

So schnell wir konnten, liefen wir in Richtung jener kleinen Straße, in der er im dritten Stock ein Appartement gemietet hatte.

Es war ein schmuckloses Haus. Wir drückten uns durch das schmale Treppenhaus, in dem es nach Kohl und Kohlen roch, in den dritten Stock.

Auf einer der Treppenstufen saß eine Frau und stillte ihr Baby, während vom oberen Stockwerk eindeutig Kopulationsgeräusche zu uns herunterdrangen.

»Ach du liebe Zeit, da werde ich noch ungeduldiger«, erklärte er lachend in meine Richtung.

Ich hatte meine Röcke gerafft und eilte, so schnell ich konnte, die zahllosen Stufen hinauf.

»Gott … wie ich dich vermisst habe«, keuchte er, als er die Tür hinter uns zugeschlagen hatte.

Wir rissen uns in einem wilden Handgemenge die Kleider vom Leib, und während mir der Saft an den Schenkeln herabrann, präsentierte sich sein Schwanz hart und hoch aufgerichtet meinen lüsternen Blicken. Ich warf mich vor ihm auf die Knie und begann, seine Eier knetend, seinen Stamm abzulecken und in meiner Kehle verschwinden zu lassen. Er aber stand nur da, umklammerte meine Brüste und ließ sich von mir bedienen.

Dabei stöhnte und keuchte er, als hätte er seit Wochen keine Frau mehr gehabt.

»Mach's mir … schneller … Himmel, steh mir bei!«

Dann ließ er von meinen Titten ab, beugte sich über mich und fickte tief in meinen Mund, wobei er nunmehr meinen Kopf festhielt. Ich würgte und glaubte teilweise, er wollte mich mit seinem Ständer ersticken. Seine Lippen pressten sich beinahe schmerzhaft auf meinen Kopf, während er versuchte, die Kontrolle nicht zu verlieren. Er stieß jetzt so schnell in meinen Mund, dass ich jede Bewegung meinerseits aufgegeben hatte und nur noch stillhielt, um ihm seinen Willen zu lassen.

Da aber zog er mich auf die Füße, griff nach meinem Bein und zog es in die Höhe. Meinen Rücken gegen die Wand gepresst, bohrte er seinen Stamm mit gekrümmtem Rücken in mein Loch. Ich schrie und keuchte, zog meine Nägel über seinen Rücken und seine Schultern. Ich sah das Blut und die Striemen, doch ich konnte mich nicht mehr länger beherrschen.

»Fick mich in den Arsch!«, kam es halb befehlend, halb wimmernd.

Napoleon packte mich und stieß mich bäuchlings auf sein quietschendes Bett. Die Matratze war so schlecht, dass mein Oberkörper fast bis auf den Boden sank, während mein Unterbauch schmerzhaft gegen den metallenen Bettrahmen drückte. Die Decke roch nach Schafswolle und Schweiß. Vielleicht auch nach einem Hauch Parfum. Wie viele andere hatte er hier schon gehabt, fragte ich mich.

Er spie auf meine Rosette und dehnte sie mit einem Finger. Er machte es derart geschickt, dass ich die Vorstellung kaum verdrängen konnte, dass er auch schon Männer ausprobiert hatte.

Schweiß rann von meiner Stirn, als ich ihm Widerstand zu leisten versuchte und er sich beinahe mit lustvoller Gewalt Zugang zu meinem Hintern verschaffte. In meiner Fantasie tauchte wieder die Ménage-à-trois auf, und wie Paul Louis liebkost hatte. Welch herrliche Vorstellung! Ich spielte an meiner Möse, während ich das Bild aus meiner Erinnerung genoss. Was hätte ich in diesem Moment für den großen Spiegel aus Madame Adelaides Etablissement gegeben! Doch es gab nur einen gesprungenen kleinen Rasierspiegel. Kaum mehr als eine an die Wand gelehnte Scherbe.

Napoleon lud in meinen Popo ab, gerade in dem Moment, da ich mich selbst zum Höhepunkt getrieben hatte. Zuckend und krampfend lag ich unter ihm. Er aber packte mein Haar am Hinterkopf und riss mich hoch, um seine letzten Stöße noch tiefer in meinen Hintern zu stoßen. Dann spürte ich seine heiße Sahne, wie sie sich in mir verteilte und aus mir herausfloss.

Ächzend ließ er von mir ab und ließ sich neben mich fallen.

»Du bist wundervoll«, murmelte er.

Nachdem wir uns flüchtig gesäubert hatten, kuschelten wir uns in seinem Bett eng aneinander. Da das Bett so liederlich war, mussten wir hierzu gar nicht viel beitragen. Das metallene Gitter, auf dem die dünne Matratze lag, ließ uns praktisch automatisch zusammenrutschen.

Meinen Hintern gegen seinen Schoß gedrückt, sah ich mich in dem heruntergekommenen Zimmer um. Es gab ein paar Kerzen und einen kleinen Schrank. Wollten zwei Leute am Tisch sitzen, so musste sich einer aufs Bett setzen, da es nur einen Stuhl gab.

»Zwei Stühle wären kein Luxus«, erklärte ich, als ich mich auf den Stuhl setzte und von der Milch trank, die er mir eingeschenkt hatte.

»Für zwei Stühle wäre kein Platz«, erklärte er mit unwiderlegbarer Logik.

»Da hast du recht.«

Er beobachtete mich über den Rand seines Glases hinweg.

»Was überlegst du?«, wollte ich wissen.

»Ich überlege, was meine Mutter zu dir sagen würde.«

Dieser Gedanke ließ mich hart schlucken. »Und?«

Napoleon legte den Kopf ein wenig schräg und zuckte mit den Schultern.

Eine Liebeserklärung sah anders aus.

»Sie wird dich nicht ausstehen können. Das steht fest.«

»Und warum?«

»Sie wird sagen, dass du mich mit allem, was du hast, vom Vorwärtskommen abhalten wirst. Aber sie wird dein Becken begutachten und feststellen, dass du viele gesunde Kinder bekommen kannst.«

»Aha. Und was wirst du ihr sagen?«

»Ich werde ihr sagen, dass du nur dadurch zu vielen Kindern kommen wirst, dass du mich mit allem, was du hast, vom Vorwärtskommen abhältst.« Da grinste er breit und drehte dabei sein Glas im Kreis.

Ich schüttelte den Kopf.

»Wenn ich könnte, wie ich wollte, ich würde dich auf der Stelle heiraten.«

Da wir in einer aufgeräumten Stimmung waren und nach dem Vögeln schon viel dummes Zeug geredet hatten, nahm ich auch diese Fantasien von seiner Mutter und einer Heirat nicht ernst.

»Ein Offizier braucht eine Familie. Ich will nicht immer und ewig in solcher Bruchbude hausen. Und das werde ich auch nicht.« Jetzt sprach er sehr ernst und starrte dabei in sein Glas. »Ich werde ein Kommando bekommen, und dann wird bald keiner mehr auf mich herabschauen, auf den dreckigen Korsen, den anmaßenden Italiener.«

Wie viele Männer hatten wohl schon gesprochen, wenn sie in der Tiefe ihres Selbst verletzt worden waren?

Ich legte meine Hand auf seine. »Lass uns wieder ins Bett gehen und noch ein bisschen vögeln …«

Napoleon hob den Kopf und sah mich geradewegs an. »Es ist mein Ernst«, beteuerte er. »Nur noch kurze Zeit. Jetzt kann ich dich nicht um deine Hand bitten, dem steht noch etwas im Wege … Aber ich werde reinen Tisch machen. Dann spreche ich mit meiner Mutter. Wenn du mich denn willst.«

Woher hätte ich die Antwort nehmen sollen? Aus welchem Korb? Der, auf dem Humor stand? Oder jenem mit der Aufschrift Zukunft? Aus dem Korb des Ernstes und der Absicht?

So saß ich da und war unfähig, auch nur meine Miene zu

verändern.

Napoleon aber stand auf und zog seine Hose an. »Es schickt sich nicht, einen Antrag mit entblößtem Gemächt zu machen«, sagte er und dann: »Willst du meine Frau werden?«

Und ich sagte: »Ja.«

Da blickte er sich um. »Wir müssen es festmachen, hörst du? Es muss ein äußeres Zeichen für unseren Pakt geben.« Es war ihm wahrhaftig ernst. »Ich besitze keinen Ring, den ich dir geben könnte …« Jetzt ging er unruhig auf und ab. »Ja!«, sagte er plötzlich und ging zu seinen Sachen, die verstreut auf dem Boden lagen. Aus dem Stoffhäuflein zog er eine Taschenuhr an einer Kette heraus. Er löste die Uhr von der Kette und wickelte mir die Kette um mein Handgelenk.

»Es ist das Einzige von Wert, was ich auf dieser Welt besitze. Wenn ich dir einen Ring kaufen kann, fügen wir Uhr und Kette wieder zusammen.«

Wenn ich heute an diese Stunden in seiner Wohnung zurückdenke, überlege ich mir oft, wieso ich überhaupt keinen Zweifel an seiner Handlung hatte. Jede andere Frau hätte dem Ganzen kaum ein Schmunzeln entgegengebracht. Sie wäre sich sicher gewesen, dass er am nächsten Tag alles vergessen haben würde. Doch ich wusste es besser. Es war etwas, das Napoleon ausstrahlte, wie die Körperwärme, die von ihm ausging. Es war Teil seines Selbst, das er aber auch an andere weitergab. Man konnte es nicht von sich weisen oder leugnen. Das, was er für existent erklärte, wurde zur Tatsache.

Und so lag ich bald neben ihm, hielt meinen Arm in die Höhe und betrachtete das von den Jahren des Tragens ermattete Gold.

»Es wird alles gut. Jetzt, da du das trägst, weiß ich es sicher«, sagte er mit einem Lächeln und küsste meine Schulter. »Sobald ich …«

Ich drehte meinen Kopf in seine Richtung. »Ja?«

Tief Luft holend setzte er sich auf.

»Ja?«, wiederholte ich.

»Sobald ich ein Kommando bekommen habe, wird es besser werden. Das verspreche ich dir. Sie werden mich nicht mehr länger ignorieren können. Ich werde zu Barras gehen. Er kennt meine Reputation.«

Er stand auf und holte einen Stapel Papiere und legte sie neben mich. Was für einen herrlichen harten Arsch er hatte! Seine Beine mochten kurz sein, verglichen mit anderen Männern, doch alle Glieder waren in perfekter Harmonie. Mit dem schulterlangen Haar und seinen wilden schwarzen Augen hätte er auch ein Held aus einem Roman sein können.

Jetzt aber setzte er sich im Schneidersitz neben mich und las mir aus den Blättern vor. Offiziere, Vorgesetzte, ehemalige Lehrer und Klassenkameraden … Es schien kaum jemanden zu geben, auf den einmal Napoleons Schatten gefallen, und den er nicht um ein Zeugnis gebeten hätte. Wobei ihm offensichtlich die seiner Vorgesetzten und Kameraden die Wichtigsten waren.

»Hier siehst du es: Artillerie … Man ist des Lobes voll. Ich zögere nicht, wenn ich etwas als wichtig erachte.« Da sah er auf und grinste mich an. »Wer wüsste das besser als du?«

Da konnte ich nur zustimmen.

»Ich muss nur die Gelegenheit bekommen, mich in der Schlacht zu beweisen, sonst ist das alles Rascheln von totem Laub, weißt du?« Er hob ein paar Seiten auf und ließ sie wieder herabsegeln.

»Und von welchem Kommando träumst du?«

Er blickte mit ernster Miene in die Ferne, und ich glaubte, dass er gar nicht nachdenken musste, sondern es nur wegen des Effektes tat.

»Die Italien-Armee. Ich würde mir die Österreicher vorknöpfen, würde sie aus Italien verjagen und dann … Dann würde ich sie mir auf ihrem eigenen Boden holen.«

Ich dachte an seine zerschlissene Uniform, an die Revolutionssoldaten, die kaum mehr an Waffen hatten als das, was Scheune und Werkstatt hergaben. Generäle wie Napoleon, die – kaum von der Schulbank aufgestanden – schon Tausende Männer befehligten, die Verantwortung für zahllose Menschenleben trugen.

»Und du denkst, du hast eine Chance gegen eine Armee wie die der Österreicher?« Vor meinen Augen hatte ich ein gewaltiges Land mit beinahe unerschöpflichen Ressourcen.

»Oh, ja.« Jetzt war er in seinem Element. Er sprach von Nachschubwegen und neuen Kanonen. Von der Entschlossenheit der einfachen Menschen. Vom überkommenen System der Österreicher. Es war faszinierend, ihm zuzuhören, und als er geendet hatte, gab es für mich keinen Zweifel mehr. Er hatte alles genau durchdacht. Wenn ich auch wenig vom Militär verstand, so begriff ich doch, dass er Dinge plante, die Hand und Fuß hatten. Kein törichtes Dumme-Jungen-Geschwätz, sondern Strategien eines Mannes, der sich jahrelang mit der Materie befasst hat. Er trug es zudem mit ruhiger Gelassenheit vor. Wie ein Schachspieler, der einfach nur noch zusehen muss, wie alle Züge in seinem Sinne ablaufen.

Ich war beeindruckt, um das Mindeste zu sagen.

»Natürlich gibt es noch jede Menge Unwägbarkeiten«, sagte er, »aber ich denke, ich habe auf alles eine Antwort und für jede neue Situation eine Strategie. Ich brauche nur noch den ersten Anstoß, Protektion, und die werde ich von Barras bekommen.«

***

Manchmal versteht man Dinge im Nachhinein besser. Und manchmal können noch so viele Jahre vergehen, und man begreift immer noch nicht, was in einem bestimmten Moment geschehen ist. Was mich angeht, so kann ich nur sagen, dass ich die Rue de la Huchette gegen Mittag verließ. Wundgefickt und kaum noch in der Lage, vernünftig zu gehen.

Napoleon hatte mich begleiten wollen, allein schon, um den Ort zu sehen, an dem ich wohnte. Doch ich versagte es ihm, erklärte, dass ich erst Heloise ins Bild setzen müsste.

Als ich die morsche Haustür hinter mir geschlossen hatte und mit schmerzender Möse auf die Straße getreten war, umfing mich noch seine gesamte Aura. Sein Geist und Willen durchdrangen den meinen. Ich war nicht mehr die Gelegenheitshure Céléstine, die Diebin und Verführerin, sondern die Verlobte des Generals Bonaparte.

Doch wie alles in jenen Jahren, verflüchtigte sich auch diese Aura mit jedem Schritt, den ich in Richtung unserer Behausung machte. Wie sich sein Duft an meinem Körper verlor, bis er nur noch eine bloße Erinnerung war, kam ich an unserem Verschlag an und erinnerte mich kaum noch, was Traum und was Wirklichkeit gewesen war.

Ich stieg die knarrenden Stufen hinauf, hielt mich am splittrigen Geländer fest und zog mich mehr oder minder – vollkommen erschöpft – bis unters Dach hoch. Nur noch von meinem Bett und ausgiebigem Schlaf träumend, öffnete ich die Brettertür und trat ein.

Man kann vielleicht meine Überraschung nachvollziehen, als ich niemand anderen als Rose mir gegenüber auf unserem brüchigen Stuhl sitzen sah. Sehr gerade. Sehr kühl. Einen eleganten Schal um die Schultern sah sie mich emotionslos an.

»Kommst du besonders früh nach Hause oder besonders spät?«, fragte sie, und ihre kleinen runden Augen wurden noch einen Hauch kleiner. Sie hatte ihren winzigen Mund durch sehr viel Rouge betont und wirkte mit den roten Bäckchen wie eine Puppe.

Ich würdigte sie keiner Antwort, sondern ließ mich auf unserer Pritsche nieder.

Da ich mich setzte, sprang Heloise förmlich auf, als wäre es strafbar, auf dem gleichen Möbelstück zu sitzen wie ich.

»Hast du mir nichts zu sagen?«

»Ist das ein Verhör?«, gab ich schnippisch zurück und ahnte doch, dass die Sache ernster war, als ich glaubte.

Im gleichen Moment trat sie vor mich, holte aus und schlug mir mit harter Hand mitten ins Gesicht.

Tränen schossen mir in die Augen. Meine Wange fühlte sich an, als reiße sie auf. Dann spürte ich Blut an meinem Hals herunterlaufen. Die Kröte hatte ihren Ring nach innen gedreht, um mich zu verletzen!

»Bist du irre?«, fuhr ich sie an, hütete mich aber, zurückzuschlagen.

»Nein. DU bist irre! Wie kannst du es wagen, nicht nur Lacave, sondern auch Barras zu ficken?! Wer zur Hölle hat dir das erlaubt, du miese kleine Hure!« Sie stand weit nach vorn gebeugt da und sprach so wild, dass feine Spucktropfen mein Gesicht trafen.

Ich lehnte mich zurück, um ihnen zu entgehen.

»Wie kommst du dazu, nicht nur die Einladung zum Souper à Dix anzunehmen, sondern auch noch bis zum nächsten Tag zu bleiben? Was hast du getan, dass Lacave dich geheißen hat, zu bleiben?«

Da ich nichts sagte, raste sie weiter.

»Hast dir auch schon die nächste Einladung gesichert? Was denkst du, wie lange die brauchen, bis sie dein wahres Ich erkennen? Deine wahren Absichten!« Ihre kleinen Brüste rutschten beinahe aus ihrem viel zu tiefen Ausschnitt. »Woher kommst du gerade? Lacave? Barras? Lass mal hören!«

Rose war schnell wie der Blitz. Ehe ich noch reagieren konnte, hatte sie mich in den Kniekehlen gepackt und mit einem Ruck fast von der Pritsche gezerrt.

Da ich nun so auf dem Rücken lag, drückte sie meine Schenkel mit aller Kraft auseinander. Einer Kraft, die ich ihr niemals zugetraut hätte.

»Sieh dir ihre Fotze an! Sieh sie dir an und sag mir, ob das nicht die Fotze einer durchgefickten Hure ist!«

Entschlossen entriss ich mich ihrem schwächer werdenden Griff und rollte zur Seite. So entging ich auch ihrer Hand, die abermals zuschlagen wollte.

»Du verlogenes Stück Scheiße!«, schrie Rose.

Heloise schwieg schockiert, hatte sie ihre Liebhaberin wohl noch nie bei solch einem vulgären Auftritt erlebt.

Tatsächlich konnte ich weder die feinen Risse noch die heftige Rötung meiner Möse leugnen. Napoleon hatte erfreulicherweise ganze Arbeit geleistet.

»Ich habe eine Natter an meinem Busen gesäugt! Eine verfluchte Natter! Aber das wirst du bereuen! Ich schwöre es dir.«

So wie sie brüllte, störte es mich wenig.

Aber dann senkte sie ihre Stimme. Ganz dicht vor meinem Gesicht zischte Rose: »Ich werde dir alles nehmen! Alles!«

Sie richtete sich wieder auf und ihre Blicke rasten suchend durch den Verschlag, bis sie an einem Zipfel des goldenen Kleides unter der Pritsche hängen blieben. Mit ein paar schnellen Griffen hatte sie das Kleid herausgezogen und hielt es triumphierend in die Höhe. »Und damit fange ich an!« Sie wickelte es zusammen und klemmte es unter ihren Arm.

Als ich aber protestierend danach griff, schwenkte sie ihre Faust über mir. Rose wandte sich zur Tür, und ich konnte gerade noch ein Stückchen Stoff erwischen. Sie entriss es mir und war weg.

Halb zusammengesunken mit blutender Wange kauerte ich auf der Liege.

»Was zur Hölle ist in dieses Dreckstück gefahren?«, fragte ich mehr mich selbst als Heloise, wenn diese es auch auf sich nahm, zu antworten.

»Sie hat das mit dem Souper rausgekriegt«, sagte sie verhalten.

»Ja und?«

Ich spürte, wie mein Gesicht langsam, aber sicher anschwoll. Ein Blick in unsere verdreckte Fensterscheibe und ich sah bestürzt einen klaffenden Riss in meiner Wange.

»Sie wartet seit ewigen Zeiten auf solch eine Einladung und hat doch nie eine bekommen …« Heloise sprach sanft und voller Verständnis für uns beide. Vielleicht hatte sie auch ein schlechtes Gewissen. Nur, weswegen?

»Und das, obwohl sie seit Ewigkeiten mit den beiden Männern vögelt. Und du … na ja … du tauchst auf und – zack!« Sie wedelte mit einem Arm durch die Luft.

Ich verstand ihr Problem noch immer nicht, vor allem nicht, warum sie mich derart brutal angegriffen hatte.

»Heloise … Das ist doch scheiße. Wieso soll das so wichtig sein? Und dann macht sie mich an, ich sei eine Lügnerin. Dabei habe ich doch wirklich keine zweite Einladung bekommen.«

»Ich fürchte, doch …«

Mit diesen Worten zog sie ein gefaltetes Blatt Papier aus ihrem Ärmelaufschlag.

»Verdammt«, murmelte ich.

»Und diesen Brief hat sie gesehen.«

»Aber dich haben sie doch auch nicht eingeladen, Heloise! Es war alles ein Zufall. Eine Verkettung seltsamer Umstände. Von mir aus soll sie auch hingehen. Ich dränge mich niemandem auf und dränge niemanden ab.« Meine Sätze blieben mir im Halse stecken, als ich auf die Einladung schaute.

Der kommende Mittwoch! Bis dahin wäre weder meine Wange verheilt noch hätte ich ein Kleid, das ich tragen konnte. Die schönen, die wir geklaut hatten, waren schlussendlich bei Pierrot gelandet und das goldene hatte Rose sich geholt. Unsere Reserven waren so gut wie aufgebraucht.

Ich zerknüllte das Schreiben und warf es weg. »Zur Hölle damit. Zur Hölle mit Lacave … mit Rose … mit allen!«

In meinem Kopf wollte ich bereits Napoleon sagen, biss mir aber augenblicklich auf die Zunge. Barras! Bei der Einladung hätte ich Barras treffen und ihn um Protektion für Napoleon bitten können.

»Zur Hölle«, knurrte ich.

***

Wenn mein Entschluss also feststand, nicht zum Souper zu gehen, stellte sich mir die Frage, wie ich Napoleon anders helfen könnte.

Alles, was mir sonst noch einfiel, war Paul … Doch bei ihm kam kein Gefallen ohne Preisschild. Das heißt, ich würde mit ihm vögeln müssen. Nicht, dass mir das viel ausgemacht hätte, er war ein einfallsreicher Liebhaber, unbelastet von jeglichen Skrupeln der Moral. Aber wenn ich es mit ihm trieb, konnte ich es ebenso gut in jeder Zeitung von Paris abdrucken lassen. Und das war die wichtige Frage: Wie moralisch unbelastet war Napoleon? Würde er es hinnehmen, wenn seine Verlobte mit einem der mächtigsten Männer Frankreichs ins Bett ging, um ihm einen Posten zu verschaffen?

Dennoch wollte ich ihm helfen.

Es war seltsam, sobald man mit Napoleon zu tun hatte, begann man zu hetzen. Nicht, dass er mich angetrieben hätte, es war vielmehr so, dass er selbst wie ein Rennpferd war, das mit den Hufen scharrte, was sich wiederum auf mich übertrug. Wenn aber normale Menschen beginnen, Entscheidungen unter Zeitdruck zu treffen, so beginnen sie, Fehler zu machen und falsche Entscheidungen zu treffen. Meine Entscheidung unter Zeitdruck lautete: Ich würde zu Barras gehen und für meinen Verlobten bitten.

***

Der Präsident des Nationalkonvents hatte seine Residenz in den Tuilerien errichtet.

Ich wies mich bei den Wachen aus: »Céléstine Noailles …

Ich möchte zum Bürger Barras. Wären Sie so nett und würden mich melden?«

Die Gesichter der Soldaten schwankten zwischen Erstaunen und Amüsement. »Gehen Sie nur, Bürgerin. Sie wissen ja sicher, wo es langgeht …« Er stieß seinem Kameraden mit dem Ellenbogen in die Seite und beide lachten los.

Ich schluckte und straffte meinen Rücken. Offensichtlich bekam der Präsident öfter Damenbesuch. Und so wie ich ihn kennengelernt hatte, auch Herrenbesuch.

So schnell ich konnte, überquerte ich den Platz vor dem Eingang des Palastes. Überall Uniformen. Hier schien es kaum noch Zivilisten zu geben, abgesehen von jenen Leuten, die sich tiefer in den Gärten die Zeit vertrieben.

Es war wieder kalt geworden und mein Atem bildete weiße Wolken vor meinem Gesicht.

»Wohin?«, knurrte mich ein weiterer Wachsoldat an, als ich gerade die Stufen erklommen hatte.

»Zum Bürger Barras.«

»Zum Bürger Barras«, echote er meine Worte über die Schulter, und schon kam ein Offizier herbeigeeilt.

»Privat?«, fragte er etwas atemlos.

»Ich denke schon.«

Er war bereits wieder losgelaufen. Da ich nicht wusste, was ich sonst hätte tun sollen, folgte ich ihm.

Noch nie in meinem Leben hatte ich solch gewaltige Gänge gesehen. Groß wie Kathedralen. Ich blickte nach oben und versuchte, dabei nicht zu stolpern. Die Decken waren so hoch, dass man kaum deren Verzierungen erkennen konnte. Gemälde und Tapisserien von einer Farbenpracht, die einen fassungslos machten.

»Wen darf ich denn melden?«, fragte er in meine Richtung, ohne auch nur um ein Geringeres langsamer zu laufen.

»Céléstine Noailles. Der Bürger Barras kennt mich.«

Ich hielt mein Beutelchen umklammert und versuchte, Schritt zu halten. Unsere Absätze machten einen unglaublichen Lärm auf dem Marmor, der wiederum hallte von den Wänden wider.

»Daran hege ich keinerlei Zweifel – wenn er sonst auch hübschere Damen begrüßt.«

Abrupt blieb ich stehen. Wie kam er dazu, mich derart zu beleidigen? »Ich muss doch bitten, Monsieur! Ich bin die Verlobte des Generals Napoleon Bonaparte!«

Es war das erste Mal, dass ich mich auf ihn und meinen neuen Status berief. Es war kaum mehr als ein Versuch, ein Test, wie die Wirkung sein würde. Sie war anders, als ich erwartet hatte.

Der Offizier drehte sich um und blickte mich von oben bis unten an. »Ach … Sie sind das?« Dann wandte er sich ab und eilte weiter.

Wir passierten Soldaten, Offiziere, Wachen, Zivilangestellte. Alle rannten, Papiere unter die Arme geklemmt. Und je weiter wir kamen, desto voller wurden die Gänge. Stimmengewirr. Türen, die zugeschlagen wurden. In diesem Palast war alles lauter, als ich es je erlebt hatte.

»Belfort!« Ein Offizier salutierte vor meinem Begleiter.

Dieser erwiderte den Gruß und eilte weiter. Treppen hinauf. Treppen hinunter.

Hatte ich zu Beginn alles für wirklich prächtig gehalten, so begriff ich nach und nach, dass ich mich erst jetzt dem Zentrum von Schönheit und Prunk näherte. So musste es im Himmel aussehen, dachte ich mir, als wir vor einer turmhohen Doppeltür stehen blieben.

Belfort, mein Begleiter, sprach leise mit einem der Wachposten. Dieser wisperte zurück. Belfort wiederum presste nun die Lippen zusammen und tippte mit dem Zeigefinger dagegen.

»Privat, sagen Sie? Er kennt Sie?«

Ich bejahte.

Wieder Wispern.

»Einen Moment!« Der Soldat öffnete die Tür gerade so weit, dass Belfort hindurchschlüpfen konnte.

Wahrscheinlich käme er gleich zurück und würde mir mitteilen, dass der Präsident mich nicht kenne und mich auch nicht zu sehen wünschte. Dann sollte es eben so sein. Wie so oft würde ich die Vorsehung entscheiden lassen.

Dann ging die Tür auf. Belfort schlängelte sich geschickt um das Türblatt. »Der Bürger Barras empfängt Sie.«

Seine Wangen hatten eine hektische Farbe angenommen. Da er die Tür festhielt, kam ich nicht drumherum, mich ebenso wie er ins Zimmer zu quetschen. Er schloss so schnell hinter mir, dass er beinahe meinen Rock eingeklemmt hätte. Und als ich meine Blicke schweifen ließ, begriff ich auch wieso.

Ich stand im Vorzimmer eines Schlafgemaches, und die Geräusche, die von dort kamen, waren mehr als eindeutig.

»Céléstine?«, rief es plötzlich. »Céléstine, komm rein!«

Ich trat in das eigentliche Schlafzimmer ein und traute meinen Augen nicht. Barras lag in einem gewaltigen Bett unter einem Baldachin, der einem Sultan Ehre gemacht hätte, mit einem jungen Mann. Zwar waren sie von einem seidenen Laken bedeckt, doch an ihrer seitwärts gedrehten Haltung erkannte ich sofort, dass Barras gerade den Popo des jungen Mannes benutzte.

Neben dem Bett lagen Uniformteile durcheinander, und zwischen den Jacken, Hemden und Hosen sah man auch achtlos fallengelassene Schwerter.

»Komm her, mein Schatz. Zieh dich aus! Geselle dich zu uns.«

Der junge Soldat sah aus wie ein Engel. Seine Brust war noch haarlos, ebenso wie sein Kinn. Braune Locken fielen wirr um sein Gesicht mit den vollen Lippen und den riesigen braunen Augen. Er war beinahe überschlank, und seine Sehnen und Muskeln zeichneten sich deutlich bei jeder Bewegung ab.

Er gefiel mir. Er gefiel mir sogar sehr.

»Sein Schwanz hat nichts zu tun, mein Engel. Wir haben ihn zwar abwechselnd gerieben, aber das ist ja nun wirklich nicht das Gleiche, als wenn du dich zur Verfügung stellst …«

So löste ich, ohne groß nachzudenken, mein Mieder und warf meine Sachen zu den Uniformen.

»Aaah … Welche Pracht! Thomas, mein Liebster, magst du überhaupt große Brüste?«

»Natürlich, Monsieur«, sagte der Angesprochene, ohne auch nur für einen Moment seine Blicke von meinem Busen zu nehmen.

Ich kniete mich vor Thomas auf das Bett und ging dabei in die Haltung eines Bogenschützen. So bot ich ihm meine Auster dar, ohne dass er sich allzu sehr verrenken musste, um mich zu lecken. Doch ich kam ihm noch weiter entgegen, indem ich meine Schamlippen auseinanderzog und so meinen Kern für seine Zunge entblätterte.

Wenn Napoleon erfuhr, dass ich mit zwei Männern gleichzeitig gefickt hatte, wäre er vielleicht nicht eifersüchtig, dachte ich mir in meinem unbedingten Willen zur Rechtfertigung dessen, was ich da gerade tat.

Mit jedem Stoß, den Barras dem jungen Soldaten in den Hintern setzte, bohrte sich dessen Zunge tiefer in mich hinein.

»Céléstine … sei doch nett … Lass den Burschen doch ein bisschen in dein Fötzchen kriechen …«

Ich tat also wie gewünscht und legte mich im fast rechten Winkel zum Unterleib des Soldaten, sodass dieser mir sein hartes Gemächt in die Muschel schieben konnte. Von uns dreien hatte er mit Sicherheit am meisten von unserem Arrangement, denn er wurde gleich doppelt beglückt.

Es dauerte ein wenig, bis die beiden Männer den richtigen Rhythmus gefunden hatten, und wir uns nicht mehr verloren. Dann aber war es ein schier unübertrefflicher Genuss. Der Soldat bespielte nicht nur mit den Fingern meinen Lustkern, er schob auch ab und an seine Finger in meinen Mund und ließ sie mich sauberlecken, was ich nur allzu gern tat. Meinen eigenen Saft kostend lag ich da, ließ mich stoßen und genoss dabei das Stöhnen und Keuchen meiner Liebhaber.

Dass wir es nicht schafften, gleichzeitig zu kommen, empfand ich nun nicht als Verlust, denn so konnte ich mich auf jeden einzeln konzentrieren, spürte die krampfenden Bewegungen, die erst schneller und dann langsamer werdenden Stöße, und schlussendlich das befreite Aufschreien, als sie endlich abspritzen konnten. Doch damit endeten wir nicht. Barras war Liebhaber genug, um uns im Bett zu halten. Er ermunterte uns zum Streicheln und Küssen. Unsere Zungen trafen sich abwechselnd, kosten und bespielten sich.

Es endete erst, als ein Offizier an die Tür kam und hereinrief:

»Bürger Président ... Der Bürger General Bonaparte ist da und möchte Sie sprechen, wohl in einer dringlichen Angelegenheit.«

Barras kletterte ein wenig linkisch aus dem Bett und zog sodann einen gewaltigen Morgenmantel im asiatischen Stil an, der aus Unmengen Seide gefertigt war und von dessen Wert eine Familie wohl gut mehrere Jahre hätte leben können. Er zog eine lange Schleppe hinter sich her und störte sich offensichtlich nicht an seinem unmilitärischen Auftreten.

Mich aber beunruhigte vielmehr der angekündigte Besucher ... Ich hatte mich zu spät abgewendet und konnte nun nicht mehr ausschließen, dass Napoleon mich im Bett mit Thomas gesehen haben mochte. Dass auch Barras das Bett mit uns geteilt hatte, war nur allzu offensichtlich. Bebend lag ich unter der Decke und lauschte seiner Stimme. Wie anders er klang, wenn er mit einem Vorgesetzten sprach. Knapp, beinahe barsch, dabei so klar in seinen Formulierungen und Reports. Man musste ihm nur zuhören und wusste, dass er zu Höherem geboren war, als dazu, durch Paris zu laufen und um einen Posten zu betteln.

Aber war ich auch dazu geschaffen, dabei an seiner Seite zu sein?

Nicht nur, dass ich es gerade mit zwei Männern getrieben hatte. Das stellte bestenfalls meine Moral infrage. Vielmehr lag ich da und betrachtete irritiert das Gefühl der Fremdheit, das ich empfand. Ich fragte mich ernsthaft, ob ich zu ihm gelaufen wäre, wenn die Situation nicht derart verfänglich gewesen wäre? Wenn es ein zufälliges Zusammentreffen bei Barras gegeben hätte? Es war äußerst befremdlich, dass ich mir nicht vorstellen konnte, in seine Arme zu eilen und ihn mit einem Kuss zu begrüßen. Nicht ihn. Nicht hier. Mein Herz wurde schwer bei diesen Gedanken, und ich verstand sie auch nicht.

Also beschloss ich für mich, dass ich schlicht von meinem schlechten Gewissen in Verwirrung gestürzt worden war und mir einfach – in einem ruhigen Moment – darüber klar werden müsste, was mir Napoleon wirklich bedeute. Denn, um die Sache vollkommen zu verwirren, war ich überzeugt, ihn zu lieben. Ernsthaft und aufrichtig.

»Ich habe überall verstreute royalistische Trupps in der Stadt gesehen«, sagte Napoleon.

»Bewaffnet?«, wollte Barras wissen.

»Allesamt.«

»Grundgütiger. Denken Sie, sie werden uns angreifen?«

»Davon gehe ich aus, Bürger Président.«

Barras stand mit dem Rücken zu mir und trommelte mit den Fingern auf dem gewaltigen Schreibtisch. »Wann?« Er verdeckte Napoleon jetzt.

»Vor dem zähen Frost. Wenn es glatt ist, wird der Angriff schwieriger werden«, hörte ich Napoleon antworten.

»Hier in den Tuilerien, meinen Sie?«

Die Stille deutete ich als Zustimmung.

Es fror doch bereits …

»Überlassen Sie mir das Kommando, Barras!«, preschte Napoleon vor.

Doch Barras bewegte sich nicht. Er schwieg. Sehr lange.

»Was haben Sie vor, General?«, fragte ein anderer.

»Wir brauchen Kanonen …«

Verächtliches Lachen. Da waren noch mehr Männer im Zimmer.

»Über wie viel Mann verfügen wir?«, fragte Napoleon.

Das Schweigen bedeutete nichts Gutes.

Ich setzte mich auf, und Thomas legte seinen Arm um meine Schultern. Sollte ich froh sein, dass die Tür so weit offenstand? Zwar konnte ich so besser hören, was besprochen wurde, andererseits bestand auch die Gefahr, dass Barras plötzlich beiseitetrat und die Männer uns im Bett sehen konnten. Dennoch war es mir egal. Fasziniert lauschte ich meinem Verlobten, wie er energisch und selbstsicher die Lage klärte.

Ein grauhaariger Offizier ging zwischen Barras und der Tür durch, aber er machte keine Anstalten hereinzuschauen.

»Fünftausend. In etwa. Viele Freiwillige ohne Waffen und Ausbildung.«

»Umso wichtiger sind dann die Kanonen. In Neuilly gibt es noch welche«, sagte Napoleon.

War er dort gewesen? Woher wusste er das?

»Major Murat?«, rief Napoleon.

Jemand bewegte sich etwas außerhalb meines Blickfelds.

»Ja, General?«

»Major Murat … Sie reiten sofort mit Ihren Männern nach Neuilly. Dort holen Sie Kanonen. Die Royalisten sind mit Sicherheit auch auf dem Weg dorthin. Egal um welchen Preis, aber bringen Sie die Kanonen her!«

»Jawohl, mon Général!«

»Heißt das, unsere Kavallerie spielt jetzt Wettrennen nach Neuilly?«, fragte jemand.

Die Hände auf dem Rücken gefaltet, kam der grauhaarige Offizier wieder an der Tür vorbei.

»Ich verbitte mir …«, hob Napoleon an.

»Ach? Was ist es denn sonst? Ich kenne Murat. Dem braucht sich nur ein hübsches Weib in den Weg stellen …«

»Das fordert Satis …«, weiter kam mein wutentbrannter Verlobter nicht.

Da richtete Barras sich auf und übertönte den Streit. »Meine Herren! Schluss mit dem Gezänk. Das ist Ihrer unwürdig! Gott steh uns bei, wenn die Royalisten schneller sind als Murat. Sie werden uns zu Klump schießen, und was noch lebt, wird niedergemacht. Bonaparte, ich vertraue Ihnen das Schicksal der Nation an! Enttäuschen Sie mich nicht!«

»Niemals!«, kam es streng zurück.

Thomas küsste meine Schläfe und wanderte dann zu meinem Ohr herab.

Ich begriff nicht gleich, als Bewegung in die Männer kam. Barras drehte sich um und kam durch die Tür. Für den Bruchteil eines Augenaufschlags – so bildete ich mir zumindest ein – trafen sich Napoleons Blick und meiner. Dann schlug Barras schon die Tür hinter sich zu.

»Du musst weg hier, Céléstine. Thomas zieh dich an und geh auf deinen Posten. Ich denke nicht, dass Murat es schaffen wird. In diesem Fall werden wir alle hier sterben.«

Erschrocken zog ich die seidene Decke bis an mein Kinn. Tendierten Männer nicht gern zu Übertreibungen?

»Nun? Worauf wartest du?«, herrschte mich Barras an.

»Aber ich kann doch nicht einfach weglaufen, und euch hier allein lassen …«, stammelte ich tumb.

»Was willst du denn tun, mein Sonnenschein? Sie um den Verstand ficken, damit wir sie derweil niederkartätschen können?«

Unter anderen Umständen hätte ich ihm diese Bemerkung

sicherlich übel genommen, doch jetzt sah ich in seinen Augen Angst! Also verließ ich das warme Bett und zog mich an.

Wir beide küssten Thomas ein letztes Mal, und als ich ihre Mienen sah, wusste ich, dass wir uns vielleicht nicht mehr wiedersehen würden. Es presste mir die Brust zusammen, und ich dachte, ich müsse ersticken. Meine Kehle war wie zugeschnürt, und dennoch flüsterte ich Thomas zu: »Stirb mir nicht, hörst du?«

Er schenkte mir ein gequältes Lächeln und schüttelte den Kopf, dann eilte er davon.

Barras legte seine Hände schwer auf meine Schultern. »Darf ich dich noch um etwas bitten?«

Ich nickte schweigend.

»Geh zum Kloster und warne Louis. Ich weiß nicht, ob er mitbekommen hat, was hier passiert. Wenn nicht, sag ihm, dass die Lage aussichtslos ist und dass sie uns überrennen werden. Lass keinen Zweifel an der Ernsthaftigkeit deiner Worte! Er soll das Kloster verlassen und auch nicht nach Hause gehen. Er soll sich irgendwo verstecken. Wenn sie uns erst mal erwischt haben, werden sie nach ihm suchen. Ich kann hier nicht weg, sonst würde … Es darf ihm nichts geschehen.«

Ich war schon an der Tür, als er mich aufhielt.

»Gib Acht auf dich, ja? Du bist ein gutes Mädel. Gott steh uns bei.«

»Was wird der General tun, wenn die Kanonen nicht rechtzeitig kommen?«

»Sterben wird er. Wie wir alle.«

***

Barras hatte recht gehabt. Sie sammelten sich. Und sie hatten sich die Tuilerien als Ziel vorgenommen. Das war nicht zu verkennen, denn rund um den Platz vor dem Palast fanden sich in den Seitenstraßen ganze Nester von bewaffneten Royalisten, und je weiter ich mich von der Palastanlage entfernte, desto seltener wurden die Barrikaden, die sie sie errichtet hatten und hinter denen sie kauerten. Noch war die Stimmung entspannt. Sie sangen und putzten ihre Musketen.

Die Soldaten hatten sogar noch die Muße, mir hinterherzupfeifen und »Einladungen« auszusprechen.

Ich aber ging so schnell voran, wie ich nur konnte, und tat dabei so, als hörte ich die zweideutigen Angebote nicht, die sie mir nachriefen. Was sie wohl mit mir gemacht hätten, hätten sie gewusst, dass ich die Verlobte Bonapartes war? Bei diesem Gedanken erfüllte Stolz meine Brust. Jetzt erst konnte ich all das noch einmal in Ruhe nachvollziehen, was sich vor dem Schlafzimmer abgespielt hatte.

Als Bittsteller war er in den Palast gekommen und innerhalb von Minuten hatte er einfach das Kommando übernommen.

Welcher Mut! Welche Frechheit, ging es mir durch den Kopf. Und mit einem Mal war ich einfach nur stolz auf ihn. Kein Zaudern. Kein Grübeln. Er hatte nicht einmal gefragt, sondern einfach über die Köpfe aller hinweg Befehle erteilt. Und diese waren befolgt worden. Ich fragte mich, warum sie ihn nicht in seine Schranken gewiesen hatten. Immerhin war es ein Raum voller altgedienter Offiziere gewesen. Sie hatten alles mehr oder minder schweigend hingenommen.

Und was sich hier vollzog, war: Bürgerkrieg. Die schrecklichste Art von Krieg, die man sich denken konnte.

Als ich die Klosterpforte erreicht hatte, war ich vollkommen außer Atem. Ein Teil von mir hoffte, dass Louis schon das Weite gesucht hatte, während der andere Teil ihn unbedingt sehen wollte. Vielleicht zum letzten Mal … Ich klopfte mit der Faust gegen die Pforte. Die Wachen waren verschwunden. Mein Herz schlug laut, mein Blut rauschte in meinen Ohren.

Sobald ich in den Klosterbezirk eingetreten war, hörte ich ihre Schreie. Jemand von den Gefangenen musste mich gesehen haben, denn sie begannen wild zu brüllen. »Helft uns! Um der Liebe Jesu Christi willen … Macht die Zellen auf!«

Als ich vor der Tür zum Verwaltungsbereich stand, kam ein alter Mann um die Ecke gehumpelt. Er hatte eine Krücke mit dreckigen Lappen umwickelt und unter die Achsel geklemmt.

»Ich suche Monsieur Lacave …«, sagte ich zu ihm. Aber mir wurde klar, dass ich bei dem Geschrei kaum zu verstehen war. Also brüllte ich: »Ich suche Monsieur Lacave!«

Der Alte zuckte mit den Schultern und deutete dann mit dem Daumen in Richtung Verwaltung.

So schnell ich konnte, öffnete ich die Tür zu jenem Trakt, der sowohl Zellen als auch Verwaltungsräume enthielt, und eilte hindurch. Es war stockfinster. Der Gestank war so massiv, dass man die Luft beinahe hätte schneiden müssen, um sie zu atmen. Ich presste einen Zipfel meines Capes vor das Gesicht. Augenblicklich begannen meine Augen vom scharfen Geruch nach Urin zu brennen, der allenthalben in der Luft hing. Ich eilte von Zelle zu Zelle.

Die Gefangenen stürzten an die kleinen vergitterten Öffnungen und schrien, sie wären am Verdursten. Ich sollte sie doch in Gottes Namen freilassen. Man würde sie erschlagen, wie ihre Leidensgenossen im September.

Ein Teil meines Verstandes wusste, dass sie recht hatten, aber der andere war damit beschäftigt, Lacave zu finden, der vielleicht schon geflohen war. Wenn dem so war, schwebte ich in Lebensgefahr, denn dann war es nur noch eine Frage der Zeit, wann die Royalisten auftauchen würden, um die Ihren zu befreien.

Und dann fand ich sein Arbeitszimmer. Es war fast noch dunkler als beim ersten Mal. Hier mischte sich der vorherrschende Gestank mit dem Qualm der Kerzen, von denen er nur noch Stummel zum Anzünden hatte. Dennoch saß er ruhig an seinem Schreibtisch und machte Eintragungen.

»Louis?!«

Er blickte auf, und ein Strahlen erhellte sein müdes Gesicht. Sofort sprang er auf und nahm mich in seine Arme.

»Oh Gott – du lebst!«, rief er.

Dabei dachte ich, dass ich eigentlich mehr Grund zu diesem Ausruf gehabt hätte.

»Was tust du hier?«, fragte er und drückte mich wieder an sich. Er roch nach Schweiß und Kohlenstaub. Sein Hemd war verdreckt.

»Was tust du hier? Warum bist du noch da?«, wollte ich atemlos wissen.

Er zuckte mit den Schultern und lachte. »Du hast recht«, schnaubte er. »Die meisten Wachen sind in den Kampf gezogen. Nur ein paar Veteranen sind da, die die Gefangenen versorgen. Es heißt, die Royalisten planten den Sturm auf die Tuilerien.«

»Ja, sie sind überall. Es sind viel mehr als unsere Leute.«

Wir setzten uns, wobei ich mich dicht an die Tischkante drücken musste, um nicht mit dem Kopf gegen eines der Regalbretter zu stoßen.

»Wo kommst du her?« Er stellte die Feder ordentlich in ihr Fass und sah mich an, als wäre dies ein ganz normales Gespräch.

»Ich war in den Tuilerien.«

Das interessierte Lächeln auf seinem Gesicht erstarb. »Bei Barras?« Seine Stimme klang flach. Gepresst. Seine Blicke bohrten sich in die meinen.

»Ja. Er hat mir gesagt, dass ich zu dir kommen und dich warnen solle, auch dass sie dich jagen würden, wenn sie die Tuilerien erst mal überrannt haben.«

Louis atmete tief durch und lehnte sich zurück. »Ja. Das wird wohl passieren.«

Seine Ruhe irritierte mich. »Louis! Komm mit mir mit. In unserem Verschlag wird dich keiner suchen.«

»Ein reizvoller Gedanke …«, murmelte er, und ich wusste, dass es nur so dahingesagt war. »Aber wenn ich den Garten Gethsemane verlasse, dann gibt es keinen Ort mehr für mich. Verstehst du das?«

»Was soll ich sagen? Louis! Lass uns die Leute freilassen und …«

Er hob abwehrend die Hand. »Wie könnte ich das? Wenn ich nur eine einzige Tür öffne, werden sie uns beide in Stücke reißen … Niemals! Außerdem würde ich dann alles negieren, wofür ich hier bin. Sie sind Feinde der Republik. Sie wollen die Bourbonen zurückhaben. Und das geschieht nur über meine Leiche!«

Letzteres war wohl wahrscheinlicher, als uns beiden lieb war. Wer in solchen Zuständen dahinvegetiert hatte, wie die Gefangenen des Garten Gethsemane, der wollte nicht nur freikommen – der wollte Rache.

»Wie sieht es bei den Tuilerien aus?«, fragte er.

»Sie versuchen, Kanonen aus Neuilly herzubringen, bevor sie den Royalisten in die Hände fallen. Wenn das geschieht, ist die Republik verloren.«

Er senkte den Kopf. »Barras ist also dort, sagst du?«

Ich nickte.

»Hat er den Oberbefehl?«

Er schien Zweifel an dessen Eignung zu haben. Doch vielleicht interpretierte ich auch mehr in seine gerunzelte Stirn, als da tatsächlich war.

»Nun ja … Nicht wirklich. Er hat ihn einem General übertragen. Napoleon Bonaparte. Oder, besser gesagt, dieser hat ihn sich genommen.«

In all dem Gestank und Chaos musste ich lächeln, und meine Brust erfüllte sich mit Wärme bei dem Gedanken an meinen entschlossenen Napoleon.

»Bonaparte … Ja, ich denke, ich habe von ihm sprechen hören. Er scheint ein fähiger Artillerist zu sein.«

»Gewiss. Er hatte die Idee mit Neuilly und hat einen Major namens Murat mit seiner Reiterei losgeschickt, die Kanonen zu holen.«

Für einen Moment entging mir Louis' kritischer Blick, doch dann bemerkte ich ihn und errötete.

»Ist dieser Bonaparte Barras' Liebhaber?«, fragte er.

»Das wage ich sehr zu bezweifeln.«

Er erwiderte mein Grinsen nicht, sondern schaute ernst und konzentriert drein, als versuchte er, eine verdeckte Botschaft zu verstehen. »Woher weißt du das alles?«

Das Schweigen, das sich zwischen uns ausbreitete, war gewaltiger als ein Ozean.

»Bist du Barras' Beraterin?«

Nun war es eh egal. Er ahnte ja bereits, was geschehen war, also konnte ich es auch aussprechen. »Ich habe mit Barras geschlafen. Mit ihm und seinem Liebhaber Thomas.«

Hatte ich jetzt eine lüsterne Reaktion erwartet, so blieb diese aus. Er sah mich unverwandt an. Ernst. Kalt. Dann aber straffte er seinen Rücken, als hätte er zu lange die gleiche Haltung eingenommen. »Nun ja. Barras ist ein großer Verführer. Er kann eine achtzigjährige Nonne verführen, wenn er es darauf anlegt.«

Wie ich mich da schämte. Es war offensichtlich, dass er etwas suchte, was mich entlastete. Wenn Barras seine Künste auf mich angewandt hatte, war ich ja nicht schuld daran, dass ich mit ihm im Bett gelandet war …

»Er sagte nur: komm ins Bett.« Wie verzagt meine Stimme da klang. In all dem Geschrei, dem Gestank, in all dem Elend und der Verzweiflung, wurde mir klar, dass ich eine Betrügerin war. Niedergeschmettert erkannte ich, dass ich alle und jeden betrog.

»Es ist deine Entscheidung. Wenn du mit einem Mann schlafen willst … Wer sollte es dir verwehren? Du bist an keinen gebunden. Kein Schwur. Nichts«, sagte Louis, erhob sich und ging zwei Schritte auf, zwei Schritte ab, denn mehr gab der winzige Raum nicht her.

»Du solltest dir keine Gedanken machen. Ich habe dich gemeinsam mit Barras genossen und nun hattest du ihn und seinen Thomas. Mach dir keine Gedanken.« Er blieb vor mir stehen und legte seine Hände auf meine Schultern. »Du bist ein freier Mensch. In jeder Hinsicht. Es gibt keinen König und keine Kirche mehr. Du kannst tun und lassen, was du willst.«

Sollte ich ihm sagen, dass ich mit Napoleon verlobt war? Gehörte es nicht zur Aufrichtigkeit, ihm alles zu sagen? Endeten Liebe, Verlangen und Eifersucht mit König und Kirche? Ich hatte meine Zweifel.

»Bist du nicht eifersüchtig?«, fragte ich ihn vorsichtig.

»Ich? Woher nähme ich das Recht dazu, meine Liebste? Und selbst wenn ich dein Gemahl wäre, wie könnte ich dich nur für mich beanspruchen? Ich schlafe ja auch mit jeder Frau, die meines Weges kommt und auf die ich Lust habe.«

Jetzt kam ich mir vor, als wäre ich eine läufige Hündin. »Tust du das wirklich?«

Ein Lächeln wanderte bis zu seinen Augen. »Denkst du, ich hätte nach dem Souper zölibatär gelebt?«

Vielleicht hatte ich es gehofft, aber das sagte ich ihm natürlich nicht. Stattdessen fragte ich: »Mit wem hast du es getrieben?«

»Mit einem der Dienstmädchen. Charlotte. Seit sie vom Land in meinen Haushalt gekommen ist, hat sie sich als sehr zufriedenstellende Liebhaberin erwiesen. Immer willig. Vielleicht nicht gerade einfallsreich, aber ich bringe ihr immer Neues bei.«

Vor meinem geistigen Auge sah ich eine dralle Blondine mit vollen Backen und einem kirschroten, kleinen Mund. Sicherlich verwöhnte sie ihn unter dem Tisch, während er aß. Mein Atem ging ruckartig. Dieses Bild erregte mich. Machte mich eifersüchtig.

Louis setzte sich wieder hin, und ich konnte nur auf seine Hose starren. Ob er auch erregt war? Ja, ich war eine läufige Hündin.

»Komm jetzt mit. Die Veteranen kümmern sich um die Gefangenen. Los! Es wäre Selbstmord, hierzubleiben. Los!«, kommandierte ich.

Gerade aber, da er Anstalten machte, sich zu erheben, hörten wir einen Kanonenschuss. Schlagartig trat Stille ein. Es war, als hätte Gott die Zeit angehalten. Wir atmeten nicht mal mehr. Im Garten Gethsemane herrschte vollkommene Stille. Nicht mal ein Seufzen war zu hören.

Und dann prasselten die Musketenschüsse. Wieder Kanoneneinschläge. Konnte ich ferne Schreie ausmachen? Und dann brach um uns herum das Inferno los. In schierem Wahnsinn begannen die Gefangenen an den Türen zu reißen, hieben mit allem, dessen sie habhaft werden konnten, gegen die Mauern. Schrilles Pfeifen ersetzte bald mein Gehör. Ich packte Louis' Hand und zerrte ihn mit mir. Es war keine Zeit mehr, um zu reden. Wer auch immer diese Kanone abgefeuert hatte, er würde am Ende des Tages der Sieger werden.

Louis, offensichtlich vollkommen überrumpelt, ließ sich von mir mitziehen. Und dann rannten wir. Keuchend. Atemlos. Menschen kamen uns entgegen. Wir wurden angerempelt. Ich strauchelte und wäre sicherlich ohne Louis' festen Griff gestürzt.

»Die Royalisten haben die Tuilerien eingenommen!«, brüllte jemand.

Überall um uns herum knallten Fensterläden. Kaufleute nagelten Bretter vor ihre Auslagen. Dazwischen Musketenschüsse und Kanonendonner. Wir wurden überholt und mitgerissen.

Ich versuchte, mich in dem Chaos zu orientieren, doch es misslang. Bald wusste ich nicht mal mehr ansatzweise, wo ich mich überhaupt befand. Ich wurde hin und her gestoßen, in Seitengassen abgedrängt und gegen Hauswände gepresst. Und dann bemerkte ich, dass Louis verschwunden war. Wohin ich mich auch umsah, nichts deutete auf ihn. Nur fremde Gesichter um mich herum.

Ich sprang auf und ab, versuchte, auf einem Eckstein zu stehen, um weiter sehen zu können. Abrutschend erkannte ich, dass er mir entrissen worden war. Jetzt galt es, mein eigenes Leben zu retten.

Reiter preschten ohne Rücksicht auf die Fliehenden durch die Menge. Schreiende Menschen gerieten unter die Hufe.

Weinend und keuchend kletterte ich über zu Boden gerissene Körper. Waren sie tot oder lebendig? Ich wusste es nicht und würde es auch nicht erfahren. Wenn ich jemanden zu fassen bekam, fragte ich nach dem Weg und erfuhr doch nichts, sah nur entsetzte Gesichter in Todesangst.

Ich kann nicht mehr sagen, wie lange ich so kreuz und quer durch die engen Gassen gerannt war, es mussten Stunden gewesen sein. Aber dann sah ich das kleine Gemüsegeschäft von Madame Brinvilliers. Ich war zu Hause. Nur noch zwei Straßen und ich stand vor unserem Haus. Das Kleid verdreckt und zerrissen, den Körper übersät mit Schnitten und blauen Flecken, aber ich lebte.

Nie zuvor war ich so erleichtert gewesen, Heloise zu sehen. Ich riss sie weinend in meine Arme. So standen wir beide, tränenüberströmt in unserem kleinen Verschlag, hielten uns fest und konnten unser Glück nicht fassen.

»Du siehst furchtbar aus. Haben sie dich verprügelt?«, fragte sie besorgt, nachdem sie mich ein wenig von sich weggeschoben hatte.

»Nein, es waren die Menschenmassen. Sie versuchen alle, Schutz zu finden.«

»Weißt du, was da geschieht?«

Heloise schenkte uns beiden Wein ein, und ich fragte nicht, wo sie den herhatte.

»Die Royalisten versuchen, die Tuilerien zu stürmen und Barras und die unsrigen totzuschlagen«, erklärte ich.

Jetzt, da ich saß und der Wein mich zu entspannen begann, hörte ich wieder die Stimmen, die geschrien hatten, man hätte die Tuilerien überrannt. Da erkannte ich, dass jetzt, da ich hier saß und versuchte, die Worte zu finden, um das Geschehene zu beschreiben, Barras, Louis und Napoleon wohl tot waren. Die Royalisten hatten sie mit Sicherheit erkannt, ermordet und ihre Leichen geschändet.

Es war kaum zu ertragen. Zum ersten Mal in meinem Leben erfuhr ich einen Schmerz, der so grausam war, dass ich nicht mal mehr Tränen fand, um zu weinen. Mein Herz hatte sich in einen Stein verwandelt, und es gab nichts mehr, das mich hätte trösten können.

***

Heloise und ich hatten uns seit meiner Rückkehr nicht mehr aus dem Haus getraut. Unsere jämmerlichen Vorräte waren aufgebraucht und wir hatten keine Ahnung, wie es weitergehen sollte.

»Früher oder später müssen wir losziehen und etwas zu essen besorgen«, sagte Heloise kläglich, und ich wusste nicht sicher, ob das Knurren, das ich hörte, von ihrem oder von meinem Magen kam.

»Verhungern werden wir nicht. Wer kennt die ganzen Häuser besser als wir beide? Nicht nur die, in denen wir schon waren, sondern auch deren Nachbarhäuser. Dort gehen wir wieder hin und durchsuchen die Keller«, schlug ich vor. Mein Plan klang besser, als er sich anfühlte.

»Ach, du Pute. Als hätte irgendjemand in diesen Häusern noch etwas Wertvolles, die wir klauen könnten … Wir werden aufs Land müssen. Vielleicht gibt es da noch etwas.«

»Beim Bauern arbeiten, meinst du?« Der Gedanke kam mir sehr unwirklich vor.

Sie zuckte mit den schmalen Schultern. »Warum nicht? Oder du besinnst dich auf deine erprobten Fähigkeiten …«

Jetzt mussten wir beide lachen, denn wir hatten offensichtlich das gleiche Bild vor Augen: ich, nackt auf dem feisten Wanst eines reichen Bauern reitend.

Das Lachen erstarb. Wir wurden von unseren düsteren Gedanken eingeholt. Hunger, Dreck, Verzweiflung.

Die Stunden mit Louis und Napoleon lagen in so weiter Ferne, dass ich manchmal bezweifelte, dass sie überhaupt mal Wirklichkeit gewesen waren.

»Ich weiß nicht, wie es dir geht, aber ich denke, ich pfeife jetzt auf alles und mache mich auf den Weg«, meinte Heloise.

Es kam derart überraschend, dass ich Heloise nur tumb anstarrte, die angefangen hatte, sich anzuziehen und das Cape umzulegen. Sie hatte schon den Beutel in der Hand, als ich begriff, dass sie dabei war, zu gehen.

»Kommst du mit, oder willst du verhungern?«, fragte sie.

Nein, verhungern wollte ich nicht. Ich nahm ebenfalls einen Beutel und steckte auch noch unser einziges Messer ein. Man konnte nie wissen ... Immerhin waren wir nicht die einzigen zu allem Entschlossenen, die in Paris auf der Suche nach Essbarem waren.

»Die Royalisten werden bestimmt wieder Waren in die Läden bringen«, sagte Heloise, während ich den Verschlag verrammelte.

»Wie das?«

»Na ja ... Der Krieg hört auf, denn die Koalition hat ja dann wieder einen der ihren auf dem Thron und die anderen Könige werden dem neuen bestimmt zu Hilfe eilen, damit Frankreich wieder auf die Beine kommt.«

Auch das klang besser, als es sich anfühlte.

»Da könntest du recht haben«, sagte ich wider besseren Wissens, denn ich war mir sicher, dass die anderen Könige damit zu tun hätten, ihre eigenen Länder zu versorgen.

So stiegen wir also unsere knarrende Treppe hinunter, ungewiss, was auch nur die nächsten Stunden bringen würden. Ich weiß nicht, wer von uns beiden das Geräusch zuerst hörte. Die Stufen quälten sich offensichtlich nicht nur unter unseren Tritten. Da war noch jemand. Wir blieben praktisch gleichzeitig stehen und starrten in die nur von winzigen Fensterchen durchbrochene Dunkelheit zu unseren Füßen.

Heloise legte ihre Hand auf meine Schulter. Ängstlich? Zur Vorsicht ermahnend?

Es konnte ein anderer Hausbewohner sein, gewiss. Aber ebenso wahrscheinlich war es, dass jemand hier nach Essbarem suchte. Ohne zu zögern, zog ich mein Messer aus dem Cape. Nein, damit hatte ich nicht gerechnet, dass ich es derart schnell brauchen würde.

»Sollen wir zurückgehen?«, wisperte Heloise in mein Ohr.

Ich schüttelte den Kopf. Wenn wir jetzt die Schwänze einkniffen, brauchten wir uns gar nicht mehr nach draußen zu wagen. Ich hob das Messer an, damit sie sehen sollte, dass ich bewaffnet und entschlossen war.

Sie nickte und richtete sich wieder auf.

Schritt für Schritt bewegte ich mich abwärts. Ich atmete so flach wie nur möglich, spannte dabei aber jeden Muskel an, um schnell und heftig zustoßen zu können. Ich rechnete mir aus, dass ich nur eine Chance haben würde, und ich war entschlossen, sie zu nutzen.

Das Knarren kam näher. Wer immer es war – bald würden wir aufeinanderstoßen. Und dann erkannte ich die dunkle Gestalt. Ein Schatten, der sich mit der Düsternis vermengte. Mein Magen krampfte sich zusammen. Gleich würde er um die Biegung der Stufen kommen und direkt vor mir stehen. Im gleichen Moment, da er vor mir stand, ließ ich meine Hand mit dem Messer herabsausen. Ich hatte den Moment der Überraschung auf meiner Seite, war diesen einen Atemzug schneller als er. Es waren nicht die Zeiten zum Nachdenken, es waren die Zeiten zum Zuschlagen.

Doch auf halbem Wege stieß ich gegen etwas Hartes. Mein Handgelenk schien zu explodieren. Wilder, schrillender Schmerz in meinen Ohren, der das Geräusch des fallenden Messers beinahe übertönte. Mit einem Knacken wurde mein Arm brutal auf meinen Rücken gedreht und ich auf die Knie gezwungen. Mein Kopf wurde wie von einer stählernen Platte auf die Treppenstufe gedrückt und ich konnte kaum Atemholen, ohne vor Schmerz zu sterben.

»Was zur Hölle …«, keuchte es über mir.

Es war eine Männerhand in einem Handschuh, die mein Gesicht auf das Holz presste und mich so am Reden hinderte.

Ich murmelte Unverständliches.

»Céléstine?«

Augenblicklich endete die Qual und jemand zog mich auf die Füße. Mein schmerzendes Handgelenk massierend starrte ich in sein Gesicht … Napoleon!

In einem Augenaufschlag hatte ich meinen Schock überwunden und rief: »Heloise! Hoch! Wir müssen ihn verstecken.«

Ich hatte keine Ahnung, wie es ihm gelungen war, zu fliehen und sich zu mir durchzuschlagen, aber hier war er, und ich durfte keine Zeit verlieren. Wenn ihn jemand hier auf der Treppe sähe, wären wir alle dem Untergang geweiht.

»Hoch, hoch, hoch!«, stieß ich hervor und schubste Heloise die Treppe hinauf, während ich Napoleons Hand packte und ihn so mit mir zog.

»Mach schneller!«, zischte ich den seltsam widerstrebenden Napoleon an. Offensichtlich war er es nicht gewöhnt, Befehle von einer Frau zu bekommen …

Ich gab Heloise den Schlüssel und sie schloss mit zitternden Händen den Verschlag auf. Mit wenigen langen Schritten waren wir in unserer Höhle und damit in Sicherheit. Umgeben von den

Bretterwänden wirkte Napoleon übergroß. Er trug einen fast bodenlangen Mantel und kämpfte mit seinem Säbel, der permanent zwischen den Brettern zu verkanten drohte. Der Mantel verdeckte seinen mageren Körper, wobei der dunkle Dreispitz seine bleiche Haut mit den stechenden schwarzen Augen betonte.

»Wolltest du mich gerade erdolchen?«, fragte er entgeistert.

»Ja.« Ich räusperte mich. »Äh … nein. Ich dachte, du wolltest uns überfallen.«

Ich bedeutete ihm, sich auf den einzigen Stuhl zu setzen. Jetzt erst wurde mir klar, dass sein Mantel sauber war und zudem recht neu aussah. Wahrscheinlich, so sagte ich mir, hatte er ihn irgendwem abgenommen, um sich – so verkleidet – in Sicherheit zu bringen. Woher aber wusste er, wo ich wohnte?

»Kommst du aus der Rue de la Huchette?«, fragte ich.

Er schüttelte den Kopf und nahm den Hut ab. »Da wohne ich nicht mehr.« Seine Stimme hatte einen melancholischen Klang angenommen. »Ich habe mich hierher gestohlen, um dich zu sehen. Zu sehen, wie es dir geht …«

Also hatte er ein anderes Versteck … Und wenn es eine Höhle war, so wollte ich doch nur bei ihm sein. Ich würde mit ihm aus Frankreich fliehen. Er hatte alles überlebt und nun war es Zeit, über den gemeinsamen Weg nachzudenken.

»Das spielt doch keine Rolle. Es ist ja nur wichtig, dass du überlebt hast«, sagte ich und griff nach seinen Händen. Mein Herz schien mir übergehen zu wollen vor Glück. »Wir haben leider nichts zu essen, das wir anbieten könnten, Monsieur.«

Jetzt erst erinnerte ich mich daran, dass Heloise ja keine Ahnungen hatte, wer da vor uns saß.

»Heloise, ich darf dir meinen Verlobten vorstellen: den General Napoleon Bonaparte!«

Sie machte einen eleganten Knicks, und er antwortete mit einem Nicken.

»Ich habe bereits gegessen«, sagte er. »Vielen Dank.«

In diesem Moment begannen die Dinge, sich zu verwirren. Wieso hatte er gegessen? War es ein Satz aus Höflichkeit, in Anbetracht unserer desolaten Situation?

»Wie ist es dir ergangen?«, fragte ich vorsichtig, denn ich fürchtete die Nachrichten, die er mit sich führte.

»Habt Ihr nichts mitbekommen?«

Wir schüttelten die Köpfe.

»Wir sind seit Tagen nicht mehr aus dem Haus gekommen«, gab ich zu.

»Wenn ich das gewusst hätte … Wie nachlässig von mir. Ich hätte euch etwas mitbringen müssen. Aber ich dachte nicht, dass es euch so schlecht … Ich meine … Aber das wird sich jetzt alles …« Er unterbrach seinen eigenen Wortschwall und starrte düster auf den rauen Bretterboden.

Was ging da vor sich?

»Hör zu, Liebster … Ich habe schon einen Plan! Heloise und ich werden Geld auftreiben.«

Überraschter Blick von Heloise.

»Mit dem Geld kaufen wir Schiffspassagen nach Amerika. In den Kolonien können wir neu anfangen. Wir sind dort willkommen – anders als die Engländer, wie ich gehört habe. Dort wird dich niemand suchen. Du kannst dort auch Offizier sein.«

Er hatte den Kopf ein wenig schief gelegt und hörte mir zu, als lauschte er der seltsamen Geschichte, die ein Kind ihm erzählte. »Warum sollte ich?«

»Weil es das ist, was du am besten kannst! Niemand würde dich mehr verfolgen, und wir wären in Sicherheit. Kein Hunger! Kein König!«

»Ja, aber warum denn?«

Jetzt schien er mit mir zu spielen. Heloise saß weit vorgebeugt neben mir auf der Pritsche und starrte ihn an.

»Habt Ihr es denn nicht gehört?«, fragte er. »Wir haben sie niedergeschossen! Murat hat ihnen die Kanonen vor der Nase weggeschnappt. Es gab zwar heftige Kämpfe, aber, wir haben sie niedergemacht.«

Fassungslos starrten wir ihn an.

»Sie sind weg?«, presste Heloise hervor.

Er nickte. »Tot oder geflohen.«

»Und wer regiert?«

»Barras mit vier anderen. Sie bilden das Direktorium. Barras kennst du ja …«

Er hatte uns damals tatsächlich im Bett gesehen. Mein Gesicht wurde eiskalt, und ich erinnerte mich der Schmach, die ich selbst über mich gebracht hatte. Trotzdem war Napoleon hier, saß bei mir. War er bereit, mir zu verzeihen?

»Gewiss«, sagte ich leise und erschrak, als Heloise plötzlich meine Hand ergriff.

Ich hatte ihr von meinem Abenteuer in den Tuilerien erzählt und nun teilte sie offensichtlich meine Befürchtungen bezüglich Napoleons Reaktion.

»Nun«, er drückte seine Handflächen auf die Oberschenkel und stand auf, »ich muss wieder los. Sobald ich zurück bin, sende ich meinen Adjutanten, damit er euch Essen und Brennholz bringt. Ich werde schauen, dass ich euch eine vernünftige Wohnung besorge, bevor ich abreise.« Er beugte sich kurz über mich und küsste meine Wangen. Dann verschwand er.

Benommen schweigend saßen Heloise und ich da und starrten gegen die Bretterwand. Wenn ich mit allem gerechnet hatte – damit nicht!

***

»Vornehm wohnt er jetzt, der Herr General!«

»Eine Villa in der Rue Chantereine. Mit einem herrlichen Garten.«

»Und seine Amtsräume hat er in der Oper. Stell sich einer das vor!«

Ich hatte ihn seit jenem Abend in unserem Verschlag nicht mehr gesehen. Sein Adjutant war aufgetaucht mit ein paar Soldaten, die uns Lebensmittel brachten. Am nächsten Tag hatte man uns mitgeteilt, dass wir in eine neue Wohnung umziehen würden, der Herr General habe eine für uns ausgewählt, und da wir nur zwei Taschen hatten, war der Umzug schnell erledigt.

»Der Herr General ist beschäftigt.«

»Der Herr General ist in Terminen.«

Kurz, ich bekam meinen Verlobten so wenig zu sehen, dass ich bald davon ausging, dass er sowohl mich als auch unsere Verlobung längst vergessen hatte.

»Wir sitzen hier genauso fest wie in unserem Verschlag. Wenn nicht noch schlimmer«, erklärte Heloise, als wir zwischen Seide und Chintz unser Mittagsessen einnahmen. »Ich weiß gar nicht, was ich hier soll …«

Wenn ich ehrlich war, wusste ich es auch nicht.

Wir legten Patiencen und warteten. Auf was? Wir hatten keine Ahnung.

»Ich weiß nicht, was du machst, aber ich verschwinde«, sagte Heloise irgendwann.

Mir blieb der Mund offenstehen, als sie aus ihrem Zimmer trat. »Du hast ja unseren Beuterock noch!«

Erfreut über mein Wiedererkennen drehte sie sich im Kreis.

»Der ist ja schrecklich aus der Mode!«, erklärte ich lachend und dachte dabei an die schmalen Kleider nach antikem Geschmack, die jetzt so beliebt wurden.

»Egal. Er erfüllt seinen Zweck, und das ist die Hauptsache.«

Jetzt wusste ich, was sie meinte. »Du willst wieder Hausbesuche machen?«

»Ja! Und hier fange ich an. Es wird dem Herrn General kaum auffallen, wenn …« Sie griff nach einer kleinen Kaminuhr und ließ sie in einer der Taschen verschwinden. Ihr folgten silberne Bilderrahmen, Besteck, Schmuck und Geschirr.

Bald waren alle Taschen gefüllt, und sie stand schwer beladen vor mir. »Du erlaubst doch?«

Der einzige Schmuck, den ich trug und den ich ihr nicht geben würde, war das Verlobungsarmband. »Pack es ein!«

»Und jetzt gehe ich mal und schaue, ob es den alten Pierrot noch gibt.« So glücklich hatte ich sie seit Monaten nicht mehr erlebt. Als hätte man eine unendliche Last von ihren Schultern genommen.

Wenn ich wiederum ehrlich war, so hatte der Gedanke, unser altes Leben wieder aufzunehmen, seine ganz eigenen Reize. Ich glaubte nicht mehr an eine Zukunft mit Napoleon. Bei seinem Besuch in der Dachkammer war er – vorsichtig ausgedrückt – zurückhaltend gewesen, und in all den Wochen, da wir hier in der schönen Wohnung saßen, hatte er es nicht einmal für nötig gehalten, mich aufzusuchen.

Ab und an ein kurzes Briefchen mit »Wie geht es dir?« oder »Ist die Wohnung schön?«, das war alles. Nein, für mich stand fest, dass er mich bereits vergaß. Aus Dankbarkeit hatte er uns das Apartment gegeben und alimentierte unser tägliches Leben.

Und so beobachtete ich nun die überglückliche Heloise, die sich leise klirrend auf den Weg machte.

Vor dem Fenster meines Salons erstreckte sich ein kleiner Garten, in dem die Rosen zu blühen begannen.

»Der Herr General liebt Rosen so sehr!«, hatte mir einer der Gärtner erklärt, und da alles zur Zufriedenheit des Herrn Generals sein solle, wenn er denn zu einem Besuch käme, wurden an allen Ecken und Enden Rosen gepflanzt.

»Céléstine?«

Das Klappern von Stiefeln hallte durch das Treppenhaus. Offensichtlich nahm derjenige mindestens zwei Stufen auf einmal.

Ich hätte kaum überraschter sein können, als er plötzlich vor mir stand: Napoleon! Bescheiden in seiner Uniform und immer noch in dem bodenlangen grauen Mantel. Der Rand war dreckbespritzt und das Hellbraun seines Gesichtes hatte einem wächsernen Weiß Platz gemacht. Dennoch strotzte er nur so von Energie.

»Endlich!«, sagte er und riss mich in seine Arme. Er küsste mich so stürmisch, als wäre er gerade aus der Schlacht zurückgekehrt.

»Wir müssen feiern!«, rief er und war schon wieder auf dem Weg zur Tür. »Mayer! Bringen Sie den Champagner hoch! Schnell!«, rief er über die Treppenbrüstung nach unten.

»Jawohl, Mon Général!«, schallte es zurück.

Ein Blick aus dem Fenster, dort sah ich auf der Straße berittene Soldaten und im Vorgarten ein halbes Dutzend zu Fuß.

»Sind das deine Beschützer?«, fragte ich schmunzelnd.

»So kann man es nennen. Da draußen gibt es einige Leute, die mich gern tot sehen würden.«

Er strahlte noch immer, während er zwischen dem Salon und dem Treppenhaus hin und her lief.

»Hast du keine Uhr auf dem Kaminsims? Ich werde dir eine schicken lassen.«

Endlich kam sein Adjutant mit dem Champagner.

»Königstreue?«, fragte ich.

Napoleon blickte von dem sprudelnden Glas auf und grinste mich an. »Gott bewahre, nein! Denen habe ich allen den Garaus ausgemacht. Das sind jetzt unsere eigenen Leute, die mir nachstellen.«

Es klang so heiter und unbeschwert, als handelte es sich um ein Spiel unter Kindern. Ich selbst fand das weniger amüsant.

»Was denkst du?« Er reichte mir mein Glas.

»Was kann ich sagen? Ich beobachte deine Gemetzel ja nur aus der Ferne, und da kann ich mir kein Urteil bilden.«

Napoleon lachte auf und warf dabei den Kopf in den Nacken. Plötzlich aber erstarb das Lachen, und er sah mich ernst an. »Und da hast du noch gar nichts gesehen, mein Herz!« Er stellte sein Glas beiseite, wobei er kaum hinsah, sodass es über die Tischkante kippte und auf dem Parkett zerschellte. Er warf seine Sachen zu Boden und umarmte mich stürmisch.

»Hast du mich sehr vermisst?«, stieß er keuchend hervor, als er meine entblößten Brüste liebkoste.

»Kein bisschen!«

Er drängte seine Hand zwischen meine Schenkel und teilte mein langsam anschwellendes Fleisch. »Ich hoffe, du hast ein Bordell aus dieser Wohnung gemacht, sonst hätte ich wirklich ein schlechtes Gewissen.« Er drängte mich zum Sofa, wo er mein rechtes Bein so über die Rückenlehne platzierte, dass er meine offene Muschel in Augenschein nehmen konnte. »Ich werde ja sehen, ob sich in der Zwischenzeit viele andere Schwänze in deinem Loch getummelt haben …« und schon barg er sein Gesicht in meinem Schoß und begann, meine Spalte auszulecken.

Wie lange hatte ich diesem Gefühl entbehrt? Die Geilheit zog meinen Unterleib zusammen, und ich konnte kaum noch atmen.

»Und woran kann ich erkennen, wie viele Scheiden dein Schwert hatte?«

»Touché!«, rief er und strahlte mich mit nassem Mund an.

Warum überraschte mich das nicht? Energisch schob ich ihn von mir und drückte ihn in eine sitzende Position. Jetzt konnte ich mich seines Schwanzes annehmen. Tatsächlich wurde mir erst in jenem Moment, da sein harter Stamm meinen Mund ausfüllte, wieder bewusst, dass ich seit Barras und Thomas keinen Mann mehr gehabt hatte.

Während er nun meine Brüste knetete, zog ich an seiner Vorhaut, rieb seinen Stamm und ließ ihn so tief in meine Kehle gleiten, dass ich mit meinen Lippen seinen Bauch berührte.

»Oh Gott … Als Hure würdest du ein Vermögen machen«, stöhnte er, und ich freute mich.

Als er sich hinter mich kniete und in meine Möse eindrang, hatte ich das Gefühl, jeden Augenblick zu kommen. Wie er mich innerlich rieb und ausfüllte … Seit Wochen hatte ich es mir nur selbst besorgt und das war kein Vergleich zu einem echten harten Schwanz.

Ich war begierig, dass Napoleon beide Löcher stopfen sollte, und so suchte ich beinahe verzweifelt nach einem Gegenstand, der sich dafür nutzen ließ. Endlich sah ich etwas Geeignetes: eine hölzerne Kugel an einem Stecken, die normalerweise mit duftender Wolle gefüllt war und für angenehme Gerüche im Zimmer sorgte.

»Warte«, stoppte ich ihn und eilte zu dem Utensil.

»Hier … Nimm das und schieb es mir rein!«

Umgehend kniete ich mich wieder auf das Sofa und stützte mich auf der Armlehne ab.

»Du bist wirklich irre«, murmelte er, und ich beobachtete ihn, wie er die hölzerne Kugel in meine Möse schob.

Der Druck war unglaublich, den sie in mir auslöste, während sie mich weitete, nur um gleich darauf förmlich zuzuschnappen. Was nun blieb, war das Gefühl, beinahe ununterbrochener Geilheit in meinem Unterleib, denn Napoleon hatte begonnen, die Kugel in mir zu bewegen. Ab und an zog er auch ein wenig an ihr, sodass ich wieder von innen gedehnt und gedrückt wurde.

Die geschnitzten Muster rund um die Kugel wiederum wichsten mich auf so unnachahmliche Art und Weise, dass ich den Verstand zu verlieren glaubte.

Mein animalisches Selbst wollte sich bewegen, die Kugel in immerwährender Lusterfüllung benutzen, während mein Verstand mich zwang, stillzuhalten, damit Napoleon nicht nur meiner Befriedigung, sondern auch seiner eigenen nachkommen konnte.

Für sich selbst hatte er nun meinen Popo angesteuert und drückte seinen glatten Helm mit Entschiedenheit in meine so lange schon nicht mehr benutzte Rosette.

»Himmel … Ich spüre das Ding in deiner Möse!«, verkündete er fassungslos.

Dass der Stab der Kugel, während er mich in den Hintern fickte, seine eigenen Eier massierte, führte bei meinem Geliebten dazu, dass er immer heftiger zu stoßen begann und bald jegliche Kontrolle verlor. Keuchend und stöhnend rieben wir uns aneinander. Ich spürte, wie sich mein Höhepunkt ankündigte. Meine Säfte schossen aus mir heraus und meine Spalte war so zugeschwollen, dass ich glaubte, er würde die Wunderkugel nie mehr aus mir herausziehen können. Der Druck war mir inzwischen schier unerträglich. Ich hörte das Klatschen unseres Fleisches und Napoleons Keuchen und Stöhnen.

Offensichtlich versuchte er, etwas zu sagen, und vermochte es doch nicht. So explodierten wir beinahe gleichzeitig und lagen zuckend und krampfend aneinandergeklammert, bis auch die letzte Konvulsion abgeklungen war.

Als wir wieder zu Atem gekommen waren, spreizte er vorsichtig meine Möse und zog die Kugel – begleitet von einem letzten Lustschrei von mir – aus meiner Auster heraus.

»Du bist wundervoll«, flüsterte er in mein Ohr, als wir ins Bett gewechselt waren und uns dort küssend und kosend in den Armen hielten.

Nach einer Weile, die Sonne sank bereits, setzte er sich auf und schenkte uns Wein ein. Ich lehnte ab, und so trank nur er. Das Glas in der einen Hand streichelte er mit der anderen gedankenverloren mein Armband.

»Willst du deine Uhr wieder an die Kette legen?«, fragte ich schmunzelnd, hatte ich doch die prachtvolle Uhrenkette gesehen, die er mit seiner Uniform zu Boden geworfen hatte.

»Eigentlich wollte ich es nicht ansprechen, mein Herz …«, begann Napoleon, leerte das Glas und stellte es ab.

Ich wusste nicht, ob ich für schlechte Nachrichten bereit war … aber, dass die kamen, war nur allzu deutlich.

»Unsere Hochzeit wird noch warten müssen«, sagte er.

War das alles?

»Der eigentliche Grund, warum ich heute hier bin, ist nämlich, dass man mir das Kommando über die Italien-Armee gegeben hat.«

Freude strömte durch mich hindurch. Er hatte endlich sein Kommando! »Die Italien-Armee? Das ist ja wunderbar! Du glaubst nicht, wie glücklich mich das macht!«

Er sah mich verdutzt an. Offensichtlich hatte er tränenreiche Enttäuschung erwartet. Dabei hatten wir ja noch nicht mal einen ungefähren Trautermin festgelegt gehabt.

»Ich glaube, ich hätte gar keine passendere Ehefrau finden können, mein Herz!«, sagte er mit unüberhörbarem Stolz, nachdem er begriffen hatte, dass ich es aufrichtig meinte.

»Das war es doch, was du dir so erhofft hast. Die Italien-Armee. Jetzt wird sich unser Schicksal wenden.«

»Denkst du das wirklich?«, fragte er.

»Aber natürlich!«

»Ich möchte dich lieber heute als morgen heiraten … auch damit du versorgt bist, wenn mir etwas passieren sollte.«

Ich hob abwehrend die Hand. Solche Dinge wollte ich nicht hören. Nicht jetzt.

»Aber … Wenn ich dich jetzt heiraten würde, schwebtest du in größter Gefahr, wenn ich scheitern sollte. Meine Position ist noch immer eine höchst fragile. Und was geschieht, wenn man die Macht verliert, haben wir ja in den letzten Jahren überdeutlich gesehen.«

Im ersten Moment hatte ich noch sagen wollen: »Gut! Suchen wir uns einen Standesbeamten! Ich brauche kein Brautkleid, Blumen und Kinderchöre.« Aber jetzt, da ich seine besorgte Miene sah, wusste ich, dass er die klügere Entscheidung getroffen hatte.

»Ich habe sehr viele Feinde hier in Paris«, fuhr er fort. »Man hat meine Freundschaft zu Alexandre weder vergessen noch hat man sie mir vergeben. Es gibt starke Kräfte, die sich um eine Aussöhnung mit den Österreichern bemühen wollen. Sogar mit London wollen sie sprechen. Doch ich bin dagegen. Wenn wir das tun, sind wir verloren. Wir müssen militärische Siege erringen, sie zwingen, unsere Stärke anzuerkennen. Erst dann können wir mit ihnen verhandeln. Wenn es dann überhaupt noch etwas zu verhandeln gibt …«, fügte er murmelnd an.

»Und du hast den Plan dafür?«

Er erwiderte meine Frage mit einem zärtlichen Lächeln. »Ja, den habe ich, wie du weißt. Ich werde Österreich in die Knie zwingen. Und dann hole ich mir den Rest dieser gekrönten Schweinehunde.«

Nicht bei einem einzigen Satz hatte ich Überraschung oder Anspannung herausgehört. Er sprach wieder in dem Tonfall eines Mannes, der alles minutiös geplant hatte, und nun nur dabei zusehen musste, wie seine Pläne Wirklichkeit würden. Es gab für einen Napoleon Bonaparte keine bösen Überraschungen, sondern nur unerwartete Chancen, dachte ich. Aber irgendetwas machte mich unsicher. Für mich waren die Dinge keineswegs so klar und offensichtlich. Ich wusste, dass es zu viel gab, was in den Schatten lauern mochte.

»Wenn ich zurückkehre, werde ich unantastbar sein. Wer sich jetzt, nachdem ich den Sturm auf die Tuilerien verhindert, und Barras das Leben gerettet habe, noch der Hoffnung hingibt, dass ich sang- und klanglos verschwinden werde, wird sich bald getäuscht sehen. Wenn ich zurückkehre, werden wir heiraten. Dann hat alles seine Ordnung. Aber für jetzt musst du dich gedulden. Ich werde dich nicht enttäuschen, das schwöre ich dir!«

»Aber weiß nicht sowieso jeder, wer ich bin und wem dieses Apartment gehört?«

Er zog die Mundwinkel ein wenig herunter und schüttelte den Kopf. »Ich bin kein Narr. Das Haus gehört Barras. Man hält dich für eine seiner vielen Mätressen.«

Mir stockte der Atem.

»Daran hat keiner einen Zweifel, der beim verhinderten Sturm auf die Tuilerien dabei war. Immerhin haben dich alle in seinem Bett gesehen.« Seine Stimme war plötzlich eiskalt geworden. Hätten seine Worte zu Boden fallen können, sie hätten den Marmor brechen lassen.

»Du auch?«

Sein Schweigen wog Tonnen. Napoleon sprang aus dem Bett und eilte ins Nebenzimmer.

»Ich muss wieder los«, rief er mit plötzlich heiterer Stimme. »Ich war hier schon wesentlich länger, als ich geplant hatte.«

Er kam zurück und warf sich über mich. Nachdem er mich lüstern geküsst hatte, richtete er sich auf.

»Du gerissenes Biest!«, feixte er.

»Ich hätte heute Nachmittag schon bei Barras sein sollen, aber wahrscheinlich ist der sowieso noch im Bett beschäftigt. Na, das soll mich nicht weiter stören. Im Gegenteil.«

Er zog seinen Mantel an und setzte den Hut auf.

»Wann kommst du wieder?«, fragte ich.

»Kann ich dir noch nicht sagen. Ich bin jetzt eigentlich vierundzwanzig Stunden am Tag mit den Vorbereitungen für den Kriegszug beschäftigt und muss ein paar Leute in Habachtstellung bringen, die mir sonst Ärger bereiten könnten, wenn ich nicht da bin.«

Wer das wohl sein sollte, ging es mir durch den Kopf. Ich war eine vollkommen unbedeutende Person, nur eine von vielen, die für den General die Beine breitmachte.

»Hör zu, mein Herz, Mayer wird für dich da sein. Barras sieht auch nach dir.« Er war schon wieder halb auf der Treppe. »Wenn irgendetwas ist, schicke mir einen Boten.«

***

In den folgenden Tagen war Napoleons Name in aller Munde. Heloise war ständig unterwegs und kam mit dem neuesten Klatsch zurück.

»Er kann wirklich für sich Reklame machen, dein General«, plapperte sie. »Pierrot sagt, dass er einen großartigen König abgeben würde.«

Ich aber saß in unserem Appartement und starrte die seidenen Tapeten an. Ab und an stickte ich. Dann las ich in einem der zahllosen Bücher, die Napoleon mir schicken ließ.

»Wenn du weiter so aus dem Fenster starrst, bekommt das Glas Löcher«, unkte Heloise, als ich mal wieder nichts konnte, als zur Straße zu schauen. Ich gestand mir inzwischen selbst ein, dass es nicht übergroße Liebe war, die mich so nach ihm Ausschau halten ließ, sondern schiere Langeweile. Ohne einen Freundeskreis oder persönliche Interessen hatte ich inzwischen nicht mal mehr das Vergnügen der Hausbesuche. Ein Vergnügen, das Heloise nun in seiner Gänze für sich entdeckt hatte … Mir fehlten die Spannung und der Sex mit so vielen unterschiedlichen Männern. Ich war Napoleon treu, wobei diese Treue auch nicht auf die Probe gestellt wurde, denn außer Mayer sah ich niemanden, den man auch nur annähernd als Mann bezeichnen konnte.

»Napoleon ist noch nicht im Feld und schafft es nicht, auch nur auf eine Stunde herzukommen?«, wunderte ich mich.

»Um dich ein bisschen durchzuficken …« Heloise grinste mich an und drückte mich. »Wenn du magst, kann ich ein bisschen an deiner Möse lecken.« Sie schob ihre Hand in meinen Ausschnitt und massierte meinen Nippel. »Wenn du mich fragst, ich hätte schon mal wieder Lust auf dich …«

Grinsend wehrte ich sie ab.

»Nein? Dann gehen wir ins Palais Royal. Da waren wir schon sooooo lange nicht mehr. Vielleicht finden wir da ja einen appetitlichen Mann … oder auch mehrere. Was du hier machst, kann ja nicht gesund sein.«

Auch wenn ich nicht den Sex, sondern nur einen Spaziergang im Sonnenschein im Kopf hatte, schloss ich mich Heloise an. Jetzt lagen zwischen unserer Wohnung und der Anlage nur noch wenige Gehminuten. Die Sonnenschirme über unseren Köpfen drehend, die Arme untergehakt, schlenderten wir unter den gewaltigen Baumkronen einher und genossen den Duft der Blumen.

Tatsächlich hatten sich inzwischen die Auslagen der Geschäfte im Palais wieder gefüllt. Man saß an kleinen Tischen und aß Kuchen.

»Ich werde mal kurz bei Madame Adelaide vorbeischauen. Mal sehen, ob ich Rose treffe …«, sagte Heloise.

Es war eine Spitze, die mich eifersüchtig machen sollte, da ich sie soeben zurückgewiesen hatte. Dessen war ich mir nur allzu bewusst. Aber das Wetter war so wunderbar, und ich fühlte mich so wohl, dass ich darüber hinwegsah.

Da saß ich bei meinem Kaffee und schaute nach oben, wo sich die Sonnenstrahlen in der Spitze meines Schirmes blitzend brachen. Um mich herum schwatzten und lachten die anderen Besucher, und von Ferne hörte man eine Kapelle musizieren. Der Duft der Akazien und Rosen umhüllte mich, und ich fragte mich, wie das Leben noch schöner sein konnte.

Plötzlich übertönte das laute Lachen einer Frau die übrigen Stimmen um mich herum. Irritiert blickte ich mich um. Wie konnte man sich nur so unangenehm in den Vordergrund spielen?

Und als hätte ich es geahnt, sah ich in einiger Entfernung Rose flanieren. Sie trug die kleine Schleppe ihres bonbonrosafarbenen Kleides über dem Arm und einen Sonnenschirm wie alle Damen hier.

Gerade, als ich ihr zurufen wollte, dass Heloise sie suchte, erkannte ich, wie eine Hand auf ihren Po rutschte. Das sichere Zeichen, dass sie einen Kunden aufgetan hatte. Da ich nun nicht vorhatte, mich als Dritte im Bunde anzubieten, hielt ich den Mund. Allerdings war ich neugierig geworden, wie der Kunde aussehen mochte, der sie begleitete. Dummerweise versperrte Rose selbst mir die Sicht. Was ich allerdings sah, war, dass er ihren mickrigen Hintern ausgiebig knetete. Wenn ich sie auch nie gefickt hatte, so wusste ich doch, wie ihr Hinterteil entblößt aussah. Recht nett, machte einen aber auch nicht besinnungslos vor Lust. Sie flanierten bis zum Ende der Allee, wo ich sie aus den Augen verlor.

Ich bestellte eine Tasse Tee und gab mich der Beobachtung der anderen Passanten hin. Wenn Heloise zurückkäme, musste ich ihr sagen, dass sie Rose erst mal nicht würde sprechen können.

Wie lange ich so gesessen und vor mich hingeträumt hatte, vermag ich nicht zu sagen. Doch als ich die Augen wieder öffnete, verschwand Rose gerade hinter einem der Büsche. Ihrem angehobenen Arm zu urteilen, zog ihr Liebhaber sie hinter sich her.

Na also, dachte ich, *dann hat sie ja mal wieder ein Schwert mehr in der Scheide als alle anderen …*

Wie sehr ich auch lauschte, ich konnte nichts von ihrem Liebestreiben hören, und dann zogen andere Leute meine Aufmerksamkeit auf sich.

Nach einer Weile sah ich das schreiende Rosa ihres Kleides wieder. Diesmal aus dem Augenwinkel. Rose kam aus dem Gebüsch, etwas derangiert, aber mit dem Grinsen einer Katze auf dem Gesicht, die den Sahnetopf gefunden hatte. In diesem Moment trafen sich unsere Blicke. Zu spät, um noch so zu tun, als hätte ich sie nicht bemerkt, hob ich die Hand und winkte ihr mit einem strahlenden Lächeln.

Den plötzlichen Schrecken hatte sie ruckzuck weggewischt und winkte zurück. Rose schien einen Moment zu zögern, aber dann wandte sie den Kopf ab, und es schien, als sagte sie etwas zu den Büschen. Sodann kam sie schnurstracks auf mich zu.

»Meine liebe Céléstine!«, flötete sie. »Wie lange ist das denn her? Ach, ich sehe, du bist wohlauf. Und immer noch diese wunderbare Figur.« Sie hob meinen Arm, als müsste sie alles genau begutachten. »Und du hast sogar noch richtig was dazugetan …«

Miststück, dachte ich.

»Ich höre, du wirst jetzt von Barras ausgehalten. Ah, wie gut, dass er nicht kleinlich ist und noch dazu so sozial eingestellt ist. Er kümmert sich um jede«, flötete sie weiter.

»Gewiss. Und wie gut er damit zu dir passt. Du machst ja auch für jeden die Beine breit.«

Sie lachte laut, als hätte ich gerade den köstlichsten Witz gemacht. »Ich werde ihm sagen, dass er dir neue Kleider kaufen soll, deine sitzen ja schon ein wenig stramm. Oder bist du etwa guter Hoffnung?«

»Das könnte durchaus sein …«, sagte ich nachdenklich, und sie wurde bleich. »Dann kannst du ja meine alten Kleider nehmen, die schlackern nicht so über den Knochen.«

Ich triumphierte. Was für einen Schlag ich diesem Miststück versetzt hatte, womöglich schwanger zu sein von ihrem Liebhaber …

Sie starrte mich mit weit aufgerissenen Augen an. Ich suhlte mich in meinem Sieg, als jemand aus Richtung der Büsche rief.

»Joséphine?«

Ein gewaltiges Lächeln machte sich auf ihrem Gesicht breit, als habe sie sich gerade einer wunderbaren Sache erinnert. »Ich komme, Liebster!«

Damit wandte sie sich ab und schwebte förmlich davon. Mit einem nicht zu überhörenden Lachen hakte sie sich bei ihrem Liebhaber unter, und beide gingen davon.

Mir aber blieb der Triumph in der Kehle stecken, als ich erkannte, wer sich da hinter ihr aus den Büschen geschält hatte!

***

Briefschreiben war nie meine große Leidenschaft gewesen, und ich war nicht mal gut im Schreiben kleiner Notizen. Kurz, ich umging diese Aufgabe, wann immer ich konnte. An diesem Tag aber setzte ich mich an den zierlichen Schreibtisch und legte ein leeres Blatt vor mich. Ich erinnerte mich an Louis, der so eloquent die Seiten seiner Folianten zu füllen vermochte, während ich für gewöhnlich schon mit zwei Zeilen kämpfte. Jetzt aber tauchte ich die Feder ein und setzte die Spitze auf das Papier.

»Das ist das Ende. Habe dich mit Rose gesehen. Der Frau, die du Joséphine nennst.

Leb wohl.

Céléstine«

Für ein paar Minuten hatte ich die Zeilen angestarrt und gegrübelt, wie ich das Ganze mit mehr Gefühl hätte formulieren können. Doch dann beschloss ich, dass alles gesagt war und er auch nicht mehr Worte verdient hatte.

Wie hatte sie damals gesagt? Sie würde mir alles nehmen? In ihren Augen mochte so ein Sieg aussehen. Mich aber beschlich ein vager Verdacht, dass sie sich da sehr irrte.

Ich ließ den Brief, an ihn adressiert, offen liegen und ging davon aus, dass Heloise ihn ebenfalls lesen würde. Mit dem, was ich geschrieben hatte, hatte ich beiden eine Botschaft zukommen lassen. Das wiederum in solch knappen Sätzen zu schaffen, war eigentlich keine Leistung, fand ich.

Ich packte das Notwendigste in eine große Reisetasche und sah mich noch einmal um. Die ganzen wertvollen Kleinigkeiten, die es gegeben hatte, hatte Heloise bereits verschwinden lassen. Einen Teil des Ertrags hatte ich in einer Geldkatze um die Taille geschnürt.

Als ich das Haus verließ, fühlte ich mich befreit. Ein schlechtes Gewissen wegen des Geldes unter meinem Mieder hatte ich keineswegs.

Nachdem ich eine Weile gegangen war, fiel mir auf, dass ich gar kein Ziel hatte. Also beschloss ich, weiterzulaufen, bis ich nicht mehr konnte, und mir dann ein Zimmer in einem Wirtshaus zu suchen.

Statt zu einem Wirtshaus führte mich mein Weg allerdings auf seltsamen Umwegen zum Garten Gethsemane. Welch bemerkenswerter Zufall, dachte ich und überlegte mir, ob ich nicht vielleicht lieber nach Barras suchen sollte und mich ihm anvertrauen. Nachdem ich eine Weile neben dem hölzernen Tor nachgedacht hatte, verwarf ich die Idee mit Barras.

Wie er vernehmen ließ, war er inzwischen zu einem Förderer Napoleons aufgestiegen und brüstete sich mit dessen aktuellen und sogar vergangenen Erfolgen. Ich konnte mir ein Grinsen nicht verkneifen, wenn ich an diese seltsame Ménage à trois dachte. Schließlich wusste ich aus einer hervorragenden Quelle, dass Rose immer noch mit Barras vögelte und nun auch noch mit Napoleon das Bett teilte. Ob der allerdings davon wusste, dass seine Herzensdame noch immer so großzügig mit ihren Gunstbezeigungen war, war mir nicht klar.

Warum aber wollte ich Louis sehen?

Während ich gelaufen war, hatte ich beschlossen, Paris zu verlassen, und war es da nicht besser, einen klaren Schnitt zu machen, mit allem und allen zu brechen und einfach zu verschwinden?

Die neue Zeit, die angebrochen war, ließ auch mir mehr Freiheiten, und ich wollte sie fern der Hauptstadt auskosten, aus welchem Grund auch immer. Etwas sagte mir, dass ich nicht wirklich mit Paris abschließen konnte, wenn ich nicht auch Au Revoir zu ihm gesagt hatte.

Nach unserer ungewollten Trennung auf der Flucht hatte ich nicht den Mut gehabt, nach ihm zu suchen. Und nach meiner Rettung durch Napoleon, da wollte ich ein Zusammentreffen mit meinem Gastgeber beim Souper à Dix lieber vermeiden. Wobei ich noch nicht einmal wusste, ob Louis überhaupt noch lebte.

Wie auch immer, jetzt war es an der Zeit, sich zusammenzureißen und ihm gegenüberzutreten – wäre ich doch sonst Gefahr gelaufen, den Rest meines Lebens darüber zu grübeln, was wohl aus ihm geworden war.

So straffte ich also meine Schultern und klopfte an.

Zu meiner Überraschung öffnete der humpelnde Alte, dessen Lippen sich über den zahnlosen Kiefern nach innen zogen.

»Ach, Sie?«, stieß ich überrascht hervor.

»Ja«, knurrte er. »Wer denn sonst?«

»Ist Monsieur Lacave zu sprechen?«

»Waren Sie nicht die, wegen der er sich verdünnisiert hat?«

Ich verstand ihn kaum mit seinem zahnlosen Genuschel.

»Ist Monsieur Lacave zu sprechen, Bürger?«, insistierte ich ungehalten.

Er knurrte wieder etwas und trat dann beiseite. Im Gegensatz zu meinem letzten Aufenthalt hier herrschte nun fast vollkommene Stille.

»Wo sind die Gefangenen?«, fragte ich zögerlich, denn die Ruhe war beinahe beängstigender als der infernalische Lärm beim letzten Mal.

Der Alte zuckte mit den Schultern und humpelte mir voran.

Als ich an einer Zellentür stehen blieb und durch das Fensterchen zu spähen versuchte, kam es zornig: »Hier lang, Bürgerin.«

So schaffte er mich vom Hof, der im strahlenden Sonnenschein lag, in die Dunkelheit des Verwaltungsgebäudes. Auch hier herrschte Stille. Mein Herz schlug schneller, als ich vor meinem inneren Auge Leichen zu Haufen getürmt hinter den Türen sah. Doch es roch nicht nach Tod und Verwesung, sondern nach Feuchtigkeit, Dreck, Pferdemist und Schimmel.

»Bürger Lacave … Eine … Dame für Sie!«

Louis sah entsetzlich aus. Seine Wangen waren eingefallen und unter seinen Augen lagen schwarze Schatten. Offensichtlich war er beinahe zu erschöpft, um von seinem Stuhl aufzustehen.

»Céléstine …« ein müder Blick ruhte auf mir.

»Ich dachte nicht, dass ich dich finden würde.«

»Und ich dachte nicht, dass du mich suchen würdest«, sagte er ausdruckslos. Er setzte sich, ohne dabei auf mich zu warten.

»Ich wollte mich verabschieden. Ich verlasse Paris.«

»Wo willst du hin?«

»Ich weiß es noch nicht. Amerika vielleicht.«

Die Idee war mir praktisch in dem Moment gekommen, als ich sie aussprach. Wenn ich ehrlich war, so hatte sie eigentlich eher eine symbolische Bedeutung, denn ich brachte damit zum Ausdruck, dass ich vorhatte, sehr weit wegzugehen.

»Amerika. Eine gute Idee. So viele Möglichkeiten bieten sich einem sonst nirgends«, sagte er.

»Und du?«

Er zuckte die Schultern. »Die Gefangenen sind freigelassen worden, mit dem Befehl, sich von Paris fernzuhalten. Man hat sie im Auge. Es dürfte von ihnen keine Gefahr mehr ausgehen. Das Gefängnis wird dichtgemacht.«

»Und Rohan?«

»Er lebt und ist auf seine Güter im Burgund zurückgekehrt.«

Eine tiefe Erleichterung erfasste mich. »Und du?«

»Ich werde mich aufs Land zurückziehen. Heiraten. Erben zeugen.«

»Mit Charlotte?«

Er lachte und nickte. Dann schüttelte er amüsiert den Kopf. »Da Bonaparte Madame de Beauharnais, die berühmte Rose, geheiratet hat, gehst du also als freie Frau nach Amerika.« Er dehnte den Namen und schien eine Melodie damit verbinden zu wollen.

»Was?« Fassungslos versuchte ich zu begreifen, was er gerade gesagt hatte.

»Man sagte mir, sie hätten etwas überstürzt geheiratet, weil er zur Italien-Armee stoßen soll, und da wollten sie es vorher …«

Ich setzte mich schwer auf den Stuhl unter dem Regalboden.

»Es heißt, Anfang März … Also vor gut einem Monat …« Seine Kiefer malten. »Du hast es nicht gewusst …«

Ich konnte nicht sprechen. Selbst den Kopf konnte ich nur ruckend von einer Seite zur anderen bewegen.

»Das tut mir leid. Ganz Paris spricht davon. Beim Souper letzte Woche sagte mir Barras, er hätte gelacht, als er zum ersten Mal gehört habe, dass Rose Bonaparte in ihr Bett gezerrt hat.« Er blickte in mein Gesicht und entschuldigte sich abermals verlegen.

Nein, ich hatte keine Einladung für dieses Souper bekommen und mein Verlobter hatte heimlich, still und leise eine andere geheiratet. Und ich stand da wie ein Trottel. Vor aller Augen beschämt. Der große General, der Retter der Republik, hatte nicht den Arsch in der Hose, um es mir selbst zu sagen.

Wortlos erhob ich mich. Vielleicht hatte ich es nicht anders verdient.

»Es tut mir wirklich leid.«

»Schläft Barras noch immer mit ihr?«, fragte ich tonlos.

Wieder legte er den Kopf ein wenig schräg und blickte mich zweifelnd an. »Selbstverständlich und ich denke auch nicht, dass er das bleiben lässt, nur weil sie einen Ring am anderen Finger trägt.«

Ich konnte das Schnauben nicht unterdrücken. Dann würde

er es eben auf diese Weise heimgezahlt bekommen. Vielleicht hatten Napoleon und Rose sich ja verdient. Aber so, wie ich meinen Ex-Verlobten einschätzte, würde er eher ihr das Herz brechen als umgekehrt. Es war ein ganz kleines bisschen schade, dass ich dabei nicht zusehen konnte.

»Egal. Ich gehe nach Amerika und dann …«

»Wenn du willst, können wir ein Stück zusammen reisen. In Richtung meines Hauses. Dort steige ich aus, und du kannst die Kutsche bis zur Küste nehmen. Oder hast du einen anderen Plan?«

Da ich bis vor wenigen Minuten noch nicht mal gewusst hatte, wie ich aus Paris rauskommen würde, fand ich seinen Vorschlag gar nicht schlecht. »Das nehme ich gern an.«

Er stand auf und löschte die Kerze.

***

Als wir draußen im strahlenden Sonnenschein standen, kam uns der humpelnde Alte entgegen.

»Aha, die Herrschaften machen sich also davon.«

Louis blieb stehen und blickte ihn an. »Wenn du weiter so frech daherredest, gebe ich dir eins mit deiner eigenen Krücke!«

»Pffff«, kam es aus dem zahnlosen Mund. »Kümmert ja eh keinen, was aus mir wird. Hab dem König gedient, hab den Republikanern gedient, aber danken tut's einem keiner.«

Louis kramte ein paar Goldmünzen aus seiner Hosentasche, über die ich nicht schlecht staunte. Zwei davon gab er dem zänkischen Alten. »Hier … Es ist Gold, und dem Gold ist es egal, wessen Gesicht auf ihm zu sehen ist.«

»Vergelt's Gott, Monsieur …«, nuschelte er in sich hinein, während wir uns in Richtung der wartenden Kutsche bewegten.

»Oder hat der inzwischen auch ausgedient?«

»Nein, ich denke nicht. Aber … Warten wir's ab, wie?«

Galant half er mir, in die Kutsche einzusteigen.

»Amerika also … Wohin da genau?«, fragte er.

Ich zuckte nur mit den Schultern, war ich doch damit beschäftigt, letzte Blicke auf meine Heimatstadt zu werfen, während die Kutsche hinaus auf die Straße rumpelte. So vieles hatte ich in diesem Moment zu verarbeiten. Nicht nur die verschwiegene Hochzeit …

Was sollte ich von Louis halten? Selbst da war ich mir nicht mehr sicher. Natürlich hatte er mir den Eindruck vermittelt, an mehr interessiert zu sein, was mich anging, als nur am bloßen Sex. Aber warum hatte er mich dann nur noch zu einem einzigen Souper eingeladen?

Wie ich es auch drehte und wendete, meine Vergangenheit in dieser Stadt hinter mir zu lassen, war keine schlechte Sache. Ich war so in Gedanken versunken, dass ich zunächst gar nicht merkte, wie er seine Hand immer fester auf meinen Schenkel drückte. Erst, als ich ihn direkt ansah, ließ er sie zur Innenseite meines Beines gleiten.

»Holst du dir jetzt, was der große Mann übrig gelassen hat?«, fragte ich kalt.

Louis lächelte und hob den Kopf sehr hoch.

»Warum hast du mir keine Einladung mehr geschickt? Weil ich die eine ignoriert habe? Hm? Hör auf, so zu tun, als bedeute ich dir etwas. Wenn du mich ficken willst, dann nimm es dir!«

Das Lächeln verschwand. »Ich habe dich eingeladen. Wieder und wieder!«

Ich glaubte, meinen Ohren nicht zu trauen. Wieder und wieder? Natürlich …

Schweigend saßen wir beieinander. Er versuchte nicht mehr, mich zu berühren und auch kein Gespräch mehr. Es gab nur dumpfes Brüten.

Bald hatten wir Paris hinter uns gelassen und bewegten uns durch eine liebliche Auenlandschaft. Kleine Bäche, gesäumt von Wildblumen, dazwischen Felder, die der Wind in ein grünes

Meer verwandelte.

»Wo wohnst du?«, wollte ich wissen.

»Valoise.«

Ich schwieg wieder und fühlte mich so unbehaglich wie nur möglich.

»Wir werden nicht vor Einbruch der Nacht dort sein.« Offensichtlich hatte er nicht geplant, heute schon nach Hause zu fahren.

Das gleichmäßige Schaukeln der Kutsche machte mich schläfrig. Und so schlummerte ich nach einer Weile ein.

***

Ich erwachte durch ein heftiges Rucken. Es war mir peinlich, aber ich war im Schlaf gegen Louis gesunken, den dies allerdings nicht zu stören schien.

»Wir sind da«, erklärte er knapp und wartete, nach vorn gebeugt, dass der Diener die Treppe ausklappen würde.

Im Dunkel des Hofes konnte ich nichts erkennen, außer hohe Mauern. Es roch nach Dung und Gras, dazu ein leichter Blumenduft.

Ein Diener mit einer Fackel kam herbeigeeilt. »Monsieur! Wir hatten keine Ahnung, dass Sie heute schon kommen würden.«

»Das macht nichts. Ich habe einen Gast mitgebracht. Ob der Keller das wohl hergibt?«

»Wir tun unser Bestes, Sire.«

»Ich nehme an, du wirst die heutige Nacht hier verbringen, bevor du morgen weiterreist?«, fragte er.

Seltsamerweise hatte mir erst der Schlaf in der Kutsche gezeigt, wie müde ich tatsächlich war. Müde und vollkommen erschöpft. Auch meine Seele war mitgenommen. Ich fühlte mich von einer schweren Last niedergedrückt, die ich nicht genau beschreiben konnte. Gewiss hatte ich alles hinter mir gelassen, und dort, wo ich jetzt hinging, kannte niemand meine Geschichte. Aber ich war auch zum ersten Mal in meinem Leben vollkommen allein. Wenn ich auch genug Geld für die erste Zeit in meiner Geldkatze bei mir trug, so ersetzte es doch kaum die Begleitung einer Freundin. Ich musste an Heloise denken, die wahrscheinlich Louis' Briefe vernichtet hatte. Das konnte ich ihr nicht verzeihen.

Meine Vergangenheit war düster und meine Zukunft trüb.

»Wir essen etwas, und dann sieht alles schon besser aus, ja?«, versuchte er, mich zu ermuntern.

So viel gibt es nicht in deinem Keller, um das hinzukriegen, sagte ich mir, als ich die große, eiskalte Halle betrat.

»Wir sind dabei, ein Feuer anzuzünden«, beeilte sich der Diener zu versichern.

Und tatsächlich sah man auf der gegenüberliegenden Seite einen Kamin, an dem sich zwei Männer zu schaffen machten. Eine Magd eilte hin und her und riss Laken von den Möbeln.

»Wenn wir gewusst hätten, dass Sie heute schon kommen … Ich habe ein paar Leute aus dem Dorf hochkommen lassen, die helfen, die Zimmer zu richten.«

Offensichtlich war alles in heller Aufregung ob des unerwarteten Bruchs der allgemeinen Routine.

»André … Führen Sie Mademoiselle bitte in den Salon und geben sie ihr etwas Tee«, wies Louis ihn an. »Ich werde in der Zwischenzeit den Keller anschauen.«

Der Diener verbeugte sich und machte eine einladende Handbewegung.

Mir war eiskalt. Wenn mein Verstand mir auch sagte, dass die Nachtluft lau und von Düften erfüllt war, so fror mein erschöpfter Körper doch über die Maßen. Als ich mich auf die Chaiselongue vor dem Kamin setzte, war mir noch immer eisig, so eisig, dass ich mich am liebsten mitten in die Flammen gelegt hätte.

»Was macht Ihr Herr?«, fragte ich.

»Er schaut sich die Vorräte an. Es ist alles in schrecklicher Unordnung und so viel wurde gestohlen. Vor ein paar Tagen ist ein Trupp durchgekommen, der zur Italien-Armee aufschließen soll. Sie haben alles durcheinandergeworfen und gestohlen, was sie irgend brauchen konnten. Nicht mal der General, den sie dabeihatten, hat dem Einhalt geboten. Stellen Sie sich das mal vor! So weit sind wir schon gekommen.«

»Wenigstens haben sie uns Frauen in Ruhe gelassen«, sagte ein Dienstmädchen, das mit einem Tablett eintrat, auf dem die Teekanne und Tassen standen. Sie hatte wundervolle kupferfarbene Locken und kleine Brüste, die sich appetitlich aus dem Mieder erhoben.

»Bist du Charlotte?«, fragte ich spontan.

Wenn sie auch im ersten Moment irritiert wirkte, so fasste sie sich doch schnell und lachte. »Nein, ich heiße Marie. Aber lassen Sie sich nicht täuschen. Monsieur nennt alle Dienstmädchen Charlotte.« Sie schenkte mir Tee ein und gab mir eine Decke. »Es ist doch recht kalt, Mademoiselle. Wir haben lange nicht mehr richtig geheizt.«

Der Diener ging von Fenster zu Fenster und schloss die schweren Vorhänge.

So im Halbdunkel sitzend, wärmte sich mein Körper langsam auf, und mit der Wärme kam der Schlaf.

***

Wie lange ich geschlafen hatte, vermochte ich nicht zu sagen. Es war eine Bewegung an meiner Seite, die mich weckte.

Louis!

Er lag halb neben mir, der Oberkörper etwas zur Seite gerutscht und mein Kopf an seiner Brust. Als ich mich bewegte, räusperte er sich, ohne jedoch aufzuwachen.

Wie lange er wohl so bei mir gesessen hatte?

Nein, er hatte weder die wilden schwarzen Augen Napoleons noch die wollüstig vollen Lippen eines Barras. Seine Züge waren ebenmäßig und der Mund einen Hauch sinnlich. Er hatte seine Jacke ausgezogen und die aufgerollten Ärmel ließen seine muskulösen Unterarme sehen. Plötzlich sehnte ich mich danach, meine Hände über seinen nackten Bauch gleiten zu lassen, sein Gesicht mit Küssen zu bedecken und seinen harten Schwanz, an den ich noch solch köstlichen Erinnerungen hatte, in meiner Muschel zu spüren.

Je mehr ich darüber nachdachte, desto lüsterner wurde ich. Mein Unterleib pochte und meine Spalte schwoll heftig an. Es gab für mich nur zwei Möglichkeiten: Entweder ich ließ ihn schlafen, und machte es mir selbst, oder ich weckte ihn und ließ mich von ihm verwöhnen. Auf jeden Fall hatte ich Appetit.

Vorsichtig begann ich also, an seinem Hemd zu ziehen, kurz oberhalb der Stelle, wo es hinter seinem Hosenbund verschwand. Erst schien er wach zu werden, doch Louis veränderte nur seine Position. Dann konnte ich beginnen, seine Hose ein wenig nach unten zu schieben. Wie erschrak ich, als sich plötzlich seine Finger stählern um mein Handgelenk schlossen.

»Nicht so!«, knurrte er mit vom Schlaf belegter Stimme.

»Was meinst du? Was ist los?«

Er stand auf und ging zum Kamin, wo das Feuer weit heruntergebrannt war. In die Hocke gehend, legte er ein paar Scheite nach und schürte sodann die Glut mit einem Haken. Was für ein seltsam anheimelnder Anblick es doch war. Ein Mann, der das Kaminfeuer anfacht. Nicht mehr. Und doch so unendlich viel.

Dann erhob er sich wieder und blickte mich direkt an.

»Hör zu … Das soll keine Bezahlung für das hier … sein.« Louis beschrieb mit seinem Kopf einen Kreis. »Auch nicht für die Kutsche.«

»Das denke ich auch nicht«, gab ich empört zurück.

»Ich will auch nicht, dass ich den Ersatz mache für Bonaparte. Oder Rache an Barras. Nichts dergleichen. Wenn ich dich ficken soll, dann nur, weil du geil auf mich bist! Aus keinem anderen

Grund.«

»Wie kommst du darauf, dass ich so denken könnte?«

Er zuckte mit den Schultern und schien sich plötzlich nicht mehr so sicher zu sein, ob er mich richtig eingeschätzt hatte.

»Ich bin geil auf dich … Sehr sogar. So sehr man es irgend auf einen anderen sein kann«, flüsterte ich.

»Dann komm!« Louis ergriff meine Hand und zog mich mit sich.

Die große Halle war noch immer frostig, und die Kälte der steinernen Treppenstufen fraß sich durch meine Schuhe.

Wir endeten in seinem Schlafzimmer. Es war ein eher düsteres Zimmer mit dunkel getäfelten Wänden. Geschnitzte Figuren prangten in den Ecken, aber im Kamin knisterte ein angenehmes Feuer. Das Bett am gegenüberliegenden Ende des Raumes hatte vier massive Pfosten, auf denen ein hölzerner Baldachin ruhte, der von Meerjungfrauen gestützt wurde.

»Zieh mich aus!«, sagte er bestimmt und stellte sich mit ausgebreiteten Armen mitten in den Raum.

Ich tat, was er wollte.

»Und jetzt zieh dich selbst aus!«

Während ich seinem Befehl Folge leistete, konnte ich meine Augen nicht von seinem Körper wenden. Wieso sah ich ihn jetzt so, als hätte ich ihn nie wirklich wahrgenommen? Sein festes Fleisch, die Muskeln, die unter seiner glatten Haut spielten. Er hatte Narben an den Armen und auf der Brust. Louis musste in der Armee gedient und auch gekämpft haben, denn solche Narben bekam man nicht vom Sitzen am Schreibtisch.

Wie ich ihn ansah, voller Lust und Bewunderung, sah er auch mich an.

Ich hatte zuletzt mein Hemd zu Boden gleiten lassen und erinnerte mich in diesem Moment daran, dass ich meinen Venushügel seit Längerem nicht mehr geglättet hatte. Auch wenn ich mir unvollkommen vorkam, so las ich in seinen Augen doch nichts als lustvolle Aufmerksamkeit. Gerade aber, als ich mich auf ihn zubewegen wollte, hob er gebieterisch die Hand.

»Nein! Rühr dich nicht. Nur wenn ich es dir sage!«

Gerade weil ich nicht verstand, was er vorhatte, erfüllte mich jede seiner Bewegung mit brennender Neugier. Seine Augen auf mich geheftet, umfasste er seinen Stamm und begann, sich zu reiben. Louis erregte sich allein durch meinen Anblick. Dies wiederum erhitzte meinen Schoß, wenn ich es auch kaum ertragen konnte, ihm tatenlos dabei zuzusehen, wie er sich selbst massierte. Eingedenk seiner Worte hielt ich aber den Mund und rührte mich nicht.

Da plötzlich nahm er mich bei der Hand und zog mich zum Bett. »Leg dich hin!« Seine gepresste Stimme entsprach meiner eigenen mit jedem Atemzug wachsenden Geilheit.

Abermals tat ich, was Louis wollte.

»Spreiz deine Schenkel und strecke die Arme über den Kopf!«

Einem X gleich lag ich da, während er meine Hände und Fußgelenke mit den dicken Kordeln, die er zuvor von den Vorhängen abgenommen hatte, an die Pfosten fesselte. Mein ganzer Körper bebte vor Lust. Er hatte die Fesselung der Beine so kurzgehalten, dass meine Möse weit geöffnet vor ihm prangte.

Louis selbst stand am Fußende und blickte mich so nüchtern an wie ein Ingenieur, der eine von ihm gebaute Brücke begutachtet. Plötzlich beugte er sich vor, benetzte seinen Zeigefinger und begann, mit meiner Muschel zu spielen.

Ich konnte nicht anders, ich begann, heftig zu stöhnen.

»Das gefällt dir, nicht wahr?«

Indem er seine Finger in mich hineinschob und wieder herauszog, sprach er mit bebender Stimme weiter. »Willst du, dass jemand zusieht? Soll ich einen der Diener dazuholen oder die süße Charlotte?«

Louis stieg auf das Bett und kauerte sich zwischen meine Beine. So vorgebeugt, wanderte seine Zunge in meine Möse, stieß mein geschwollenes Fleisch an und rieb sich an mir.

»Ich könnte sie hier vor deinen Augen ficken und du könntest es dir nicht mal selbst machen, weil deine Hände gefesselt sind. Ahnst du, was für Qualen das wären?«

Ich konnte nur nicken. Wie heiß es plötzlich in dem kleinen Raum war. Schweiß trat auf meine Stirn. Ein seltsamer Schmerz erfasste mein Herz, und ich vermochte nicht zu erforschen, was er bedeutete. Die Vorstellung, wie er es der hübschen Charlotte besorgte … Geil und qualvoll zugleich für mich, zumal ich keine große Fantasie für die Szene brauchte. Sie geilte mich schon auf, wenn ich nur daran dachte, ohne es mir auch noch bildlich vorzustellen.

Jetzt richtete er sich auf, umfasste seinen Stamm und stieß ihn gegen meinen Lustkern, als wollte er nur anklopfen und nicht eintreten.

»Soll ich sie ficken? Willig ist sie, das sagte ich dir bereits.« Seine Worte reizten mich bis aufs Blut.

Unwillkürlich begann ich, mich hin und her zuwerfen, in meinen Fesseln aufzubäumen.

»Soll ich das dahin gehend deuten, dass du mich mit keiner anderen teilen willst?«, fragte er.

»Mach mich los!«

»Wieso? Damit du mir die Augen auskratzen kannst?« Er grinste amüsiert.

»Sie widersetzt sich keinem meiner Wünsche. Im Gegenteil. Sie ist fantasievoll bis zur absoluten Schamlosigkeit.«

»Fick mich!«

Weiteres Reizen meiner Gier war unnötig. Ich wollte nur, dass er mich schnell und brutal fickte. Die Kordeln schnitten in mein Fleisch, doch das machte mich nur noch geiler. Rasend vor Lust versuchte ich, mich umzudrehen.

»Du reißt dir noch die Glieder ab, dummes Ding«, tadelte er, und doch wusste ich, dass er es nicht wirklich bösartig meinte.

»Dann fick mich endlich!«

»Mit Charlotte?«

»Nein. Ich will, dass du nur mich fickst. Hart!«

Es machte mich wahnsinnig, wie er mit mir diskutierte. Ich ertrug es nicht länger, nicht berührt zu werden.

Da traf mich ein Schlag. Mein Schenkel bebte, und das Brennen raste nicht nur in meine Beine, sondern durch meinen ganzen Körper. Gellend vor Schmerz schrie ich, und dann wurde aus dem Schmerzensschrei die nackte Gier. Ein tiefes, animalisches Grunzen entrang sich meiner Kehle.

»Willst du mehr?«

Noch ehe ich antworten oder auch nur reagieren konnte, traf mich schon der nächste Schlag seiner flachen Hand. Das Brennen war noch schlimmer als beim ersten Mal, aber durch den Schmerz erlebte ich einen Höhepunkt nie gekannten Ausmaßes. Er ballte sich in meinem Schoß zusammen, schien alle Kraft meines Körpers in jener einen Stelle zu konzentrieren. Und durch den Nebel meiner Geilheit spürte ich, dass Louis in mich eindrang.

Meine Ohren waren gleichsam mit Wolle verstopft, die alle Klänge dämpfte. Doch in weiter Ferne hörte ich sein Keuchen und Stöhnen, spürte die brutalen Stöße, die überdeckt wurden von den Schlägen, die er mir am ganzen Körper verabreichte. Und mehr noch … Plötzlich beugte er sich vor, packte meine Brust und knetete sie so rücksichtslos, dass es mir die Tränen des Wahnsinns in die Augen trieb. Brutal zwirbelte er meine Nippel zwischen seinen Fingern, ließ sie dann los, doch nur, um gegen meine weichen Halbkugeln zu schlagen. Das laute Klatschen und das stampfende Stoßen in meine Möse ließen mich schlussendlich in solcher Weise kommen, dass ich nicht nur Louis' Bett, sondern auch ihn selbst vom Bauch abwärts vollspritzte.

Dabei schrie und zuckte ich so unkontrolliert, dass er sich aus mir zurückziehen musste.

Der Anblick meiner spritzenden Möse gab ihm den Rest. Seinen feuchten Ständer in den Händen kniete er da und jagte eine Salve nach der anderen auf meinen gequälten Körper. Die dickliche Flüssigkeit klatschte auf meinen Bauch und meine Titten. Ja sogar mein Gesicht traf seine Sahne. Da ich noch immer gefesselt war, konnte ich es nicht verhindern, dass der Samen in meine Augen und meinen Mund tropfte. So blinzelte ich wild und zog wider besseren Wissens meine Schultern hoch, um wenigstens meine Augen zu säubern. Es klappte nicht.

Es war Louis, der sich plötzlich über mich beugte und sanft mein Gesicht mit seinem Taschentuch abwischte.

»Habe ich dir sehr wehgetan?«

»Ja«, erwiderte ich mit belegter Stimme. »Und es war wunderbar.«

Er löste meine Fesseln.

»Willst du die Gelenke etwas kühlen?«, fragte er.

Sie waren allesamt dunkelrot und aufgeschürft, doch das Brennen, das ich empfand, war wohltuend.

Sacht strich er eine Strähne aus meiner Stirn. »Du bist … unglaublich. Du tust, ohne zu zögern Dinge, die man sich scheuen würde, einer Hure abzuverlangen. Und du genießt sie auch noch. Wenn du jetzt auch noch eine geistreiche Gesprächspartnerin bist, gehe ich mit dir nach Amerika.«

Ich nahm das Tuch, das er mir gereicht hatte, und rieb meinen geschundenen Körper ab. Dann kroch ich unter die Decke.

***

Wann hatte ich zum letzten Mal so tief und ruhig geschlafen? Ich konnte mich nicht erinnern. Als ich erwachte, stand die Sonne hoch am Himmel, und das Zimmer wirkte wesentlich freundlicher als in der Nacht zuvor. Erfrischt erhob ich mich und ging ans Fenster.

Am Fuße des Hauses lag, geschützt von einer Mauer, ein Obstgarten. Ich sah einen großen, rotbraunen Hund um die Bäume tollen. Und dann tauchte Louis auf. Von Zeit zu Zeit bückte er sich und warf lachend einen alten Apfel, dem der Hund freudig kläffend nachrannte. Sie rannten um Baumstämme, und Louis rief ihm Befehle zu, die der Hund ignorierte. Nach einer Weile blickte er zu meinem Fenster hoch. Während der Hund an einem Stock nagte, stand Louis ganz ruhig und tat nichts, als mich anzusehen.

Mir stockte der Atem. So intensiv und dunkel war dieser Blick, dass er mir eine Gänsehaut über den Körper jagte.

Dann, ohne Gruß, setzte er sich in Richtung Haus in Bewegung. Kurz darauf stand er bei mir im Zimmer.

»Deine Tasche ist fertig gerichtet. Charlotte hat die Sachen gebügelt und ich habe mir erlaubt, deinen Proviant ein wenig aufzufüllen«, sagte er.

»Ich hatte doch gar keinen Proviant dabei …«

»Eben.« Er lächelte nicht.

»Dann danke ich für die Umsicht.«

»Willst du heute noch reisen?«, fragte er.

Seit er begonnen hatte, von meiner Tasche zu sprechen, war mir übel. Es fühlte sich an, als hätte man einem Kind einen ganzen Berg voller Geschenke gezeigt, nur um gleich darauf zu erklären, dass die aber für ein anderes Kind wären.

In diesem Moment war ich den zurückliegenden Jahren dankbar, dass sie mich gelehrt hatten, meine Gefühle für mich zu behalten. Mit kühler Selbstbeherrschung blickte ich ihn an. »Dein Angebot mit der Kutsche gilt?«

»Selbstverständlich.«

Er ging zu einem kleinen Tisch, der etwas seitlich stand und kam mit einer ledernen Mappe zurück. »Ich habe mir erlaubt, einen Empfehlungsbrief zu schreiben. Ich hoffe, er wird dir von

Nutzen sein.«

Auch hierfür dankte ich ihm.

Nach all dem ließ er mich so einfach ziehen. Es war unfassbar!

»Der Kutscher kennt den Weg. Er bringt dich zum Hafen.«

Meine Hände waren so taub, dass ich kaum mein Mieder schnüren konnte. Die Enden der Schnur wollten einfach nicht durch die Ösen rutschen. Ich benahm mich so tumb, dass Louis irgendwann die Sache übernahm und mich schnürte.

»Du siehst sehr hübsch aus«, gestand er. »Aber nicht entzückend. Das ist auch besser so … Die Seeleute … Du weißt …«

Ich nickte und ließ mir von ihm mein Cape umlegen.

»Wolltest du nicht mitkommen nach Amerika?«, fragte ich und gab meinen Worten einen Hauch Amüsement, damit sie nicht so bettelnd klangen.

Er schloss kurz die Augen, lächelte und schüttelte den Kopf. »Was man so alles sagt, wie?«

Wir gingen gemeinsam nach unten.

Noch einmal tief durchatmen und ich bestieg die wartende Kutsche.

Seine Hände lagen im offenen Fenster, als er sagte: »Es würde mich freuen, wenn du die Zeit finden würdest, mir ab und an zu schreiben. Amerika ist so interessant und man hört kaum Dinge aus erster Hand.«

Mehr als ein Nicken ließ meine Selbstbeherrschung nicht zu. Das konnte nicht sein Ernst sein.

»Leb wohl!« Louis verpasste dem Fensterrahmen einen Klaps und trat einen Schritt zurück.

Irgendetwas würde geschehen. Es war … Er legte mich rein! Das musste es sein.

Die Kutsche setzte sich in Bewegung.

Wenn ich von zehn rückwärts zählte, würde er, noch bevor ich bei drei war, die Kutsche anhalten lassen und einsteigen. Er würde mich in seine Arme nehmen und um meine Hand bitten. Es konnte gar nicht anders sein. Nach all dem, was wir erlebt hatten. Oder?

Ich betete und begann stumm zu zählen.

Zehn …

Neun …

Acht …

»Celestine!« Es war seine Stimme. Klar und deutlich.